Andreas Schmidt

HahnBlues

CW Niemeyer

Der Roman spielt hauptsächlich in einer bekannten Region zwischen Rhein, Mosel und Hunsrück, doch bleiben die Geschehnisse reine Fiktion. Sämtliche Handlungen und Charaktere sind frei erfunden.

Über den Autor:

Andreas Schmidt ist verheiratet und Vater zweier Kinder, er lebt und arbeitet mit seiner Familie in Wuppertal. Die Leidenschaft für das Schreiben entdeckte er als Jugendlicher; so schrieb er als Schüler diverse Kurzgeschichten und arbeitete an Schülerzeitungsprojekten mit. Nachdem er zahlreiche Heftromane für große Verlage geschrieben hatte, gab er 1999 mit „In Satans Namen" sein Krimi-Debüt. 2002 gelang ihm mit „Das Schwebebahn-Komplott" der Durchbruch. Inzwischen sind sechs Wuppertal-Krimis, eine Anthologie sowie der Thriller „Mein ist die Nacht" erschienen. Seit 2008 ist er hauptberuflich als Autor und Texter für verschiedene Agenturen und Verlage sowie als Freier Redakteur tätig.

Mehr über Andreas Schmidt und seine Aktivitäten erfahren Sie unter www.andreasschmidt.org

Andreas Schmidt
HahnBlues

Im Verlag CW Niemeyer sind bereits
folgende Bücher des Autoren erschienen:

TodesDuft
Tödlicher Schnappschuss
WattenMord
WeserTod

Bibliografische Information der Deutschen Nationalbibliothek
Die Deutsche Nationalbibliothek verzeichnet diese Publikation in der Deutschen Nationalbibliografie; detaillierte bibliografische Daten sind im Internet abrufbar über http://dnb.ddb.de

www.niemeyer-buch.de

Umschlaggestaltung: Carsten Riethmüller
unter Verwendung von Motiven von shutterstock.com
Druck und Bindung: AALEXX Buchproduktion GmbH, Großburgwedel
Printed in Germany
ISBN 978-3-8271-9481-7

Für meine Familie.
Vier sind es.

EINS

Er liebte die stillen Abendstunden an seinem Fluss. Wenn die Hektik des Tages von ihm abfiel und er endlich wieder durchatmen konnte. An lauen Sommerabenden gab es für ihn nichts Schöneres, als mit dem Boot hinauszufahren und den atemberaubenden Anblick der sanft ansteigenden Weinberge und der grünen Hügel im Hintergrund zu genießen. Die bunten und windschiefen Fachwerkhäuser schmiegten sich an die Hügel der Hunsrück-Ausläufer und erschienen dem Betrachter wie Teil einer liebevoll gestalteten Modellbaulandschaft. Als hätte sich ein begnadeter Künstler mit seinen Farbtupfen in der Landschaft verewigt, so wirkten die Blüten der Geranien in den Blumenkästen der Häuser am Ufer.

Wilfried Gerber ruderte bis zur Mitte des Flusses, dann legte er die beiden Ruder ins Boot und streckte die Beine von sich. Er ließ den Blick über das atemberaubende Moselpanorama schweifen. Aus der Ferne vernahm er das Singen von Lkw-Reifen. Als er den Kopf nach links wandte, sah er einen Sattelzug, der in Richtung Trier unterwegs war und eine Kette von Pkws hinter sich herzog.

Der Kleinkrieg auf der Bundesstraße am Moselufer interessierte ihn nicht im Geringsten. Die seichten Wellen der Mosel plätscherten gegen den hölzernen Rumpf seines Bootes, über seinem Kopf zog ein Greifvogel kreischend seine Bahnen. Wilfried Gerber schloss die Augen und atmete tief durch. Der laue Wind duftete nach Wein und Früchten. Diesen Duft gab es nur hier, in seiner Heimat. Hier lagen seine

Wurzeln, hier fühlte er sich geborgen. Als Ortsbürgermeister des kleinen Moseldorfes Enkirch kümmerte er sich neben seinem Beruf noch um die Belange des Dorfes. Wilfried Gerber war an der Mosel aufgewachsen, und er würde sicherlich auch hier sterben.

Ein Geräusch ließ ihn auffahren. Wilfried Gerber öffnete die Augen und suchte das Moselufer ab. Er befand sich in der Mitte des Flusses, kurz vor Pünderich. Linker Hand erhob sich die Steillage der Pündericher Marienburg; majestätisch thronte das Gemäuer auf dem Bergrücken. Rechts erblickte Gerber bereits die kleine Imbissecke an der Einfahrt des Campingplatzes. An den Tischen herrschte kein Betrieb, was ihn verwunderte. Normalerweise traf man sich hier abends zu einem kühlen Bier, doch heute war der Imbiss verwaist. Der Fährmann hatte pünktlich um 17 Uhr den Fahrdienst eingestellt; wer jetzt noch an das andere Moselufer gelangen wollte, musste bis Zell fahren, um die Brücke zu nehmen. An dieser Stelle war die Mosel rund vierzig Meter breit, und er befand sich noch immer fast genau in der Mitte des Flusses. Ein Auto parkte mit laufendem Motor und geöffneten Türen beim Anleger, doch von einem Boot, das hier zu Wasser gelassen werden sollte, fehlte jede Spur. Der Fahrer des Autos lehnte lässig zwischen Dach und Türe und blickte durch die gespiegelten Gläser seiner Sonnenbrille genau in Gerbers Richtung.

Am Ufer waren zwei Schwäne auf der Suche nach Nahrung. Sie ließen sich weder von dem Mann am Auto noch von Gerber aus der Ruhe bringen. Nachdem die großen Vögel beides neugierig betrachtet hatten, setzten sie ihre Futtersuche am Ufer fort. Heute gab es keine Touristen, die sie mit trockenem Brot fütterten. Gerber glaubte in der Stille sogar das leise Schnattern der Schwäne zu hören.

Gerber spürte, dass hier etwas nicht stimmte. Sein Puls beschleunigte sich, als er den zweiten Mann, anscheinend den Beifahrer des dunklen Kombis, erblickte. Er stand neben einem Busch am Ufer, dessen Zweige bis ins Wasser reichten. Von den Fachwerkhäusern in seinem Rücken und von der Promenade aus war der Mann nicht zu sehen – er hatte seine Position mit Bedacht gewählt, so viel stand für Gerber fest. Der Fremde führte nichts Gutes im Schilde. Er blickte in Gerbers Richtung, verharrte nahezu regungslos an der Stelle. Jetzt hob er den rechten Arm. In seiner Hand blitzte im Licht der tief stehenden Sonne ein metallischer Gegenstand auf, den Gerbers geschulter Blick sofort als Waffe erkannte.

Die Absicht der Männer am Moselufer stand zweifellos fest: Gerber sollte sterben.

Der Mann setzte an, blickte über die Zielvorrichtung aufs Wasser, genau in Gerbers Richtung.

Gerber schien es, als wäre die Welt unter einer Schallschutzglocke verschwunden. Tödliche Stille umgab ihn, die nur vom Glucksen des Wassers, das gegen den Rumpf schwappte, unterbrochen wurde.

Der Hahn der Waffe klickte überlaut.

Gerber spürte, wie ihm siedend heiß wurde. Panisch blickte er sich um. Auf dem Wasser war er ausgeliefert, daran bestand kein Zweifel. Weglaufen oder ducken konnte er sich nicht, um dem Schützen auszuweichen. Und mit dem kleinen Boot konnte er keine Haken schlagen. Dennoch wollte sich Gerber seinem Schicksal nicht widerstandslos ergeben. Ein gehetzter Blick ins Wasser. Der Fluss führte nicht sonderlich viel Wasser, doch die Flucht zu Fuß würde ihm wohl auch nicht gelingen. Und ob er schwimmend noch das Ufer erreichen würde, wagte er zu bezweifeln. Auf der Mosel fühlte er sich wie auf dem Präsentierteller. Selbst wenn er das Boot als Schild nutzen würde, war er dem Geschoss schutzlos ausgeliefert, denn die dünne Wandung bot keinen Schutz vor einer Kugel.

Wilfried Gerber riss die Arme hoch. „Machen Sie keinen Unsinn", gellte seine Stimme über den Fluss.

Eine Antwort erhielt er nicht. Der Mann am Ufer entsicherte die Waffe, und Gerber konnte trotz der Entfernung genau erkennen, wie sich der Zeigefinger des Fremden um den Abzug krümmte. Trotz der Panik, die ihn ergriffen hatte, saß er wie gelähmt in seinem Boot und war nicht in der Lage, einen klaren Gedanken zu fassen. So war er zu einem Zuschauer in einem tödlich ausgehenden Spiel geworden.

Der Schuss peitschte durch das Moseltal und hallte von den Weinbergen zurück. Während sich Gerber fragte, ob denn niemand den Schuss gehört hatte, glaubte er von innen heraus zu explodieren. Sein Arm ruckte hoch, er fasste sich an die Stelle des Oberkörpers, die er als Quelle des tödlichen Schmerzes lokalisiert hatte. Seine Kleidung klebte von seinem eigenen Blut, das nun zwischen seinen verkrampften Fingern hindurchsickerte. Gerber wollte schreien, doch ein dicker Kloß in seiner Kehle hinderte ihn daran. Nur ein kehliger Laut kam über seine spröden Lippen. Nun schien sein ganzer Körper in Flammen zu stehen. Tausend winzige Nadeln bohrten sich in seinen Leib und zerstörten ihn. Der Schmerz lähmte Gerbers ganzen Körper, und er fühlte, wie seine Knie weich wurden. Leblos sackte er in sich zusammen. Das Boot geriet ins Schwanken und drohte zu kentern. Für den Bruchteil einer Sekunde hatte er die Wahl zwischen einem schmerzhaften Tod durch Verbluten oder durch Ertrinken. Im nächsten Augenblick schlug er mit dem Hinterkopf an der Kante des hölzernen Bootsrumpfes auf. Seine Knochen knackten, und er sah Lichtblitze vor den Augen, dann wurde es dunkel um ihn herum. Das Letzte, das er gesehen hatte, war der wolkenlose Abendhimmel über der Mosel. Niemand beachtete die beiden Schwäne, die sich mit einem aufgeregten Flügelschlag in den Abendhimmel erhoben.

Fast andächtig lauschte sie dem Surren der grobstolligen Reifen ihres Mountainbikes, während sie den befestigten Weg entlang des Moselufers in Richtung Zell radelte. Viel zu lange schon hatte sie auf ihren Sport verzichtet, doch an diesem lauen Sommerabend hatte Bettina Bender das Rad aus dem Schuppen ihres Hauses an der Sponheimer Straße geholt und war losgeradelt. Hinunter zum Fluss, wo es einen gut ausgebauten Weg entlang der Mosel gab.

Um diese Zeit waren die Touristen, die das Flussufer tagsüber bevölkerten, in ihren Ferienwohnungen verschwunden. Oder sie saßen in geselliger Runde in einem der Gasthöfe und Straußwirtschaften beisammen und ließen es sich bei einem edlen Tropfen aus den Steil- und Hanglagen gut gehen. So herrschte eine idyllische Stille am Fluss, und Bettina Bender atmete tief durch und genoss den lauen Sommerwind, der durch ihr Haar strich.

Nach zwei Kilometern war sie mit der Landschaft allein und fand Zeit zum Nachdenken. Die letzten Wochen und Monate waren aufregend gewesen. Sie hatte ein neues Leben begonnen. Der Job im Gemeindebüro von Enkirch war sicher nicht ihr Traumjob, und reich werden würde sie mit der Bürotätigkeit auch nicht gerade, aber die Stelle war krisensicher und sie konnte damit ihren Lebensunterhalt bestreiten. Ihr Traum von der eigenen Galerie, die sie bis vor kurzer Zeit in Trier geführt hatte, war geplatzt wie eine Seifenblase. Und so hatte sie sich schweren Herzens entschlossen, das Ladenlokal zu kündigen. Die Malerei würde sie fortan in ihrer Freizeit betreiben müssen. Eigentlich war es ganz gut, wie es gekommen war. Das Einzige, was ihr zum Glück noch fehlte, war ein Mann an ihrer Seite. Sie war keine zwanzig mehr, und es war höchste Zeit, dass ihr der Traumprinz, mit dem sie den Rest ihres Lebens verbringen konnte, über den Weg lief.

Mit Mitte dreißig waren die meisten Männer bereits vergeben, und der Markt schrumpfte zusehends.

Bettina kam es vor, als würde sie das Leben in Sachen Liebe nur aus der zweiten Reihe mitverfolgen, ohne aktiv daran teilzuhaben. Sie erwischte sich dabei, in Gedanken die Männer aus ihrem gesellschaftlichen Umfeld auf ihre Verfügbarkeit abzufragen. Diejenigen, die noch nicht vergeben waren, konnte sie sich beim besten Willen nicht als Traumprinzen vorstellen. Also würde sie vorerst Single bleiben. Den Mut, eines Tages doch noch ihren persönlichen Mr. Right kennenzulernen, hatte sie noch nicht verloren.

Inzwischen war sie gut vorangekommen. Nachdem sie die Ortschaften Reil und Burg passiert hatte, führte sie ihr Weg nach Pünderich. Als passionierte Mountainbikerin beherrschte sie den runden Tritt und konnte sich darüber freuen, dass sich ihr Kreislauf nach den ersten Kilometern bereits wieder normalisiert hatte. Links glänzte der Fluss im Licht der untergehenden Sonne, und die Weinberge auf dem gegenüberliegenden Ufer schienen rot zu glühen. Die üppigen Rebstöcke setzten farbig-grüne Akzente in der wildromantischen Landschaft.

An dieser Stelle führte der gut ausgebaute Weg direkt am Moselufer entlang. Der unbefestigte Rand war teils von dichten Sträuchern bewachsen, deren Zweige bis ins Wasser reichten. Der Fähranleger von Pünderich kam in Sicht. Etwas am Ufer irritierte sie. Bettina drosselte das Tempo und warf einen Blick nach links. Sie stockte, als sie ein Boot im Wasser dümpeln sah und bremste das Rad ab. Eine Person lag in verrenkter Haltung in der kleinen Nussschale, ein Arm hing über den Rumpf in den Fluss und trieb leblos auf der Wasseroberfläche.

Bettinas Atem ging rasselnd; sie musste dem Mann im Boot zu Hilfe eilen; vermutlich war er ohnmächtig geworden oder hatte einen Herzinfarkt erlitten. Die groben Reifen radierten über den Asphalt des Weges, dann stand das Mountainbike. Das kleine Ruderboot hatte sich in den Büschen am Ufer verfangen, und Bettina konnte aus der Entfernung nicht sehen, ob es dort befestigt war. Bettina sprang vom Rad und ließ es achtlos in das Gebüsch fallen. Sie bahnte sich eilig einen Weg durch das Dickicht und ignorierte den Schmerz, als ihre nackten Beine sich in den Stacheln der Brombeerbüsche verfingen. Als sie die Blätter einer Brennnessel streifte, zerdrückte sie einen Fluch auf den Lippen, dann hatte sie das Ufer erreicht.

„Oh mein Gott", stieß sie hervor, als sie den Mann im Boot erreicht hatte. Er war groß und schlank, trug leichte Schuhe zur verblichenen Jeans. Das T-Shirt war zerfetzt, als wäre der Mann in einen Kugelhagel geraten. Sein Körper war von zahlreichen blutenden Wunden übersät. Auch das Gesicht wies unzählige rote Punkte aus, die wie die Pickel eines unter schwerer

Akne leidenden Teenagers wirkten. Die Augen des Mannes standen offen und räumten die letzten Zweifel aus, dass er bereits tot war. Eine Fliege krabbelte über die blutleeren Lippen. Das Schlimmste war für Bettina jedoch, dass sie den Toten im Boot gut kannte. Bei ihm handelte es sich um Wilfried Gerber, den Ortsbürgermeister von Enkirch und somit um ihren Vorgesetzten.

Mit zitternden Fingern zog Bettina das Handy aus der Tasche ihres Shirts und wählte die Nummer des Polizeinotrufs.

ZWEI

„Urlaub?" Günter Prangenberg blickte Bernd Kaltenbach an, als hätte der ihm in seiner Eigenschaft als Chefredakteur des Rhein Wied Express soeben das Unwort des Jahres vorgeschlagen.

Kaltenbach stand mit verschränkten Armen mitten im Raum und musterte seinen Brötchengeber sichtlich amüsiert. Das hellblaue Hemd, das sich über Prangenbergs üppigen Bauch spannte, war von Kaffeeflecken besudelt. Schon am frühen Morgen war es heiß und stickig im Büro. Prangenberg hatte den Knoten seiner Krawatte gelockert und den oberen Hemdsknopf geöffnet. Seine wachsamen Augen hatten sich zu Schlitzen verengt. Er führte den Kugelschreiber, mit dem er eben noch gespielt hatte, nachdenklich zu den Lippen, ohne seinen Reporter aus den Augen zu lassen. Stille war im Chefbüro eingekehrt.

Kaltenbach musterte seinen Vorgesetzten schweigend mit einer Mischung aus Mitleid und Wut.

„Du stellst ernsthaft einen Urlaubsantrag, Kaltenbach?" Prangenbergs feistes Gesicht nahm eine tiefrote Farbe an, und Kaltenbach glaubte ein nervöses Zucken in seinem linken Augenwinkel zu erkennen. Sein Vorgesetzter erinnerte ihn an das hektische Vieh aus Ice Age, das ständig um seine Eichel bangte. Er fragte sich, wie das komische Geschöpf hieß.

„Du stellst dich an, als hätte ich meinen Jahresurlaub eingereicht", murmelte Kaltenbach. „Nur ein paar Tage. Ich muss mal raus hier, und Flüge gibt es am Hahn schon für 'nen Appel und ein Ei." Er seufzte theatralisch. „Aber es tut gut zu wissen, dass der

Laden hier ohne mich nicht läuft. Ich werde eine Gehaltserhöhung einreichen, denn wenn ich so unentbehrlich bin, dann muss sich das auch in meinem Geldbeutel bemerkbar machen." Kaltenbach rieb bezeichnend Daumen und Zeigefinger aneinander, und als Prangenberg mit hochrotem Kopf an einen Vulkan kurz vor dem Ausbruch erinnerte und wie ein gestrandeter Wal nach Luft schnappte, glitt Kaltenbachs Blick an Prangenberg vorbei aus dem großen Fenster im Rücken des Chefredakteurs. Von hier aus konnte man die Raiffeisenbrücke sehen. Der Rhein glitzerte im Sonnenlicht des Morgens. Erste Jogger liefen am Ufer entlang, einige Radfahrer lieferten sich mit rasanten Inlineskatern Wettrennen. Der Pegelturm ragte in einen fast wolkenlosen Himmel, und im Büro stand die Luft.

„Das Wetter ist einfach zu schön zum Arbeiten", murmelte Kaltenbach, ohne den Blick von der Rheinpromenade abzuwenden.

„Klar", polterte Prangenberg. „Weil die Sonne scheint, machen wir den Laden dicht und legen uns alle ins Freibad." Er hieb mit der flachen Hand auf den Schreibtisch und sprang von seinem Stuhl auf. Mit einem einzigen Schritt baute er sich neben Kaltenbach auf.

Der Reporter drehte den Kopf zu ihm um und sah, dass der Chefredakteur kurz vor dem Platzen stand.

Günter Prangenberg tippte sich an die Stirn. „Sag mal, geht es noch? Die Zeiten, in denen es hitzefrei gab, sind vorbei. Du bist nicht mehr in der Schule, hast du das noch nicht mitbekommen, oder hast du schon einen Sonnenstich?"

„Ein verlängertes Wochenende wird wohl drinliegen", entgegnete Kaltenbach unbeeindruckt.

„Du willst also raus?" Prangenberg nestelte an seinem Kragen herum. „Ich kann dir einen Kompromiss vorschlagen: Die Kollegen von der Lokalredaktion in Koblenz suchen dringend Verstärkung. Da hat die Sommergrippe zugeschlagen. Drei Leute sind ausgefallen, einer ist schon aus dem Urlaub geholt worden. Ich könnte ihnen vorschlagen, dass du ein paar Tage dort arbeitest."

„Ich denke, ich bin hier unverzichtbar?" Kaltenbach runzelte die Stirn.

„Die Personaldecke ist im gesamten Laden dünn – zu dünn", wich Prangenberg aus.

Vor einigen Jahren hatte der gute alte Rhein Wied Express expandiert. So gab es eine eigene Lokalausgabe für die Rhein-Mosel-Region. Der Sitz der Redaktion befand sich in der Koblenzer Altstadt, einen Steinwurf vom Deutschen Eck entfernt.

Bernd Kaltenbach war seit der feierlichen Eröffnung des Rhein Mosel Express, wie die Ausgabe dort hieß, ein paar Mal dort gewesen. Aber er arbeitete seit vielen Jahren für das Haupthaus in Neuwied, und er hatte nicht vor, das zu ändern. „Du willst mich strafversetzen?"

„Unsinn." Prangenberg schüttelte den Kopf. „Ich muss zusehen, dass ich die Zeitung voll bekomme. Und das geht ohne Reporter und Redakteure nun mal nicht."

„Schön, so etwas mal aus deinem Mund zu hören", grinste Kaltenbach.

„Also – wann kannst du da sein?" Prangenbergs Gesichtszüge entspannten sich ein wenig.

„In einer Stunde, wenn es sein muss."

„Es muss, fürchte ich." Prangenberg kehrte zu seinem Schreibtisch zurück und griff zum Hörer. Er tippte eine Nummer ein, meldete sich und verkündete den Kollegen, dass sein Mitarbeiter in einer Stunde in

Koblenz sei. Danach atmete er tief durch und blickte Kaltenbach dankbar an.

„Die Sache mit dem Kurzurlaub ist noch nicht vergessen“, schnaubte der Reporter und wandte sich ab. Während er das Büro verließ, fiel ihm der Name des hektischen Viechs ein, an den Prangenberg immer erinnerte: Scrat. So wie Scrat seiner geliebten Eichel hinterherjagte, so war der Chefredakteur des Rhein Wied Express immer auf der Jagd nach einer heißen Geschichte.

Prangenberg hat ab sofort einen neuen Spitznamen, beschloss Kaltenbach, dann ließ er seinen Chef alleine.

Gierig fraß die dunkelrote Honda CBX 750 den Asphalt der Bundesstraße 42. Bernd Kaltenbach duckte sich so tief wie möglich in den Windschatten der schweren Maschine und umklammerte den Lenker. Er schwitzte in seinem schwarzen Lederoutfit, doch nur selten verzichtete er auf die Schutzkleidung. Mit jedem Kilometer, den er auf seiner geliebten „Else“ zurücklegte, entspannte sich Kaltenbach ein wenig mehr. Jetzt wurde er schon als Springer eingesetzt, dachte er entnervt. Aber er konnte Prangenberg einfach keinen Gefallen abschlagen, und nun stand der aufbrausende Chefredakteur in seiner Schuld. Die Sache mit dem Urlaubsantrag hatte Kaltenbach nicht vergessen. Aber zunächst genoss er die Fahrt durch die Rheinebene und versuchte sich an der Landschaft zu erfreuen.

Nachdem er die Ortschaft Vallendar passiert hatte, erreichte er Urbar. Wenig später schon ragte links majestätisch der Ehrenbreitstein in die Höhe, während er rechts, am gegenüberliegenden Rheinufer gelegen, das Deutsche Eck sah. Bunt gekleidete Touristen erkundeten das Denkmal von Kaiser Wilhelm I. Er thronte auf dem massiven Sockel, der zwischen 1953 und 1990 als Mahnmal der Deutschen Einheit gedient hatte. Erst seit 1993 zierte der Kaiser wieder das Deutsche Eck und zog in den Sommermonaten täglich ganze Scharen von Touristen an. Nur die wenigsten Menschen wussten, dass es sich beim Deutschen Eck um eine künstlich angelegte Landzunge handelte, die man an der Stelle errichtet hatte, wo die Mosel in Vater Rhein mündete. Kaltenbach hielt sich rechts und gelangte über die Pfaffendorfer Brücke auf die andere Rheinseite. Von hier aus war es nur ein Katzensprung zur Altstadt, und er fand einen Parkplatz in einer schmalen Seitenstraße. Nachdem er die schwere Maschine aufgebockt hatte, zog er den Helm vom Kopf. Ein seichter Wind trug den Glockenschlag der Liebfrauenkirche an seine Ohren. Kaltenbach atmete tief durch und streckte sich, nachdem er seinen Helm im Koffer seines Motorrads verstaut hatte. Die Sonne drang nur vereinzelt durch die Kronen der Kastanien am Straßenrand.

Als eine miniberockte Blondine mit wiegenden Hüften an ihm vorbeistöckelte und ihm einen frechen Augenaufschlag schenkte, fand Kaltenbach die Vorstellung, in den nächsten Tagen in Koblenz zu arbeiten, gar nicht mehr so schlimm. Grinsend machte er sich auf den Weg zur Redaktion des Rhein Mosel Express, die im ersten Stockwerk eines sanierten Altbaus unweit des Jesuitenplatzes lag. Im Treppenhaus empfing ihn Stille und angenehme Kühle. Die erste Etage wurde von den Büroräumen der Zeitung eingenommen. Während im Treppenhaus das Flair längst vergangener Jahrhunderte herrschte, waren die Räumlichkeiten des Rhein Mosel Express modern eingerichtet. Die hohen und schmalen Fenster hatten die Kollegen freundlicherweise bereits geöffnet, und einige Tischventilatoren rotierten surrend auf den Schreibtischen und wirbelten immer wieder Papier auf, das raschelnd zu Boden segelte.

„Wir haben keinen Motorradkurier bestellt", hörte er eine näselnde Stimme hinter sich.

Kaltenbach wandte sich auf dem Absatz seiner schweren Stiefel um und blickte in das blasse Gesicht eines schlaksigen Kollegen Anfang dreißig. Den obersten Knopf seines blütenweißen Hemdes hatte er geöffnet, auch die Ärmel waren hochgekrempelt.

„Ich bin kein Kurier, du Nase", konterte Kaltenbach. „Ich bin euer Mann aus Neuwied."

„Oh", machte der Kollege ein wenig peinlich berührt. Er betrachtete Kaltenbach nachdenklich. „Dann müssen Sie Herr Kaltenbach sein."

„Eins zu null", nickte Bernd und reichte dem Kollegen die Hand.

„Mein Name ist Simon Dietz, ich bin Ressortleiter für ..."

„Macht doch nichts", entgegnete Kaltenbach mit seinem breitesten Grinsen und drückte fest zu, als er den lauen Händedruck seines Gegenübers spürte. Mit seinen breiten Schultern, den knapp zwei Metern Körpergröße, seinen halblangen dunklen Haaren und dem Dreitagebart war Kaltenbach rein optisch das exakte Gegenteil seines Gegenübers. Mit ein wenig Phantasie konnte Bernd sich vorstellen, dass Dietz noch bei Mutti lebte und dort kleine Brötchen backen musste. In Gedanken packte Kaltenbach den Kollegen in die Schublade Warmduscher.

Er blickte sich in dem Großraumbüro der Redaktion um. Graue Schreibtische, meist zwei gegenüber, in einer hinteren Ecke ein gläserner Tisch mit vier Stühlen, an der Wand ein Flipchart mit Notizen der letzten Redaktionskonferenz. Prangenberg hatte nicht übertrieben, denn es waren außer Kaltenbach und Dietz nur noch zwei Personen anwesend: Eine ältere Frau im adretten Kostüm mit einer Brille, die an einer Kette um den Hals hing und eine junge zierliche Frau, die so schüchtern schien, dass sie kaum von der Arbeit aufzublicken wagte. Kaltenbach schätzte das Mädchen auf Anfang zwanzig. Die langen braunen Haare hatte sie hinter dem Kopf zu einem Knoten zusammengebunden.

„Ist ja nicht gerade wegen Überfüllung geschlossen, der Laden", stellte Kaltenbach fest.

„Deshalb unser Hilferuf an die Geschäftsleitung", nickte Dietz. „Und wir sind sehr dankbar dafür, dass Herr Prangenberg sich bereit erklärt hat, Sie abzustellen und …"

„Ja ja, schon gut", unterbrach Kaltenbach ihn. „Wie ich sehe, hast du die Ärmel ja schon hochgekrempelt. Dann lass uns mal loslegen, wir essen zeitig."

Dietz war gleichermaßen pikiert und überrascht vom Tempo, das Kaltenbach an den Tag legte. Dennoch überspielte er seine Überraschung so gut es ging und führte Kaltenbach zu einem der zahlreichen verwaisten Schreibtische. „Sie können hier arbeiten."

Kaltenbach zuckte die Schultern und setzte sich. Wenigstens befand sich sein neuer Arbeitsplatz in der Nähe eines geöffneten Fensters. Das Pfeifen von Spatzen drang ins Büro. „Was liegt denn an?", fragte er Simon Dietz, nachdem er den Computer gestartet hatte.

Dietz blickte sich Hilfe suchend zu seiner jungen Kollegin um. „Melanie, kommst du mal?"

Das schüchterne Mädchen hob den Kopf und nickte. Sie nahm einen Ordner aus dem Ablagekorb auf ihrem Schreibtisch und erhob sich. Während sie sich Kaltenbachs neuem Schreibtisch näherte, hatte er Gelegenheit, die junge Kollegin zu betrachten. Sie war schlank und durchaus hübsch, trug ein luftiges Sommerkleid, das knapp über dem Knie endete. Im Gegenlicht der Sonne schimmerten ihre Beine durch den dünnen Stoff.

B-Körbchen, stellte Kaltenbach mit Kennerblick fest. Eine gute Handvoll. Ein hübsches Ding, fand er, wenngleich auch etwas zu jung für ihn. Dennoch registrierte er ihren neugierigen Blick.

Als sie den Schreibtisch erreicht hatte, machte Dietz die beiden miteinander bekannt. „Bernd Kaltenbach aus der Redaktion in Neuwied – das ist meine Kollegin Melanie Balmes."

„Hallo Herr Kaltenbach." Sie lächelte ihn freundlich an.

Kaltenbach winkte mit einem jovialen Grinsen ab. „Bei uns sagt man unter Kollegen Du. Ich bin der Bernd."

„Kannst Mellie zu mir sagen." Der lockere Umgangston, den Bernd an den Tag legte, schien ihr zu gefallen. Sie zog sich einen freien Stuhl heran, schlug die Beine übereinander und blätterte in ihren Unterlagen. „Wir haben hier eine ziemlich heiße Geschichte, die aber eine gründliche Recherche erfordert. Wenn wir falsche Fakten verbreiten, kommen wir in Teufels Küche."

„Na, die Hölle soll doch immer schön warm sein", erwiderte Kaltenbach. „Wer mich zum Teufel schickt, sollte den armen Kerl vor mir warnen!" Dann wurde er ernst. „Worum geht es denn da?"

„Es gibt ein kleines Dorf an der Mosel. Alle Haushalte in diesem Dorf beziehen ihr Trinkwasser aus einem Bach, der in die Mosel mündet."

„Wie schön", erwiderte Kaltenbach und lehnte sich zurück. „Dann gibt es ja doch noch so etwas wie Idylle in unserem schönen Rheinland-Pfalz."

„Leider weit gefehlt." Mellie schüttelte den Kopf. „Die Menschen beobachten seit einigen Tagen immer wieder tote Fische, die dort im Wasser treiben. Und nun ist die Sorge groß, dass das Wasser des Baches vergiftet sein könnte."

„Das liegt auf der Hand. Aber so etwas lässt sich doch mit Messungen herausfinden", erwiderte Kaltenbach.

„Allerdings. Es wurden bereits Messungen vorgenommen, und alles scheint im grünen Bereich zu liegen. Doch man traut den Ergebnissen nicht. Und eine Ursache müssen die toten Fische im Bach von Enkirch ja haben."

Beim Namen Enkirch wurde Bernd hellhörig. Viele Erinnerungen verbanden ihn mit dem kleinen Dorf. Erinnerungen an ein verschlafenes Weindorf, die er fast schon wieder vergessen hatte. Doch dies war nicht der Augenblick, um über seine Kindheit zu sinnieren, und so konzentrierte er sich auf die Geschichte, die ihm die Kollegen vorstellten. „Gibt es denn Industrie in der Umgebung des Baches, die eventuell ihre Abwässer in den Bach leitet?"

„Industrie ist gut." Dietz lachte, als hätte Kaltenbach einen köstlichen Witz gemacht. Dann wurde er ernst. „Oberhalb des Dorfes liegt der Flughafen Hahn."

„Da wollte ich sowieso mal hin, wegen der billigen Flüge."

Dietz ging nicht auf seine Bemerkung ein. „Die Bewohner des Dorfes behaupten nun, dass die Betreibergesellschaft des Flugplatzes ihre verunreinigten Abwässer in den Ahringsbach leitet. Das wird natürlich vehement abgestritten. Die Gesellschaft droht mit Klagen wegen Rufschädigung, und nun sind die Betroffenen eingeschüchtert. Dass ein großes Unternehmen wie die Betreibergesellschaft eines Flugplatzes gute Anwälte hat, muss ich wohl nicht erwähnen."

„Nee, musste nicht." Kaltenbach winkte ab. „Gibt es denn keinen Widerstand aus dem Volke mehr? Keine Bürgerinitiative, nichts?"

„Fehlanzeige." Melanie Balmes blätterte in ihrem Hefter und schüttelte den Kopf.

„Dann lässt das zwei Schlüsse zu: Entweder die Leute sind gekauft und bestochen, oder sie trauen sich einfach nicht, gegen eine Macht wie den Flughafen anzustinken." Kaltenbach holte tief Luft. „Und was ist das jetzt für eine heiße Story? Wir können über tote Fische in diesem ..."

„Ahringsbach", half Dietz.

„Ahringsbach berichten", nahm Kaltenbach den Faden auf. „Das wäre eine reine Berichterstattung über die Fakten. Darüber wird sich niemand beschweren können, auch nicht diese findigen Rechtsverdreher der Flughafengesellschaft."

„Wir möchten Licht ins Dunkel bringen", erwiderte Mellie. „Wer steckt hinter dieser Geschichte? Gibt es vielleicht eine Chemiefabrik, die ihre Lkw im Bach leert oder so etwas?"

„Soll ich mich am Ahringsbach Tag und Nacht auf die Lauer legen und warten, bis ich etwas Verdächtiges beobachte?" Kaltenbach glaubte an einen schlechten Scherz. „Prangenberg reißt mir die Eier ab, wenn er erfährt, dass ich …" Er brach ab und murmelte eine Entschuldigung.

„Unsere Hoffnung, insofern man in einem solchen Fall von Hoffnung sprechen darf, ist, dass doch die Betreibergesellschaft hinter dieser Schweinerei steckt und wir einen großen Umweltskandal aufdecken können. Damit wäre unser Blatt ganz vorn dabei, und die Kollegen vom Trierischen Volksfreund und der Rheinzeitung würden in die Röhre gucken." Mellie grinste verschmitzt, und Kaltenbach sah ihr förmlich an, dass sie von einer großen Karriere als Skandalreporterin träumte.

„Das Problem ist aber der Krankenstand hier im Haus", kam Dietz zum wesentlichen Problem der kleinen Redaktion zurück. „Man müsste vor Ort recherchieren und mit den Menschen an der Mosel sprechen. Aber wir sind jetzt schon total überlastet." Nun lächelte er Kaltenbach an und bekam rote Ohren. „Wir dachten, dass Sie, ich meine, dass du vielleicht an die Mosel fahren könntest, um …"

„Ich soll euch die Kohlen aus dem Feuer holen?"

„So würde ich das nicht sagen, ich …" Dietz suchte nach den richtigen Worten und blickte Hilfe suchend zu Mellie. Sie war in den Unterlagen auf ihren Knien vertieft.

Kaltenbach überlegte. Vielleicht fand er in Enkirch tatsächlich etwas heraus. Eine Ursache musste das Fischsterben im Ahringsbach ja haben. Und er musste sich nicht mit diesen Weicheiern in der Redaktion herumärgern. Grinsend streckte er die Hand aus und ließ sich von Mellie den Ordner aushändigen. „Dann gib mal her."

Sie hatte keine Einwände.

„Du übernimmst das also?", fragte Dietz mit einem leichten Zögern in der Stimme. Wahrscheinlich hatte er es sich schwerer vorgestellt, den Kollegen aus Neuwied wieder loszuwerden, um seine Drecksarbeit machen zu lassen.

Kaltenbach erhob sich. „Klar. Ich fahr mal runter und seh' mir das an." Er durchquerte mit weit ausholenden Schritten die Redaktion und nickte der älteren Kollegin, die gerade telefonierte, zu.

Mellie war aufgesprungen und folgte Kaltenbach. „Warte", rief sie. „Ich komme mit!"

Kaltenbach zögerte. „Wozu?"

„Du bist Reporter, ich Fotografin. Ich finde, wir sollten zusammen losziehen."

Kaltenbach blieb mit der Mappe unter dem Arm stehen und blickte sie an. Dann schüttelte er den Kopf. „Nee, lass mal. Ihr seid jetzt schon unterbesetzt. Wenn ich dich mitnehmen würde, gibt das Ärger mit Prangenberg. Und das wollen wir doch nicht, oder?"

Mellie schüttelte enttäuscht den Kopf.

„Außerdem habe ich keinen Kindersitz auf der Honda. Also musst du hier warten." Ohne eine Antwort abzuwarten, stand Kaltenbach wieder im kühlen Treppenhaus. Er dachte kurz nach, dann entsann er sich einer alten Freundin, die er vielleicht zu Rate ziehen konnte. Doch jetzt musste er erst einmal an die Mosel fahren. Und er durfte keine Zeit verlieren.

DREI

Die Mittagssonne brannte unbarmherzig vom wolkenlosen Himmel herunter, als er das Ortseingangsschild von Enkirch passierte. Für die Fahrt von Koblenz an die Mittelmosel hatte er eine knappe Stunde benötigt. Mit dem Motorrad hatte er die gemächlich dahinschleichenden Wohnmobile der Touristen überholen und Zeit gewinnen können. Die Fahrt hatte durch viele malerische Ortschaften geführt, die auf bunt bemalten Schildern ihre Besucher „Herzlich willkommen" hießen und zur Weinprobe einluden. Im Moseltal reihte sich ein Weindorf an das nächste, und eingebettet von Reben ragten steile Felsklüfte hinunter bis ins Tal. Ausflugsschiffe zogen auf dem Fluss ihre Bahnen, und Kaltenbach war eigentlich nicht nach Arbeiten zumute. Er drosselte das Tempo und verließ in einem schnittigen Bogen die Bundesstraße. Mit gemäßigter Geschwindigkeit drehte er zunächst eine Ehrenrunde durch das Dorf. Enge Gassen, verwinkelte Straßen, die von romantischem Fachwerk und üppigen Blumen gesäumt wurden, weckten Erinnerungen in ihm. Bernd fragte sich, wie lange er nicht mehr in Enkirch gewesen war. Es mussten fast zehn Jahre sein. Damals war sein Onkel gestorben, den sie alle nur den Sponheimer Spinner genannt hatten. Ein eigenbrötlerischer Typ, der sich als Lehrer in Traben-Trarbach seinen Lebensunterhalt verdient hatte. Mit der eingeschworenen Dorfgemeinschaft hatte er nichts am Hut gehabt, und als er tot im Ahringsbach gefunden worden war, hatte die Polizei vor einem Rätsel gestanden, denn der alte Kaltenbach war ermordet worden. Und natürlich hatten sich die Menschen im Dorf das Maul über den Mord zerrissen. Immer wieder hatte man „es musste ja mal so kommen“ hinter Kaltenbachs Rücken geraunt. Und Bernd hatte das Erbe, das ihm rechtmäßig zugestanden hatte, dankend abgelehnt. Was sollte er auch mit einem zweiten Haus? Er lebte in seinem windschiefen Fachwerkbauernhaus in Rossbach, das er sich selber saniert und eingerichtet hatte. Und nichts und niemand würde ihn von diesem Ort wegbewegen können.

Bernd verdrängte die Erinnerungen so gut es ging. Rechter Hand gab es immer noch die kleine Pizzeria, dann folgte der Getränkehandel, in dem der Sponheimer Spinner sich immer versorgt hatte. Kaltenbach passierte das Restaurant „Dampfmühle“, dann führte sein Weg ins Oberdorf. Ein verwittertes Schild auf der linken Seite verkündete, dass er sich nun im Bezirk Sponheim befand. Eine alte Frau kehrte den Bürgersteig und blickte ihm mit misstrauischem Blick nach, bis er mit seinem Motorrad hinter der nächsten Kurve verschwunden war. Nachdem Bernd seine Ehrenrunde beendet hatte, wendete er die Honda und rollte ins Unterdorf zurück. Am Ortseingang gab es das Gemeindebüro. Kaltenbach fuhr also zum Brunnenplatz und stellte die Honda ab. Nachdem er Handschuhe und Helm abgestreift hatte, blinzelte er in die Sonne. Ein wenig steif marschierte er auf das Bürogebäude zu und stellte erfreut fest, dass es nicht geschlossen war. Kaltenbach fand sich in einer Art Wartezimmer wieder. Hinter einem Empfangstresen erblickte er eine Frau in seinem Alter. Sie bearbeitete eine Tastatur und blickte konzentriert auf den dazugehörigen Monitor.

„Bin gleich bei Ihnen“, murmelte sie, ohne aufzublicken. Die Frau trug die rotblonden Haare pfiffig kurz, war durchaus hübsch und hatte ein dezentes Make-up aufgelegt, das ihre grünen Augen vorteilhaft betonte. Dass er Bettina ausgerechnet hier wiedersehen würde, hatte er nicht erwartet. Aber er gab sich Mühe, seine Überraschung zu unterdrücken.

„Ist gut." Bernd trat näher und beobachtete sie amüsiert. Die obersten Knöpfe ihrer karierten Bluse standen offen und gewährten ihm einen tiefen Einblick. Das, was der dünne Stoff ihrer Bluse kaum zu bändigen vermochte, kannte er bereits seit Langem. Er betrachtete sie und stellte fest, dass die irgendwie traurig wirkte. Ihr hübsches Gesicht war starr wie eine Maske, und das Make-up schaffte es kaum, die dunklen Ringe unter ihren Augen zu kaschieren. Kaltenbach spürte, wie das schlechte Gewissen in ihm aufstieg. Lag das alles noch an damals? An ihm? War sie nach all den Jahren noch nicht darüber hinweggekommen, dass er sie einfach so verlassen hatte?

Es verging eine knappe Minute, bis Bettina Bender zu ihm aufblickte. Als sie erkannte, wer vor ihr stand, wurden ihre Augen groß. Sie sprang von ihrem Stuhl auf und warf ihn dabei fast um. „Bernd?", fragte sie. „Bist du es wirklich?"

„Es scheint so", nickte er mit einem jungenhaften Grinsen. Die Selbstzweifel waren verfolgen. „Kannst mich ja kneifen, wenn du deinen Augen nicht traust."

„Unsinn!" Sie umrundete den Tresen und drückte ihn herzlich. Als sie zu ihm aufblickte, schien es Bernd, als blicke sie bis tief in seine Seele. Ihre Miene war ernst geworden. „Du blödes Arschloch", sagte sie vorwurfsvoll. „Einfach so abzuhauen. Eigentlich hatte ich mir vorgenommen, dich zu hassen!"

So etwas hatte Kaltenbach befürchtet. Also doch, dachte er reumütig. Er war kein sentimentaler Mensch und hasste Abschiedsszenen. Deshalb hatte er Enkirch damals still und heimlich verlassen, nachdem der Mord an seinem Onkel aufgeklärt war und alle Formalitäten mitsamt einer Bestattung auf dem Friedhof des Dorfes überstanden waren. Wenn er Enkirch nach der kurzen aber stürmischen Affäre mit Bettina Bender nicht verlassen hätte, wäre er jetzt wahrscheinlich verheiratet und stolzer Familienvater. Einmal mehr wurde er sich bewusst, dass er der geborene Junggeselle war. Er liebte das Leben so wie es war: Mit viel Freiheit und der Gewissheit, niemandem Rechenschaft ablegen zu müssen, wenn er einmal später am Abend nach Hause kam. Natürlich spielten Frauen in seinem Leben eine entscheidende Rolle, doch daran, eine seiner zahlreichen Freundinnen zu heiraten, hatte er nie gedacht. Kaltenbach war ein einsamer Wolf.

„Aber du bringst es nicht übers Herz, mich zu hassen", brach er das Schweigen, das zwischen ihnen eingekehrt war.

„Und ob. Darüber reden wir noch." Sie hob mahnend den Zeigefinger, und Bernd musste lachen. Er erwischte sich bei der Frage, ob sie so auch mit ihren gemeinsamen Kindern geschimpft hätte, wenn es sie denn geben würde. „Also", sagte Bettina. „Was treibt dich an die schöne Mosel? Heimweh? Die Sehnsucht nach mir wird es nach neun Jahren ja wohl kaum gewesen sein", fügte sie vorwurfsvoll hinzu.

Kaltenbach machte erst eine wegwischende Handbewegung und zuckte dann ein wenig hilflos die Schultern. „Ich bin beruflich hier."

„Schreibst du noch für das Käseblättchen?" Ironie schwang in ihrer Stimme mit. An ihrem Arbeitsplatz schlug das Telefon an. Sie blickte kurz zum Schreibtisch und ignorierte das Klingeln dann.

„Vorsichtig, der Rhein Wied Express hat in den letzten Jahren stetig expandiert", erwiderte Bernd. „Und genau deshalb bin ich hier. Im Moment helfe ich den Kollegen in der Koblenzer Redaktion ein wenig. Und die haben mir eine irrwitzige Geschichte erzählt."

„Schieß los."

„Nicht hier." Er blickte sich um. Das Vorzimmer des Gemeindebüros schien ihm nicht der richtige Ort zu sein, um über verseuchtes Trinkwasser zu sprechen. „Ich habe Hunger."

„Ganz der Alte", lachte Bettina. „Immer hungrig und trotzdem kein Gramm zu viel auf den Hüften." Sie kniff ihn durch die Lederkluft in die Taille.

„Danke für die Blumen. Also was ist – ich lad dich zum Essen ein, dann können wir reden."

„Und die alten Zeiten aufleben lassen?" Ihre grünen Augen funkelten ihn an.

„Auch das, wenn du magst", antwortete er.

Bettina warf einen Blick auf die große Wanduhr. „Du hast Glück", sagte sie dann. „Ich habe Feierabend. Also los – führ eine enttäuschte Geliebte mal anständig aus!"

Bernd sparte sich eine Antwort. Auf Vorwürfe hatte er nun wirklich keine Lust. Hätte er geahnt, dass er Bettina Bender hier im Gemeindebüro antraf, wo er recherchieren wollte, hätte er Mellie vorgeschickt. Aber nun war es zu spät, und Kaltenbach stellte sich seinem Schicksal. Und dennoch spürte er, dass mit Bettina etwas nicht stimmte. Er beschloss, sie bei passender Gelegenheit darauf anzusprechen.

Durch die verwinkelten Gassen von Enkirch hatte sie ihn zu Renks Straußwirtschaft in der Sonnenstraße geführt. Auf dem kurzen Fußmarsch durchs Dorf hatten sie kaum geredet, und Kaltenbach hatte die Stille genossen. Schweigen war ihm augenblicklich lieber als endlose Diskussionen über eine längst vergangene Liebe. In der Sonnenstraße angekommen, kehrten sie in den „Churtrierschen Weinhof", wie Renks Gasthof auch hieß, ein und suchten sich einen der wenigen freien Plätze im Innenhof des Weingutes. Der urig eingerichtete Schankraum war verwaist, doch Kaltenbach erinnerte sich daran, hier früher einmal mit seinen Verwandten gesessen zu haben. Doch das war lange her, und eigentlich hatte er mit der Vergangenheit seiner Familie längst abgeschlossen.

Die freundliche Kellnerin brachte ihnen die Speisekarte an den Tisch.

„Null acht fünfzehn gibt es hier nicht", bemerkte Bettina lächelnd, als sie Kaltenbachs verwundertes Gesicht sah. „Auf Fritten und Currywurst musst du wohl verzichten."

„Das macht gar nichts", erwiderte Kaltenbach und strich sich bezeichnend über den Bauch.

Nachdem Bettina ihm vom selbst gemachten frischen Flammkuchen vorgeschwärmt hatte, lief ihm das Wasser im Mund zusammen. Sie bestellten zwei Portionen bei der Bedienung, eine Weinschorle für Bettina und ein Bier für Kaltenbach. Danach genossen sie das Ambiente im Innenhof des Gutes. Bernd blieben Bettinas neugierige Seitenblicke nicht verborgen. Doch er ließ sie beginnen und schwieg.

„Also gut", machte sie schließlich den Anfang. „Der Job treibt dich also nach Enkirch? Hätte ich mir nach all den Jahren auch denken können. Die Sehnsucht nach mir wird es wohl kaum gewesen sein." Ihre Stimme klang verbittert.

Er grinste verkniffen, denn der Vorwurf war ihm unangenehm. „Erzähl zuerst von dir: Warum arbeitest du im Gemeindeamt?“ Er erinnerte sich daran, dass Bettina eine begnadete Malerin war. Vielleicht gelang es ihm so, sie von ihren Vorwürfen abzubringen und sie ein wenig aufzuheitern. Bettina hatte damals eine kleine Galerie in Trier geführt. „Hast du die Galerie in Trier nicht mehr?“

Sie schüttelte den Kopf. „Kunst ist wohl nicht so angesagt zur Zeit. Die Leute müssen sparen und investieren ihr knapp gewordenes Geld in wichtigere Dinge als in Bilder, die sie sich in ihre Wohnung oder ihr Haus hängen können. Wie sagt man immer so schön? Kunst kann man nicht essen, und ich konnte irgendwann nicht mehr davon leben. Also hab ich die Reißleine gezogen, bevor es zu spät war. Frau Conradi, die seit vielen Jahren im Gemeindeamt gearbeitet hatte, ging in den Ruhestand, und die Stelle wurde frei. Da habe ich zugeschlagen. Nun vermittele ich den Touristen Zimmer und Ferienwohnungen, erledige den anfallenden Bürokram und war die rechte Hand des Ortsbürgermeisters.“

Die Bedienung brachte die Getränke; sie prosteten sich zu und tranken schweigend.

Kaltenbach war nicht entgangen, dass Bettinas grüne Augen feucht schimmerten. Er hatte Bettina, seine Jugendliebe, als taffe Frau in Erinnerung gehabt. Und nun schien sie dem Verkauf ihrer Galerie nachzutrauern.

„So schlimm?“, fragte er ein wenig hilflos.

Bettina nickte stumm und kämpfte gegen die Tränen an. Eine Kellnerin trat an den Tisch und brachte das dampfende Essen. Sie wünschte ihnen freundlich einen guten Appetit und verschwand wieder.

Kaltenbach hasste Sentimentalitäten. Damit konnte er nur schwer umgehen. Und dass Bettina hier und jetzt weinte, ging ihm näher als ihm lieb war. Ihre letzten Sätze gingen ihm durch den Kopf. „Moment", rief er dann. „Warum sagtest du, du warst die rechte Hand des Ortsbürgermeisters?"

„Er ist tot", antwortete Bettina leise und nestelte an der Papierserviette herum. „Ermordet. Gestern hat man ihn erschossen. Und ich habe seine Leiche gefunden." Aus ihrem hübschen Gesicht war jede Farbe gewichen. „Er sah so schrecklich aus, wie er da im Boot gelegen hat."

„Das musst du mir erklären", sagte Kaltenbach, mehr, um überhaupt etwas zu sagen.

Bettina berichtete ihm vom kaltblütigen Mord an ihrem Vorgesetzten, und Bernd unterbrach sie kein einziges Mal.

„Hat die Polizei den Mörder schon gefasst?", fragte er, nachdem sie ihre Ausführungen beendet hatte.

Wieder schüttelte sie den Kopf. „Nein", sagte sie leise. „Es war doch erst gestern."

„Hm." Bernd nickte und griff zum Besteck. Auch wenn ihm die Geschichte an die Nieren ging – der Hunger war geblieben. Gierig machte er sich über den Flammkuchen her. Bettina sah ihm zu, lächelte zaghaft, rührte ihr Essen aber nicht an.

„Und was ist mit dir?", fragte sie leise. „Was willst du hier? Bist du immer noch der einsame Wolf, der überall herumstreicht und Bindungsängste hat?"

Kaltenbach schüttelte den Kopf. „Stichwort Trinkwasserversorgung im Dorf." Er beobachtete sie genau und achtete auf jede Regung in ihrem Gesicht. „Es stimmt doch, dass der Ort sein Trinkwasser aus dem Ahringsbach bezieht, oder?"

„Ja“, nickte sie. „Das stimmt.“ Sie fummelte nervös an der Tischdecke herum und kaute auf der Unterlippe.

„Was weißt du davon?“, fragte Kaltenbach.

„Erst will ich deine Version hören“, entgegnete sie ein wenig zu schnell.

„Die gibt es nicht - noch nicht. Ich habe von den Kollegen erfahren, dass hier einiges im Argen liegt. Man hat mich gebeten, die Stimmung in Enkirch einzufangen. Ich weiß, dass Bewohner tote Fische im Bachlauf gefunden haben und sich Sorgen gemacht haben. Und ich weiß, dass einige Bürger den Verdacht haben, dass die Betreibergesellschaft des Flughafens dahinterstecken könnte.“

Bettina presste die Lippen zusammen und blickte sich um. Erst, als sie sicher sein konnte, dass sich keiner der anderen anwesenden Gäste für ihr Gespräch interessierte, sagte sie leise: „Der Verdacht ist nicht unberechtigt.“

„Das musst du mir erklären“, forderte Kaltenbach. Er war also doch auf eine heiße Story angesetzt worden. Längst hatte er Lunte gerochen und war wild entschlossen, sich die Geschichte jetzt nicht mehr von Prangenberg abnehmen zu lassen. Und wenn er seinen längst fälligen Urlaub dafür opfern würde, um an der Story dranzubleiben - er war sicher, dass das malerische Dorf ein Geheimnis barg.

„Ich fürchte, das geht nicht in ein, zwei Sätzen“, antwortete Bettina.

„Dann versuch es in vier, fünf Sätzen“, ermunterte Kaltenbach sie.

„Ich bin sicher, dass der Mord an Gerber damit zu tun hat. Wilfried Gerber war ein geachteter und beliebter Mann im Dorf. In seiner Eigenschaft als Ortsbürgermeister setzte er sich vorbildlich für die Belange der Bürger ein."

„Du klingst wie ein sprechender Wahlprospekt."

„Ist aber so", erwiderte sie trotzig. „Und er kämpfte für den Umweltschutz."

„Dann ist es auch klar, dass er ein Problem mit toten Fischen im Bach hatte." Kaltenbach massierte sich den Nasenrücken.

Bettina nickte eifrig. „Er ging auf die Barrikaden und hat eine Bürgerinitiative gegen den Hahn gründen wollen. Erste Gespräche sind schon gelaufen. Und dann ist Wilfried Gerber zum Hahn gefahren und hat sich mit der Flughafenleitung angelegt."

„Und nun ist er tot", schlussfolgerte Kaltenbach bewusst kühn. „Du glaubst also, man hat ihn aus dem Weg geräumt, weil er einigen Leuten in der Verwaltung unbequeme Fragen stellte?"

Bettina nickte, trank einen Schluck und stellte das Glas ein wenig hart auf dem Tisch ab. „Es ist vielleicht weit hergeholt, aber ich werde den Verdacht nicht los, dass sein Mord mit der Geschichte in Zusammenhang steht."

„Was war er für ein Mensch?"

„Er konnte keiner Fliege etwas zuleide tun und hat sich für das Wohlergehen von Enkirch aufgeopfert. Wie gesagt: Im Dorf war er beliebt und geachtet, Feinde hatte er bestimmt keine."

„Das sehe ich anders, denn sonst wäre er wohl noch am Leben", stellte Kaltenbach klar.

„Das muss die Kripo herausfinden."

Kaltenbach widersprach nicht. Vielleicht sollte er zur Mordkommission Kontakt aufnehmen. In ihm reifte ein Plan. Nun griff Bettina doch zum Besteck und versuchte den Flammkuchen zu genießen. Und Bernd verabschiedete sich von dem Gedanken, etwas davon abzubekommen, denn jetzt aß sie mit Heißhunger.

Zell-Kaimt, 15.50 Uhr

Am Nachmittag war Bettina mit einer alten Freundin verabredet. Bernd kam das sehr gelegen; er setzte sich auf die Honda und fuhr nach Zell. Über die große Moselbrücke gelangte er in den Ortsteil Kaimt, wo die zuständige Polizeiinspektion ihren Sitz hatte. Vielleicht gab es zum Mord an Gerber schon erste Erkenntnisse. Zuvor hatte Kaltenbach mit der Redaktion in Koblenz telefoniert und Simon Dietz mitgeteilt, dass er heute nicht mehr ins Büro kommen werde.

Nachdem er die Honda vor dem weißen Polizeigebäude in der Winzerstraße abgestellt hatte, betrat er das Gebäude und stand Polizeioberkommissar Peter Stürzenbecher gegenüber. Der uniformierte Polizist führte ihn in sein einfach eingerichtetes Büro. Hier standen sich zwei graue Schreibtische gegenüber; während sich der uniformierte Polizist hinter seinem Schreibtisch verschanzte, machte er eine einladende Geste und bedeutete Kaltenbach, sich an den verwaisten Schreibtisch zu setzen. Kaltenbach nickte und blickte sich um. Auf den dunkelgrünen Blättern des Benjaminbaums in der Ecke hatte sich eine gelbliche Schicht Blütenstaub gebildet. Eine Wand wurde von deckenhohen Aktenschränken eingenommen, auf der gegenüberliegenden Seite flatterte eine vergilbte Landkarte der Umgebung im Luftzug, der durch das auf Kipp stehende Fenster in das Büro drang. Ein Plakat warb für die Aktion „Wachsamer Nachbar“.

Der Polizeioberkommissar, ein großer Mann Anfang fünfzig und mit grau melierten Haaren, hörte geduldig zu. Er stellte keine Zwischenfragen und wartete, bis Kaltenbach seine Ausführungen abgeschlossen hatte. Dann winkte er ab.

„Sie werden alles Wissenswerte zum Stand der Dinge auf der Pressekonferenz erfahren, zu der Sie schon jetzt recht herzlich eingeladen sind", machte Stürzenbecher dicht. „Die Ermittlungen werden von der Kriminaldirektion in Trier geleitet – selbst wenn ich wollte, ich bin aus der Nummer draußen, wenn ich das mal so salopp ausdrücken darf." Stürzenbecher grinste schief. „Wenden Sie sich an die Kollegen, wenn Sie nicht bis zur Pressekonferenz warten möchten."

Damit hatte Kaltenbach gerechnet. Es war das übliche Gerede der Beamten in solchen Fällen, schon oft hatte er sich darüber geärgert. Doch nun bemühte er sich, freundlich zu bleiben. „Guter Mann", sagte er gedehnt. „Ich habe berechtigtes Interesse an dem Mord, weil ich gerade in einer Sache recherchiere, die mit dem Tod des Ortsbürgermeisters in Verbindung stehen könnte."

Nun wurde Stürzenbecher hellhörig. „Sie sind verpflichtet, uns alles mitzuteilen, was Sie über den Fall wissen", belehrte er Kaltenbach mit hochgezogenen Augenbrauen.

„Dann ziehen wir doch einfach an einem Strang", erwiderte Bernd mit einem süffisanten Grinsen. „Mit etwas Glück liefere ich Ihnen eine heiße Spur. Und Sie sagen mir, was Sie über die Sache wissen und ich bekomme am Ende meine Geschichte, über die ich schreiben kann."

„Woher weiß ich, dass Sie nicht vorzeitig mit Ihren und unseren Erkenntnissen an die Öffentlichkeit gehen und so unsere Arbeit erschweren, den Mörder von Wilfried Gerber zu finden?“ Stürzenbecher blickte ihn zweifelnd an. „Ich meine - ich kenne Sie doch gar nicht, guter Mann!“

„Recht haben Sie“, nickte Kaltenbach. „Aber Sie müssen mir einfach mal vertrauen. Also - sind wir zusammen an der Sache dran?“

Stürzenbecher schüttelte den Kopf. „Mein Dienststellenleiter würde mir den Kopf abreißen, wenn ich Sie mit Informationen versorge. Gar nicht zu sprechen von den Kollegen in Trier - für so etwas gibt es dort übrigens eine Pressesprecherin. Sind Sie ein Journalist oder ein Schnüffler?“

„Beides“, erwiderte Kaltenbach. Er dachte kurz nach und erinnerte sich dann an den Namen der von Stürzenbecher zitierten Polizeisprecherin. Er kannte sie noch von früher. Vielleicht würde er sie wirklich kontaktieren. „Allerdings recherchiere ich nicht, um jemanden ans Messer zu liefern. Ich möchte nur gute Geschichten schreiben und damit etwas bei den Leuten bewegen. Mehr nicht. Und wenn Sie dadurch Ihren Mörder hops nehmen können - umso besser, dann sind beide Seiten glücklich. Also: Helfen Sie mir?“

Peter Stürzenbecher dachte nach. „Es ist nicht mein Mörder“, murmelte er. „Die Kollegen in Trier...“ Er brach seufzend ab und stierte ins Leere. Schließlich schüttelte er den Kopf. „Das kann ich nicht tun. Die Kollegen in Trier leiten die Ermittlungen, und ein Tötungsdelikt ist kein Fahrraddiebstahl. Ich komme in Teufels Küche, wenn herauskommt, dass ...“

„Schon gut, vergessen Sie‘s.“ Bernd erhob sich und ging zur Tür. Dort angekommen, wandte er sich noch einmal zu Stürzenbecher um. „Ich sage Ihnen eins: So wie es aussieht, platzt hier bald eine Bombe. Ich werde darüber berichten, denn das ist mein Job. Blöd nur, wenn Sie sich dann die Fragen der Leute anhören müssen. Aber das ist Ihre Entscheidung." Damit war Kaltenbach draußen.

Die Fahrt zurück nach Enkirch konnte er nicht so recht genießen. Zu viele Gedanken wirbelten in seinem Kopf herum. Jemand hatte den Ortsbürgermeister in seinem Boot auf der Mosel erschossen. Wenn er seiner alten Freundin Bettina Glauben schenken wollte, dann war Gerber allseits beliebt gewesen, Feinde gab es offenbar nicht. Und doch hatte man ihn getötet. Das konnte verschiedene Gründe haben: Entweder war er zufällig das Opfer seines Mörders geworden. Oder er hatte die weiße Weste nur nach außen hin getragen und eine Leiche im Keller gehabt, von der niemand etwas wusste. Die dritte Möglichkeit hielt Bernd für am wahrscheinlichsten: Wilfried Gerber als bekennender Liebhaber seiner Heimat und Umweltschützer war einigen Leuten ein Dorn im Auge gewesen. Er war lästig und musste aus dem Weg geräumt werden. Kaltenbach fragte sich, was ein Auftragsmord wohl kosten würde. So wie es aussah, hatte man Gerber ganz bewusst in den Abendstunden, wenn es am Fluss ruhig war, erschossen. Auf der Mosel hatte er keine Möglichkeit gehabt, seinem Mörder zu entkommen, er war ihm ausgeliefert. Clever, dachte Kaltenbach und kam zu dem Schluss, dass der Mord am Ortsbürgermeister von langer Hand geplant gewesen sein könnte. Und trotzdem blieb das Restrisiko, dass es ungebetene Zeugen gab. Wer also ging dieses Risiko ein? Entweder hatte es sich bei dem Mord um einen Racheakt gehandelt, oder... oder man hatte einen Profi auf die geplante Tötung angesetzt. Aber so etwas kostete viel Geld, vorausgesetzt, dass sich niemand selber die Finger schmutzig machen wollte. Bernd kam zu dem Schluss, dass derjenige, der den Mord in Auftrag gegeben hatte, nicht arm wie eine Kirchenmaus gewesen sein konnte. Möglicherweise steckte ein Unternehmen hinter dem Anschlag auf den Ortsbürgermeister.

Vielleicht lag Bettina mit ihrer Theorie, dass die Verantwortlichen des Flughafens etwas mit dem Mord zu tun haben könnten, gar nicht mal so falsch.

Als er die Bundesstraße 53 an der Abfahrt Enkirch verließ, hatte er einen ersten Denkansatz. Vielleicht konnte ihm Bettina weiterhelfen. Die Angehörigen des Toten würden ihm nichts erzählen; immerhin war er kein Polizist. Kaltenbach fuhr langsam die Sponheimer Straße hoch. Auf Höhe des Sponheimer Hofes fand er einen Parkplatz. Er stellte die Maschine auf den Ständer und verstaute den Helm im Koffer, während sein Blick über die malerischen Fachwerkfassaden des Oberdorfes schweifte. Dann marschierte er die Straße ein Stück hinauf. Rechts lag das ehemalige Haus seines Onkels, links gegenüber wohnte Bettina. Sie lebte allein im Fachwerkhaus ihrer Eltern. Unter dem Dach gab es ein Atelier, in dem sie in den Abendstunden bei einem Glas Wein immer gemalt hatte. Unwillkürlich fragte er sich, ob sie das wohl immer noch tat. Kaltenbach stand ein wenig unschlüssig vor dem Haus und blickte an der Fassade empor.

Ein Polo parkte vor dem Haus, wahrscheinlich war es Bettinas Auto. Schon früher hatte sie einen alten Polo gefahren, allerdings das Vorgängermodell. Er legte den Finger auf den Klingelknopf. Drinnen schlug erst eine Glocke, dann ein Hund an. Dem tiefen Bellen nach zu urteilen, musste es sich um einen ziemlich großen Hund handeln. Bernd wich einen Schritt zurück. Große Hunde waren ihm nicht geheuer.

Die Tür öffnete sich, und Bettina blickte ihn überrascht an. „Schön, dass du zurückgekommen bist", sagte sie dann.

Unwillkürlich fragte er sich, ob sie ihr heutiges Treffen meinte oder ob sie von ihrer gemeinsamen Vergangenheit sprach. Prompt meldete sich sein schlechtes Gewissen. Er wollte gerade einen Schritt ins Haus machen, als sich ein großer braunweißer Fellberg an seiner Herrin vorbeischob und aus braunen Augen neugierig zu ihm aufblickte. Allein der Kopf des Hundes war größer als Kaltenbachs Schädel.

„Um Gottes willen – was ist das?", fragte Bernd, der das Hundegebell schon wieder vergessen hatte.

Bettina lächelte. „Das ist der einzige Mann in meinem Leben." Der seltsame Unterton in ihrer Stimme blieb Kaltenbach nicht verborgen, doch er ging nicht darauf ein. Bettina tätschelte den Berner Sennenhund. „Darf ich vorstellen: Vincent van Gogh, aber seine Freunde nennen ihn Vince."

„Dann möchte ich sein Freund sein", lachte Bernd, der erleichtert feststellte, dass das Tier freudig mit dem Schwanz wedelte.

„Komm schon rein, oder hast du Angst?" Sie machte den Eingang frei.

Die Frage: Angst – wovor? sparte sich Bernd und folgte ihr ins Wohnzimmer. Vincent van Gogh trottete ihnen nach, drehte im Wohnzimmer einige Runden um die eigene Achse, wartete, bis Kaltenbach und Bettina sich auf den beiden Sofas gegenübersaßen und ließ sich dann schnaufend auf ein verwaschenes Fell sinken. Hier angekommen, legte er den massigen Kopf auf die Vorderpfoten und träumte mit offenen Augen in den Tag hinein. Bettina verschwand in der Küche, um Getränke zu holen. Sie kehrte mit einer Flasche Wein vom Steffensberg und zwei Gläsern zurück.

„Für mich bitte nicht – ich muss doch noch fahren."

„Dann ein anderes Mal", erwiderte Bettina schulterzuckend und füllte ihr Glas. Sie betrachtete ihn nachdenklich über den Rand des Glases und trank dann, um sich genießerisch über die Lippen zu lecken.

„Ich war bei der Polizei in Zell", eröffnete Bernd schließlich das Gespräch.

„Und?" Bettina schlug die Beine übereinander, wobei sich der Saum ihres luftigen Sommerkleides ein wenig höher schob und Kaltenbach zwei wunderschöne Beine zeigte.

„Die mauern", erwiderte er und war bemüht, ihr in die grünen Augen zu blicken, um nicht als Lüstling abgestempelt zu werden. „Verweisen auf eine Pressekonferenz und auf die Kollegen in Trier, die die Ermittlungen leiten. Da geht nichts, fürchte ich."

„Das habe ich mir gedacht."

„Du hast vorhin davon gesprochen, dass der Mord an Gerber womöglich mit seinen Aktivitäten als Umweltschützer zusammenhängt. Wie steht es, von dem Verdacht, dass die Betreibergesellschaft das Trinkwasser verschmutzt mal abgesehen, um das Ansehen des Hahns?"

Bettina strich den Stoff ihres Kleides glatt. „Der Flughafen Hahn bringt nicht nur Arbeitsplätze, er belastet auch unsere Region und die Menschen, die hier leben."

„Also eine Zweckgemeinschaft", schlussfolgerte Kaltenbach. „Ihr könnt den Flugplatz nicht leiden, aber er sichert die Arbeitsplätze und bringt Gewerbesteuer?"

Bettina nickte. „So kann man es sagen."

„Du sagtest, der Verdacht, dass der Flughafen hinter der Geschichte steckt, ist nicht abwegig?", erinnerte sich Kaltenbach an die Bemerkung, die sie beim Essen gemacht hatte.

„Der Flughafen, so scheint es, leitet Abwasser in den Groß- und Ahringsbach. Bewiesen ist das noch nicht, aber Gerber war im Begriff, eine Bürgerinitiative ins Leben zu rufen."

„Und die toten Fische im Bach? Sie sprechen doch eine eindeutige Sprache. Man hat doch Messungen durchgeführt?"

„Nur um die Bürger in Sicherheit zu wiegen."

„Mit welchem Ergebnis?"

Bettina lachte humorlos auf. „Das fragst du wirklich? Natürlich ist das Wasser sauber. Die Ursache der toten Fische ist weiterhin unklar. Wenn du mich fragst: Eine Krähe hackt der anderen kein Auge aus. Wie du vielleicht weißt, ist ein Großteil der Anteile an der Betreibergesellschaft im Besitz des Landes."

Kaltenbach erinnerte sich, darüber etwas gelesen zu haben. „Warum baut der Flughafen nicht einfach eine Kläranlage?"

„Weil sie so gut wie pleite sind", erwiderte Bettina. „Das ist ein offenes Geheimnis in der Gegend, und der Bau einer Schmutzwassersammelanlage kostet viel Geld. Die Gesellschaft hat schon alle Flüge gestrichen, die nicht rentabel sind, auch Arbeitsplätze hat man in den letzten Monaten abgebaut."

„Aber die Landesregierung hat den Flughafen doch übernommen", warf Kaltenbach ein. „Für einen symbolischen Euro, wenn ich mich recht erinnere. Warum tut man das, wenn man weiß, dass der Laden so gut wie bankrott ist und keinen Gewinn erwirtschaftet?"

„Um die restlichen bestehenden Arbeitsplätze zu retten." Bettina schenkte sich von ihrem Wein nach. „Der Flugplatz ist ein wichtiger Wirtschaftszweig in der Region, und wer da seinen Job verliert, kann gleich Hartz IV beantragen. Das kostet dann auch wieder Steuergelder, also übt man sich in Schadenbegrenzung."

„Leuchtet ein." Kaltenbach nickte. „Was kann man gegen die Pleite tun?"

„Das fragen sich die Verantwortlichen auch. Man hatte mal geplant, eine Terminalgebühr von den Passagieren zu nehmen. Drei Euro pro Flug und Nase sollten den Flugplatz aus den roten Zahlen holen."

„Ich nenne so was Abzocke", brummte Kaltenbach.

„Das hat die am Hahn ansässige Billigfluggesellschaft auch so gesehen", nickte Bettina. „Die haben damals sogar gedroht, ihre Flugzeugflotte komplett vom Hahn wegzuholen. Das hätte das Ende bedeutet, und so hat das Land Rheinland-Pfalz dem Vorschlag der Betreibergesellschaft widersprochen."

„Womit die Probleme aber immer noch nicht aus der Welt sind."

Bettina zuckte die Schultern. „Aber man hat 6.000 Arbeitsplätze gerettet."

„Und die Gesellschaft hat jetzt Narrenfreiheit?"

„Es sieht in meinen Augen ganz so aus", nickte Bettina. „Und ich glaube, dass einige Leute in der Gegend das ähnlich einschätzen."

„Da braut sich etwas zusammen", unkte Kaltenbach. „Der Mord an Gerber ist vielleicht nur die Spitze des Eisberges."

VIER

Es war spät geworden, und sie hatten sich über Gott und die Welt unterhalten. Kaltenbach war nicht verborgen geblieben, dass Bettina ihn nicht ein einziges Mal auf ihre gemeinsame Zeit angesprochen hatte. Es schien, als hätte sie ihm vergeben, dass er sich bei Nacht und Nebel aus dem Staub gemacht hatte. Allerdings kannte er sie besser und wusste, dass sie ihn noch lange nicht vergessen hatte. Möglicherweise, so musste er sich eingestehen, lag das aber auch an seinem gesunden Selbstbewusstsein. Bettina hatte ihnen ein zünftiges Abendbrot zubereitet; sie hatte ihm frisches Brot, Käse und hausgemachte Wurst aufgetischt. Dazu hatte sie ihm ein eiskaltes Bier serviert – offenbar erinnerte sie sich gut an seine Vorlieben.

Nachdem sie gemeinsam den Tisch in ihrem kleinen Esszimmer abgeräumt hatten, warf Bernd einen Blick durch das Fenster hinaus auf die Sponheimer Straße. Van Gogh war ihnen in die Küche gefolgt. Nun ließ er sich vor der Spülmaschine nieder und döste.

Nachdenklich betrachtete Kaltenbach das alte Haus seines Onkels. In der Scheibe sah er sein Gesicht im Spiegel. Nun trat Bettina neben ihn. Sie musterte ihn neugierig von der Seite, dann deutete sie auf das Haus, das Kaltenbachs Onkel gehört hatte.

„Fehlt es dir?"

„Es ist ein komisches Gefühl, das Haus zu sehen, wo ich als Kind meine Ferien verbracht habe", erwiderte er, ohne den Blick abzuwenden. „Jahrelang hat sich dort die Familie getroffen und gefeiert. Und nun bin ich der Letzte aus dieser Sippe, und das Haus gehört mir nicht mehr." Nun drehte er sich zu ihr um. Ihre Gesichter waren sich ganz nah, und sie blickte ihm tief in die Augen.

„Schon komisch, man sieht das Haus, hat aber keinen Schlüssel mehr und darf nicht mehr hineingehen. Es ist wie die Kulisse eines Films, die Assoziationen und Erinnerungen hervorruft. Ich habe keine Ahnung, wie es jetzt hinter den Mauern aussieht." Er seufzte. „Und beim Anblick der ollen Hütte werde ich mir im Klaren darüber, dass ich mich eigentlich sehr einsam fühlen müsste."

„Tust du das denn nicht?"

„Nein", sagte er schnell und schüttelte den Kopf. Ruckartig wandte er sich vom Fenster ab. „Es ist spät geworden, und ich habe noch einen langen Ritt in den schönen Westerwald vor mir."

„Du kannst hier übernachten, wenn du magst", schlug Bettina ihm ein wenig zu schnell vor. „Ich meine, es ist Platz genug im Haus. Kannst das Gästezimmer haben. Das Bett ist sogar frisch bezogen."

„Das ist schön." Er lächelte und schüttelte den Kopf. Sekundenlang schien die Luft zwischen ihnen zu knistern. Dann streckte er die Hand aus und strich ihr zart durch das Gesicht. Sie schloss die Augen und schien die sanfte Berührung für immer konservieren zu wollen. Als sie die Augen öffnete, war er ernst geworden.

„Es wäre nicht gut, wenn ich hierbleibe", sagte er dann und machte Anstalten zu gehen. Sie folgte ihm aus der Küche. „Ich werde zu Hause noch ein wenig arbeiten und recherchieren. Und morgen bin ich wieder hier. Und dann bringen wir Licht ins Dunkel."

„Und ich kann dich nicht überreden?", fragte sie und schenkte ihm einen verführerischen Blick. Ihre Stimme klang heiser.

„Keinesfalls“, lächelte er.

„Wie du meinst.“ Sie wirkte enttäuscht, war aber bemüht, sich das nicht anmerken zu lassen. So brachte sie ihn zur Tür. Es war ein lauer Abend, und die Dämmerung zog aus dem Alten Tal hinauf ins Oberdorf.

„Dank dir für das Abendessen“, sagte er und zog sie an sich, um sie herzhaft zu drücken. Dann ließ er sie schnell los, fast so, als hätte er sich die Finger an ihrer Nähe verbrannt. Sie begleitete ihn zu seiner Maschine und sah ihm schweigend dabei zu, wie er sich am Koffer zu schaffen machte, um den Helm aufzusetzen. Er zog den Reißverschluss der Lederjacke zu und stieg auf den Bock.

„Bist wohl immer noch ein Rocker“, murmelte sie mit einem sehnsüchtigen Lächeln.

„Manche Dinge ändern sich eben nie“, erwiderte er und grinste breit unter dem Visier. Er betätigte den Starter der Honda CBX. Der Motor erwachte sofort, und Kaltenbach klappte die Maschine vom Ständer. Erschüttert stellte er fest, dass etwas nicht stimmte. Der Hinterreifen war platt.

„Scheiße“, brummte er und schaltete den Motor ab, um die Honda wieder aufzubocken.

„Sag mal, hast du 'nen Platten?“, fragte Bettina überflüssigerweise.

„Nein, der Reifen atmet nur gerade aus“, erwiderte Kaltenbach bissig. So würde er nicht nach Hause kommen. „Und, sollte das deine nächste Frage sein: Nein, bei einem Motorrad gibt es leider kein Ersatzrad, das jahrelang im Kofferraum schläft und auf seinen Einsatz wartet.“

Als er sich zu Bettina umblickte, sah er, wie sie hoffnungsvoll lächelte. Doch er hatte keine Lust auf eine komplizierte Beziehung. Auf ihr Angebot, doch hier zu übernachten, wollte er nicht eingehen. Und wenn er die Honda selber reparieren musste.

„Willst du meinen Wagen haben?", fragte sie ihn völlig überraschend. In der Hand hielt sie einen Autoschlüssel.

„Wie jetzt?" Er runzelte die Stirn.

„Nimm den alten Polo mit, ich brauche ihn nicht. Zum Büro gehe ich morgen zu Fuß, und du kannst abhauen, ohne auf den Pannendienst zu warten."

Bernd zögerte. Er überlegte, ob sie sich davon etwas versprach. Immerhin, so stellte er fest, nutzte sie die Situation nicht aus, ihn doch zu einer Übernachtung in Enkirch zu überreden. „Und du brauchst den Wagen wirklich nicht?"

Sie schüttelte den Kopf. „Behandel ihn nur gut, er ist nicht mehr der Jüngste."

„Wir werden uns sicher gut verstehen - das bin ich auch nicht", grinste Bernd und war ihr wirklich dankbar, als sie ihm den Wagenschlüssel zuwarf, den er mit einer geschickten Bewegung auffing.

Er kam sich ein wenig albern vor, als er seine knapp zwei Meter Körpergröße in den kleinen VW faltete. Obwohl er den Sitz ganz nach hinten geschoben hatte, machte Kaltenbach eine komische Figur in Bettinas altem Polo. Der Wagen sprang mit dem ersten Dreh am Zündschlüssel an.

„So muss das klingen", grinste er zu Bettina hinauf, die neben dem Wagen stand. Kaltenbach probierte die Schaltung aus. Die Gänge ließen sich ein wenig hakelig einlegen, doch er war nicht verwöhnt und würde sicherlich damit klarkommen. Nur der Gedanke, jetzt fast zwei Stunden in unbequemer Haltung hinter dem Lenkrad zu verbringen, behagte ihm nicht sonderlich.

Bernd hoffte, dass der Mann vom Pannendienst, den er vor seiner Abfahrt angerufen hatte, seine geliebte Honda wieder flott bekam. Schon jetzt sehnte er sich nach der Freiheit, die er nur auf zwei Rädern in vollen Zügen genießen konnte.

„Das Radio funktioniert auch", bemerkte Bettina stolz. „Musst also nicht singen."

„Wie schön", murmelte Bernd und drehte an dem Schalter. Tatsächlich ertönte Musik, und im Display sah er die Frequenz von RPR1. Das war schon mal ein guter Anfang. „So", sagte er. „Dann wollen wir mal. Ich besuch dich morgen wieder und werde dein Auto unversehrt zurückbringen."

„Ich freu mich", antwortete Bettina, und sie klang ehrlich. Dann drückte sie die Fahrertür ins Schloss und blickte Kaltenbach nach, der langsam die Sponheimer Straße herunterfuhr. Auf der B 53 angekommen, schaltete er in den vierten Gang und fand Zeit, über den seltsamen Fall nachzudenken. Der Ortsbürgermeister war erschossen worden. Ein offenbar integrer Mann, der sich vorbildlich für Gerechtigkeit und den Umweltschutz eingesetzt hatte. Und ein Mensch, der es nicht zulassen wollte, dass die Betreibergesellschaft des Flughafens offenbar verschmutztes Abwasser in den Ahringsbach leitete. Immerhin bezog das Dorf sein Trinkwasser aus dem Bach, und die toten Fische, von denen Bettina ihm berichtet hatte, sprachen eine eindeutige Sprache. Unter normalen Umständen hätte sich das Amt für Umweltschutz in die Sache einklinken müssen, um das Wasser im Ahringsbach zu überprüfen. Eine Prüfung des Trinkwassers hatte jedoch keinen bedenklichen Wert ergeben. Der Flughafen war vom Land Rheinland-Pfalz übernommen worden, um ihn vor der Pleite zu schützen und somit die Arbeitsplätze zu erhalten. Wenn eine Landesbehörde nun feststellte, dass der Flughafen schädliche Abwässer in den Bach leitete, war das eher kontraproduktiv, so viel leuchtete Kaltenbach ein. Also verharmloste man die Ergebnisse der Messungen, und die Menschen waren beruhigt.

Eine Frage blieb jedoch: Wie passten dann die toten Fische ins Bild?

Vermutlich waren es auch die Fische gewesen, die Gerber hatten zweifeln lassen, dass es bei der Messung des Wassers mit rechten Dingen zugegangen war. Aber war die Betreibergesellschaft des Flugplatzes tatsächlich in der Lage, Zeitgenossen, die unbequeme Fragen stellten, aus dem Weg zu schaffen? Ging der Flughafen über Leichen, nur um sein Image sauber zu halten?

Das klang unwahrscheinlich, und dennoch drängte sich dieser Verdacht auf, wenn man die Geschehnisse miteinander in Verbindung brachte.

Er hatte Zell in nördliche Richtung passiert und gehofft, dass der Wagen, der ihm seit Enkirch folgte, nun endlich abbog. Doch der Fahrer des Wagens tat ihm den Gefallen nicht. Hinter der Moselbrücke vergrößerte sich der Abstand zwischen dem Polo und dem Verfolger zwar, aber er blieb stets auf Sichtweite. Bis zum Ortseingang von Alf waren es noch ein paar Kilometer. Kaltenbach beobachtete das fremde Auto über den Innenspiegel und versuchte herauszufinden, um welchen Fahrzeugtyp es sich handeln konnte. Nach der Anordnung und Bauhöhe der Scheinwerfer handelte es sich um einen Liefer- oder um einen Geländewagen. Kaltenbach sehnte sich nach seiner Maschine. Mit der Honda wäre es ein Leichtes gewesen, den lästigen Verfolger abzuhängen, doch Bettinas alter

Polo war schwach auf der Brust. Selbst ein beherzter Tritt auf das Gaspedal hätte nicht den gewünschten Effekt gehabt, den Wagen hinter ihm einfach abzuschütteln.

Kaltenbach wurde nervös und drosselte das Tempo. Wie er erwartet hatte, ließ sich auch das folgende Fahrzeug zurückfallen. Spätestens jetzt hätte jeder andere Fahrer ihn überholt. Bei nahezu gleichem Abstand rollte das schwere Fahrzeug hinter dem Polo her. Nach drei Kilometern änderte sich die Situation plötzlich, so plötzlich, dass sich Kaltenbachs Herzfrequenz schlagartig erhöhte. Sein Verfolger beschleunigte nun und schloss zu seinem Polo auf. Kaltenbach hatte völlig verdrängt, wie leistungsstark moderne Geländewagen waren. Ihre Fahrleistungen reichten oft an die einer gut motorisierten Limousine heran.

„Was soll der Scheiß?", zischte er, als das Gaspedal des alten Polo das Bodenblech berührte. Der kleine Motor dröhnte auf, doch die Tachonadel kroch im Schneckentempo nach oben. Ihm kamen Filmszenen in den Sinn, bei denen kleine Autos einfach von der Straße gerammt wurden. Wenn er dabei auf dem Sofa saß, in Feierabendlaune und bei einem kalten Bier, genoss er solche Rempeleien. Doch dies war kein Film – das war die Wirklichkeit. Und als Kaltenbach bewusst wurde, dass er gegen den großen Wagen, der ihm förmlich am Heck klebte, keine Chance haben würde, bekam er Schweißausbrüche. Sicherlich würde es nur einen einzigen Rempler benötigen, um ihn von der Straße zu rammen. Dann konnte er nicht mehr recherchieren und irgendwelchen Leuten unbequem werden. Im Innern des Polo wurde es plötzlich taghell, als der Hintermann das Fernlicht einschaltete. Kaltenbach blinzelte und erkannte leistungsstarke Zusatzscheinwerfer. Er wartete mit jeder Sekunde auf den alles beendenden Knall, der das Blech des Polo bersten ließ und ihn von der Fahrbahn drängte.

Doch der Ruck, mit dem er von der Straße gefegt werden sollte, blieb aus. Durch das offen stehende Seitenfenster vernahm er nun das tiefe Wummern des hubraumstarken Motors hinter ihm. So plötzlich, wie sein Verfolger den Abstand auf ein Minimum reduziert hatte, scherte der Wagen jetzt nach links aus und setzte zum Überholen an.

Um ein Haar hätte die Stoßstange das Heck des Polo gestreift. Kaltenbach kniff für den Bruchteil einer Sekunde die Augen zusammen, doch dann befand sich sein Verfolger auf gleicher Höhe mit dem Polo. Kaltenbach blickte nach links und erkannte einen amerikanischen Boliden, einen schwarzen Dodge Pick-up mit Zwillingsbereifung an der Hinterachse. Die Seitenscheiben waren abgedunkelt, sodass Kaltenbach nicht erkennen konnte, wie viele Personen sich in dem Fahrzeug befanden. Der Achtzylinder rasselte wie ein Bundeswehrpanzer, dann erhöhte der Fahrer das Tempo und setzte sich vor den Polo. Das Kennzeichen am Heck war stark verschmutzt, die Beleuchtung zudem defekt.

Kaltenbach war sicher, dass der Fahrer das Nummernschild absichtlich unleserlich gemacht hatte. Wer auch immer hinter dem Steuer des Dodge saß – er führte nichts Gutes im Schilde. So blieb Kaltenbach in Alarmbereitschaft. Doch der Fahrer schien sich plötzlich nicht mehr für ihn zu interessieren. Er gab weiter Gas und war schon bald aus Kaltenbachs Sichtfeld verschwunden.

Roßbach, Wied, 23.05 Uhr

Obwohl er nicht damit gerechnet hatte, erreichte er Roßbach anderthalb Stunden später völlig unbehelligt. Kaltenbach atmete erleichtert auf, als der Wagen durch das verschlafen daliegende Dorf rollte. Der Duft nach Dung drang an seine viel zu große Nase, und Kaltenbach schaltete das Gebläse aus und verschloss die Seitenscheibe. In wenigen Fenstern brannte noch Licht, und als Kaltenbach den Polo auf den kleinen Platz vor seinem Bauernhaus lenkte, war er froh, dass hier keine böse Überraschung auf ihn wartete. Eine böse Überraschung konnte er heute wirklich nicht mehr gebrauchen.

Von der unbequemen Sitzhaltung in dem kleinen Auto und der langen Fahrt waren seine Knochen steif, als er sich aus dem Polo schälte. Solche Blechkisten waren einfach nichts für ihn, dachte er, während er sich reckte. Mit dem Gefühl, einen langen und harten Arbeitstag in teils unerträglicher Hitze gut überstanden zu haben, trat er breitbeinig wie ein Cowboy nach einem langen Ritt auf das windschiefe Fachwerkhaus zu. Umständlich und müde fummelte er den Schlüssel in die Tür. Im Rahmen verharrte er. Irgendetwas war heute anders als sonst, doch Kaltenbach kam nicht darauf, was ihn störte. Er blieb im Türrahmen stehen und blickte sich um. Der Kirchturm auf der gegenüberliegenden Straßenseite war stimmungsvoll angeleuchtet, und als er den Blick nach Norden richtete, erkannte er in einem tiefen Grau die sanften Ausläufer des Westerwaldes, die bis an sein Grundstück reichten. Der Mond tauchte den Hof in ein kaltes Licht.

Es war eine laue Nacht, ein seichter Wind strich über die Wipfel der alten Tannen und erzeugte ein sanftes

Rauschen. Der Duft von Blüten und frisch gemähtem Gras stieg in seine Nase.

Plötzlich wusste er, was heute anders war: Die Beleuchtung, die normalerweise durch einen Bewegungsmelder über der Haustür eingeschaltet wurde, blieb dunkel. Sofort waren all seine Sinne in Alarmbereitschaft. Er dachte an seinen Verfolger. Waren sie vor ihm hier gewesen und erwarteten ihn bereits, um ihn am Fortsetzen seiner Recherchen zu hindern?

Alles würde passen: Sie hatten, während er bei Bettina gewesen war, die Honda so manipuliert, dass der Motor nicht ansprang und er entweder an der Mosel hätte bleiben müssen oder dass er mit dem alten Polo seiner Freundin nach Hause fuhr. Während er mit der alten Kiste im Schneckentempo auf dem Heimweg war, blieb ihnen genügend Zeit, um ihm hier einen gebührenden Empfang zu bereiten.

Er spürte, wie sich die Härchen auf seinen Unterarmen aufrichteten. Schlagartig war er wieder hellwach und seine Sinne in Alarmbereitschaft. Fast rechnete er beim Betreten des Hauses damit, eins übergebraten zu bekommen.

Der Gedanke, dass er es mit Profis zu tun hatte, kam ihm wieder in den Sinn. Hier wurde nichts dem Zufall überlassen, also konnte sich Kaltenbach auf eine Überraschung im Haus gefasst machen. Man hatte ihn wahrscheinlich seit seiner Ankunft in Enkirch verfolgt. Was, wenn Bettina mit ihnen - wer immer sie auch waren - unter einer Decke steckte?

„Jetzt geht alles mit dir durch, Kaltenbach", brummte er kopfschüttelnd und betrat das Haus. Wie er erleichtert feststellte, hatte man ihm nicht am Sicherungskasten herumgefummelt. Das Licht funktionierte, und dennoch versicherte sich Kaltenbach mit einem Rundgang durch das Haus, dass er alleine war. Die Holzdielen des Bodens knarrten bei fast jedem Schritt, ein Geräusch, an das er sich längst gewöhnt hatte. Er machte Licht in jedem Zimmer, schaute sich um und löschte die Lampen wieder. Im Flur drang das Mondlicht durch die hohen Sprossenfenster. Das genügte ihm zur Orientierung – Kaltenbach kannte jeden Zentimeter in diesem Haus, das er selber wiederaufgebaut hatte.

Mit Hilfe seiner Freunde aus dem Dorf hatte er Wände eingerissen, neue gemauert, das alte Fachwerk freigelegt und dem kleinen Bauernhaus so zu seinem typischen Charme verholfen, er hatte Wasserrohre und Elektroleitungen neu verlegt, das Dach gedeckt und die Fassade frisch verputzt und gestrichen. Kaltenbach kannte jede Ecke seines Hauses und war positiv überrascht, dass er hier nicht von irgendwelchen Typen empfangen wurde, die er nicht eingeladen hatte.

In der Küche empfing ihn das gewohnte Chaos: Ein weitgehend leerer Kühlschrank und eine Spüle, in der sich der Abwasch der letzten Tage stapelte. Obwohl ihm Hausarbeit zuwider war, hatte er auf die Anschaffung einer Spülmaschine immer verzichtet. Schließlich, so redete er sich ein, war er Single. Und die drei Teller, die da anfielen, konnte er auch selber abwaschen. Heute dachte er ein wenig anders darüber. Schließlich gab es auch schon kleine Spülmaschinen.

Immerhin fand er noch Bier und eine Packung Kochschinken im Kühlschrank. Erst jetzt spürte er, dass er hungrig war. So verließ er mit dem Schinken und einer Flasche Bier die Küche. Im dunklen Arbeitszimmer angekommen, schaltete er die kleine Bankerlampe auf seinem Schreibtisch ein, bevor er auf den bequemen Chefsessel sank, die Füße auf den Schreibtisch legte und erst die Bierflasche, dann die SB-Packung mit dem Schinken öffnete. Der erste Schluck Bier erweckte die Lebensgeister in ihm. Kaltenbach rollte eine Scheibe Schinken zusammen, als er sah, dass die Kontrollleuchte des Anrufbeantworters blinkte. Kurz war er versucht, die Mailbox abzuhören, doch sein Tag war lang und hart gewesen, und auf nervige Anrufer hatte er heute keine Lust mehr. Er war müde, musste noch ein wenig recherchieren und würde dann, mit der nötigen Bettschwere, in die Laken sinken. Kaltenbach nahm die Stiefel von der Tischkante und fuhr den Rechner hoch. Indem er darauf wartete, dass das Betriebssystem bootete, machte er sich über Schinken und Bier her.

Während er sich seinem beinahe feudalen Abendessen widmete, dachte er über seinen Trip an die Mosel nach. Der Computer war einsatzbereit, und so gab er kauend die Begriffe Flughafen Hahn und Ahringsbach in eine Suchmaschine ein. Sekunden später konnte er aus den angebotenen Beiträgen auswählen. Kauend las er die Einträge und glaubte zum ersten Mal, dass am Flughafen im Hunsrück mehr Blut klebte, als man in der Region wahrhaben wollte.

Ein Name stach ihm in den Vorschlägen, die von der Suchmaschine ausgespuckt wurden, ins Auge: Sabine Wellershoff. Sie war die Tochter eines wohlhabenden Keramikherstellers aus dem Westerwald; und als man ihren Vater vor vielen Jahren ermordet hatte, war Kaltenbach maßgeblich daran beteiligt gewesen, seinen Mörder zu finden. Doch es hatte ihn noch mehr mit Sabine Wellershoff verbunden – die beiden hatten eine kurze, aber heftige Affäre gehabt. Irgendwann hatten sie sich jedoch aus den Augen verloren, und so wunderte er sich, dass ihr Name ausgerechnet mit dem

Hahn in Verbindung gebracht wurde. Wie Kaltenbach ein paar Mausklicks weiter in Erfahrung gebracht hatte, war Sabine inzwischen eine Privatdetektivin geworden.

„Na", brummte er kopfschüttelnd. „Da hat wohl jemand das Erbe ausgeschlagen und sich für ein eigenes Leben entschieden." Er hätte schwören können, dass Sabine Wellershoff längst den elterlichen Betrieb übernommen hatte und ein gutes Leben in Breitscheid führte. Weit gefehlt, dachte er und notierte sich die Anschrift ihres Büros in Koblenz.

Als hinter ihm eine Diele knarrte, zuckte er zusammen. Mit vollem Mund hielt er den Atem an und lauschte in die Leere des Hauses. Kaltenbach wagte nicht, sich umzudrehen, da sein Stuhl quietschte. Schon längst hatte er das Ding ölen wollen, doch der gute Vorsatz allein nutzte ihm in diesem Augenblick nichts, und so blieb er wie angewurzelt sitzen. Seine Hände lagen auf den Armlehnen des Stuhls.

Jetzt wurden in seinem Rücken Schritte laut. Wer auch immer ihn besuchte, er machte keinen Hehl mehr daraus, sich in Kaltenbachs Haus zu befinden. Der Schreibtisch, ein altes Erbstück seines Vaters, stand unter dem Fenster. Tagsüber konnte Kaltenbach während der Arbeit den Blick in die Ferne schweifen lassen. Sattes Grün, weite Wiesen und sanfte Hügel wuchsen zu einer inspirierenden Idylle zusammen, die er über alles liebte. Doch jetzt verfluchte er den Umstand, dass sich die Zimmertür in seinem Rücken befand.

„So, und jetzt die Hände hoch und keine Fisimatenten", ertönte im nächsten Moment eine Stimme gleich hinter ihm. „Keine Bewegung, das Spiel ist aus!" Die Stimme duldete keinen Widerspruch.

Kaltenbach hörte, wie hinter ihm eine Waffe entsichert wurde. Er hob beide Hände und wagte nicht, sich umzudrehen. Wo hatte sich der Kerl versteckt? Bei seinem Rundgang durch das Haus hatte er keine Spur gefunden, die auf einen ungebetenen Gast hindeutete.

Dann stahl sich ein Grinsen auf sein kantiges Gesicht. Die Stimme kannte er. Kaltenbach fuhr auf dem Stuhl herum und blickte in das überraschte Gesicht von Udo Reuschenbach. Die Männer waren gemeinsam aufgewachsen und fast wie zwei ungleiche Brüder. Während Kaltenbach noch immer auf der Suche nach der richtigen Frau war, hatte Udo längst seine Larissa geheiratet. Kaltenbach war umtriebig und wie ein einsamer Wolf, während Udo ein Beamter des Landes Rheinland-Pfalz war. Ein Polizeibeamter, um genau zu sein.

Während Kaltenbach ein kühles Bier schätzte, kaute Udo Äpfel. Seitdem er sich das Rauchen mit sechzehn Jahren abgewöhnt hatte, biss er in einen Apfel, wenn er Lust auf eine Zigarette verspürte. Kaltenbach bezeichnete Udo immer als leibhaftigen Apfel, was er meist auf das kreisrunde Gesicht mit den braunen Augen und den üppigen Bauch seines Freundes bezog. Dass alle nur denkbaren elektronischen Artikel im Hause Reuschenbach einen angebissenen Apfel als Markenzeichen auf der Rückseite trugen, verstand sich fast von selbst. Mit seiner Liebe für Äpfel brachte Udo seine Frau oft an den Rand des Wahnsinns – nicht nur, wenn er sich die neueste Errungenschaft des Computergiganten aus dem kalifornischen Cupertino anschaffte und das Konto in die roten Zahlen trieb, sondern auch wegen seiner erfolglosen Versuche, auf der Wiese hinter dem Haus an der Wiedtalstraße verschiedene Apfelsorten selbst zu züchten. Udo war eben Udo. Bulle mit Leib und Seele, überzeugter Apfelesser und -User, Traktorfan und mehr oder minder glücklicher Ehemann.

„Bernd – was machst du denn hier?" Mit einer Mischung aus Enttäuschung und Erleichterung ließ er die Hand, mit der er die Waffe im Anschlag gehalten hatte, sinken.

„Ich wohne hier, schon vergessen?" Kaltenbach winkte ab. „Sag mal, Udo, bist du besoffen?" Er trat näher und roch Udos Atem. „Hast du wieder versucht, Apfelschnaps zu brennen? Das ist verboten, solltest du als Bulle aber wissen."

„Du Blödmann, weißt du, was du mir für einen Schrecken eingejagt hast?"

Udo Reuschenbach steckte die Waffe zurück in sein Schulterholster. Als Polizist trug er die Waffe auch in der Freizeit mit sich herum – zumindest dann, wenn er Bereitschaft hatte. Anfangs hatte er auf der Wache in Linz Dienst geschoben, doch nach der Reform der Polizeibehörden des Landes war er nach Koblenz versetzt worden.

„Ich habe dir einen Schrecken eingejagt?" Kaltenbach konnte es nicht glauben. Er stand auf und tippte sich an die Stirn. „Du hast sie nicht mehr alle – die Höhenluft im Polizeipräsidium am Moselring scheint dir nicht zu bekommen, Alter!"

Reuschenbach ging nicht auf die Bemerkung seines Freundes ein. „Ich war noch mit dem Hund draußen. Da habe ich gesehen, dass hier ein fremder Wagen mit Wittlicher Nummer im Hof parkt. Und im Haus brannte Licht. Den Hund habe ich schnell bei Larissa abgegeben und bin sofort zurück hierher. Ich dachte, man hat eingebrochen, und ich erwische die Schweine auf frischer Tat."

Es war ein Leichtes für Udo Reuschenbach gewesen, unbemerkt ins Haus zu gelangen. Er wusste, in welchem Blumentopf Kaltenbach den Ersatzschlüssel versteckt hatte. „Was ist das für ein Auto, mit dem du hier bist? Wo ist dein geliebter Feuerofen?"

„Zu viele Fragen für diese Uhrzeit." Kaltenbach winkte ab und erhob sich. Er führte seinen Freund in die Küche, schaltete das Licht ein und besorgte Bier aus dem Kühlschrank. Die Männer sanken auf die Eckbank und stießen an.

„Was ist nun mit der Honda?", fragte Udo und wischte sich den Schaumbart mit dem Handrücken fort.

„Platt", murmelte Kaltenbach resigniert.

„Was?" Udo machte große Augen. „Du hast die Honda geschrottet?"

„Nein, nur den Reifen. Ich hatte 'nen Platten, und ich könnte schwören, dass da jemand nachgeholfen hat."

Bernd berichtete dem Freund, dass er seine alte Jugendliebe aus Enkirch getroffen hatte.

„Aber warum sollte ..." Udo Reuschenbach überlegte und schüttelte schließlich den Kopf. „Nein, ich kann mir nicht vorstellen, dass Bettina dich so überreden wollte, an der Mosel zu übernachten."

„Wir waren die ganze Zeit zusammen", stimmte Kaltenbach zu. „Außerdem würde ich ihr so was nicht zutrauen."

„Aber wer sollte dann..." Udo nahm einen weiteren Schluck Bier und lauschte Kaltenbachs Bericht, ohne ihn ein einziges Mal zu unterbrechen.

An seiner Mimik sah Kaltenbach, dass es hinter der Stirn des Freundes arbeitete.

„Vielleicht hat man dich verwechselt", brummte Reuschenbach schließlich, als die Sprache auf die eigenartige Verfolgungsjagd kam. „Diese Polos gibt es doch wie Sand am Meer."

„Das wär' mir ein zu großer Zufall, Alter." Kaltenbach stellte die Flasche auf dem Küchentisch ab und massierte sich die lange Nase.

„Also glaubst du, dass man es auf dich abgesehen hat?"

„Ich bin froh, dass Bettina mich nicht überredet hat, bei ihr zu bleiben." Kaltenbach leerte seine Flasche, spürte nach dem langen Tag schon die Wirkung des Alkohols, erhob sich trotzdem, um aus dem Kühlschrank Nachschub zu organisieren. „Ehrlich gesagt, habe ich schon überlegt, ob sie irgendwie in der Geschichte mit drinhängt – immerhin war es ihr Auto, dem der Anschlag gegolten hat."

„Ist das nicht ein bisschen hoch gegriffen?" Udo Reuschenbach nahm die zweite Bierflasche dankend an und knibbelte an dem feuchten Etikett herum. „Ich meine, es war auch kein Anschlag. Man hat dir ein wenig Angst gemacht, das wäre vielleicht ein gefährlicher Eingriff in den Straßenverkehr oder irgendwas Fahrlässiges. Aber ein Anschlag war das juristisch betrachtet nicht."

„Ich scheiß auf juristische Anschläge, Alter – mir ging echt der Stift, als mich der Typ in dieser großen Karre bedrängt hat."

„Und Bettina soll mit drinhängen?"

Bernd setzte sich wieder zu seinem Freund. „Sie hat den toten Ortsbürgermeister gefunden und deine Kollegen gerufen. Sie war die rechte Hand des Toten, und sie wusste zuerst, was ich in Enkirch wollte. Es liegt doch auf der Hand, dass sie es nur gewesen sein kann, die ihre Komplizen informiert hat, dass ich herumschnüffele, oder?"

„Aber ich denke, ihr kennt euch seit Ewigkeiten?" Reuschenbach wollte nicht so recht daran glauben, dass die Jugendliebe seines Freundes ihn eiskalt ans Messer liefern würde.

„Da liegt ja der Hund begraben", bekräftigte Kaltenbach den Einwurf seines Freundes. „Sie ist stinksauer, dass ich damals einfach so abgehauen bin. Und so wie sie drauf war, hat sie mir das noch lange nicht vergessen."

„Mal ganz ehrlich: Was denkst du, wer dahinterstecken könnte?" Udo Reuschenbach drehte die Bierflasche in den Händen.

Kaltenbach zuckte die Schultern.

„Wenn ich das nur wüsste. Aber für mich liegt es auf der Hand, dass der Ortsbürgermeister sterben musste, weil er einigen Leuten zu unbequem war. Und es scheint mehr dranzuhängen, denn offenbar fürchtet man nun, dass man mit dem Mord an Gerber schlafende Hunde geweckt hat."

„Ist das nicht ein wenig unlogisch?" Udo tippte sich an die Schläfe. „Wenn wir es hier mit echten Profis zu tun haben, dann frage ich mich, warum die das nicht bedacht haben, bevor sie den Bürgermeister des Moseldorfes aus dem Weg geräumt haben. Ich meine, dass ein Mord an der beschaulichen Mosel einige Menschen wachrüttelt, das weiß doch jeder Schuljunge."

„Vielleicht ist es einigen Stellen sogar egal. Schließlich hätte es auch für Aufsehen gesorgt, wenn mich der Geländewagen von der Straße gerammt hätte und ich mit dem Auto in der Mosel gelandet wäre."

Udo Reuschenbach nickte nachdenklich. „Das ist der blanke Wahnsinn", murmelte er schließlich.

„Bernd, ich habe das Gefühl, dass du da in ein Wespennest gestochen hast."

„Ich?" Kaltenbach winkte ab und nahm einen tiefen Schluck von seinem Bier. „Ich hab doch noch gar nicht angefangen. Heute war ich nur da und habe versucht etwas herauszubekommen. Aber deine Kollegen von der PI Zell mauern und verweisen auf die Pressekonferenz. Wenn du mich fragst, machen die sich vor der Mordkommission aus Trier in die Hose." Kaltenbach kehrte die Hände nach oben. „Und mehr habe ich doch gar nicht getan. Ich war als Journalist da und habe Kontakt zur Polizeiwache aufgenommen, mehr nicht."

„Und du hast deiner Freundin ..."

„Exfreundin", fuhr Kaltenbach energisch dazwischen und betonte die erste Silbe.

„Deiner Exfreundin", verbesserte sich Udo schnell, „deiner Exfreundin erzählt, was du denkst. Sorry, aber sehr clever bist du nicht vorgegangen."

„Ich hatte gedacht, sie wäre meine Verbündete. In so einem Nest wie Enkirch geht doch alles über die Stille Post, Udo. Und wenn sie da wohnt, weiß sie bestimmt mehr als Außenstehende."

„Also doch: Bettina?"

Kaltenbach zuckte die Schultern und leerte sein Bier. „Ich weiß es nicht", seufzte er.

„Diesmal solltest du dir überlegen, ob du auf eine heiße Story für dein Käseblatt verzichtest." Der Polizist war ernst geworden. Vor einem halben Jahr hatte er sich von der recht beschaulichen Polizeiinspektion in Linz am Rhein zur Kripo nach Koblenz versetzen lassen. Seitdem war er auf dem Laufenden, wenn in der Region ein Mord geschah. „Ich weiß, wovon ich rede, und mit dem, was an der Mosel passiert ist, solltest du nicht spaßen."

Kaltenbach lehnte sich grinsend zurück. Das Gespräch begann ihn zu interessieren. „Du weißt doch mehr, als du zugibst."

Reuschenbach schüttelte den Kopf. „Denkste. Nein, mein Lieber, ich weiß nur, dass die Geschichte heiß gehandelt wird. Da lassen die mich nicht dran. Könnte mir sogar vorstellen, dass da bald das LKA am Zug ist."

„Wegen eines ermordeten Ortsbürgermeisters?" Kaltenbach schüttelte ungläubig den Kopf. „Der hat den Job ehrenamtlich gemacht, das war kein Politiker höheren Ranges. Also kannst du mit deinen Kollegen auf dem Teppich bleiben. Nichts wird so heiß gegessen, wie es gekocht wird."

Udo Reuschenbach trank von seinem Bier und blickte nachdenklich auf den Küchentisch. „Du musst es wissen, Bernd. Aber beschwer dich nicht, ich habe dich gewarnt." Er blickte dem Freund tief in die Augen. „Abgesehen davon, dass dich meine Meinung nicht im Geringsten interessiert, hast du ja bereits Bekanntschaft mit denen gemacht. Also solltest du dich raushalten." Er leerte sein Bier und erhob sich. „So", sagte er ein wenig pikiert. „Und nun zieht es mich zu meiner Frau."

„Manchmal bist du zickig wie ein Mädchen." Kaltenbach begleitete seinen Freund zur Tür. Dort angekommen, wehte ein frischer Nachtwind in den kleinen, gefliesten Flur. Udo zögerte. Auf der Schwelle wandte er sich noch einmal zu Kaltenbach um.

„Und tu mir einen Gefallen: Pass auf dich auf, Bernd."

Kaltenbach nickte. „Geschenkt."

Die Männer verabschiedeten sich mit einem festen Handschlag voneinander, dann war Kaltenbach alleine. Er überlegte, warum Udo Reuschenbach ihn so eindringlich gewarnt hatte und schob die Vorsicht der Polizei darauf, dass sich der Flughafen im Besitz des

Landes Rheinland-Pfalz befand. Immerhin ging es um den Erhalt von sechstausend Arbeitsplätzen, da rückten die Behörden schon mal näher zusammen, dachte Kaltenbach verbittert. Wen störte da der Tod eines einzigen Menschen, der begonnen hatte, unbequeme Fragen zu stellen?

Das Klingeln des Telefons riss ihn aus den Gedanken. Sofort erinnerte er sich daran, dass die kleine Lampe des Anrufbeantworters in seinem Büro geblinkt hatte. Wer auch immer versuchte, ihn zu erreichen, es schien wirklich dringend zu sein.

Eilig drückte Kaltenbach die schwere Haustür zu und schob den altertümlichen, aber massiven Riegel vor, bevor er ins Arbeitszimmer rannte.

„Hallo?", meldete er sich distanziert, nachdem er festgestellt hatte, dass der Anrufer ihn mit unterdrückter Rufnummer kontaktierte.

„Spreche ich mit Kaltenbach?"

Ein Mann, etwas heiser, das Alter konnte Kaltenbach schlecht einschätzen.

„Wer will das wissen?"

Der Reporter sprach mit fester Stimme. So leicht wollte er sich nicht einschüchtern lassen. Er ahnte, dass der Anruf mit seinem Trip an die Mosel zusammenhing.

„Das tut nichts zur Sache. Wir haben Sie im Visier, das sollten Sie wissen. Es wäre heute Abend ein Leichtes für uns gewesen, Sie aus dem Verkehr zu ziehen, aber zunächst sind wir der Meinung, dass Sie eine Chance haben sollten."

„Ich versteh nur Bahnhof", rief Kaltenbach wütend, während er im spärlich beleuchteten Arbeitszimmer auf- und abwanderte. „Reden Sie Klartext, sonst lege ich auf. Also – eine Chance wozu?"

„Sie sollten eine Chance haben, sich aus der Geschichte herauszuhalten." Nun lachte der Mann am anderen Ende der Leitung. „Glückwunsch, vielleicht sollten Sie den heutigen Tag zu Ihrem neuen Geburtstag machen."

„Jetzt tragen Sie mal nicht so dick auf", entgegnete Kaltenbach. „Ich mache meinen Job, und davon werden Sie mich nicht abhalten, es sei denn, Sie haben handfeste Informationen zum Mord an Gerber für mich."

„So so, Sie machen also Ihren Job." Wieder das Lachen, diesmal klang es überheblich. „Den werden wir auch machen, davon können Sie überzeugt sein, Kaltenbach."

Er wollte etwas erwidern, doch es war zu spät: Der rätselhafte Anrufer hatte die Verbindung bereits unterbrochen. Kaltenbach drückte nun ebenfalls den roten Knopf an dem schnurlosen Gerät, schüttelte den Kopf und starrte auf das Telefon in seiner Hand. „Danke der Nachfrage, ja, ich bin gut im Wiedtal angekommen. Und – ja, es war nett, Sie kennenzulernen." Er steckte das Gerät in die Basisstation, fuhr den Computer herunter und schaltete das Licht aus. Es war spät geworden, und er wurde das Gefühl nicht los, dass er den morgigen Tag ausgeschlafen beginnen sollte.

Als Udo Reuschenbach am nächsten Morgen frisch geduscht und angezogen aus dem Bad kam, fragte er sich, mit wem Larissa redete. Unter den prasselnden Wasserstrahlen hatte er weder die Türglocke noch das Klingeln des Telefons gehört. Offenbar war Larissa nicht alleine. Schon im Flur hörte er, wie sie in der Küche herumwerkelte und dabei offenbar mit jemandem sprach. Ein verführerischer Duft nach frischem Kaffee wehte durch das Haus, das einst seinen Eltern gehört hatte. Seine Frau hantierte mit Geschirr, lachte, klapperte mit einer Schublade in der Küche, schwieg und redete weiter. Erst bei genauerem Hinhören registrierte Udo, dass Larissa offenbar telefonierte – oder einen Monolog führte. Dem Klang ihrer Stimme nach hörte es sich nicht an wie eine nette Plauderei.

„Wir müssen aufpassen, das kann gefährlich werden", hörte er sie sagen und machte sich nun doch Sorgen. „Und ich möchte nicht, dass die Sache rauskommt. Allein schon wegen Udo, wir haben uns doch so viel aufgebaut in den letzten Jahren." Udo war kein eifersüchtiger Ehemann, der, von Misstrauen getrieben, seiner Frau nachspionierte, doch in diesem Augenblick machte er sich seine Gedanken. Larissa war ein Wesen mit einem großen Herzen, sie war sanft und gutmütig, und damals hatte er sich auf der Stelle in sie verliebt. Seit drei Jahren waren sie nun verheiratet, in dieser Zeit hatte er niemals bezweifelt, dass sie ihm die Treue hielt. Auch wenn sein Job als Polizist ihm so manche Entbehrung und eine knappe Freizeit bescherte, stand sie doch zu ihm und stärkte ihm stets den Rücken.

So war es ein Schock am Morgen, dass Larissa offenbar mit jemandem ein Geheimnis teilte. Womöglich, machte er sich Mut, sprach sie mit einer Kollegin aus der Kindertagesstätte „Rappelkiste" aus Waldbreitbach, in der sie arbeitete. Vielleicht planten sie eine Überraschung für jemanden. Udo Reuschenbach erklärte sich seine Sorgen mit dem beruflich bedingten Misstrauen, das man ihm in all den Jahren bei der Polizei anerzogen hatte. Er legte eine Hand auf die Türklinke zur Küche und drückte sie energisch nieder. Die Tür öffnete sich, und er war mit einem Satz im Raum. Das kleine Küchenradio dudelte einen Sommerhit. Die Sonne drang durch die Fenster in die große Wohnküche. Staubpartikel tanzten in der Sonne, und das Mobiliar erstrahlte in einem warmen Licht. Wie er erwartet hatte, stand seine Frau in der Küche und machte die Brote. Bonnie, der alte Golden Retriever, lag auf seiner Decke am Fenster, blickte kurz auf und legte den Kopf wieder auf die Vorderpfoten. Den Frühstückstisch hatte Larissa bereits gedeckt, denn bei aller morgendlichen Hektik wusste Udo, dass sie auf ein gemeinsames Frühstück viel Wert legte. Und er machte ihr allzu gern die Freude, mit seiner Frau in den Tag zu starten. Sie sah wundervoll aus, und wenn er sie nicht schon lieben würde, dann hätte er sich wohl auf der Stelle in sie verliebt. Als er nun im Raum stand, drehte sie sich zu ihm um und lächelte glücklich.

„Da bist du ja." Sie kam ihm entgegen, stellte sich auf die Zehenspitzen und hauchte ihm einen Kuss auf den Mund.

„Mit wem redest du?", fragte er, nachdem sich ihre Lippen voneinander gelöst hatten.

Nun lachte Larissa. „Hast wohl noch gar nichts von unserem Gast mitbekommen, was?" Sie trat zur Seite, und Udo hatte freien Blick zur Eckbank. Dort saß ein fast zwei Meter großer Mann mit schulterlangen dunklen Haaren. Er biss gerade herzhaft in sein Brötchen, kaute und hob grüßend Zeige- und Mittelfinger seiner rechten Hand, bevor er mit einem Schluck Kaffee nachspülte.

„Nee, oder?" Udo schämte sich dafür, seiner Frau misstraut zu haben. Dann wandte er sich an Kaltenbach. „Sag mal, hast du kein gemütliches Zuhause, oder warum musst du uns schon am frühen Morgen auf die Eier gehen?"

Kaltenbach grinste. „Mach mal halblang. Mein Kühlschrank ist leer, und ein Bier zum Frühstück kommt in der Woche nicht so gut an. Deine Frau war so nett, mich spontan zum Frühstück einzuladen." Sein Grinsen wurde noch eine Spur breiter. „Sie ist ein Engel, und du solltest sie dir in Ehren halten."

„Das musst du mir nicht sagen", brummte Reuschenbach, der ein wenig enttäuscht war, seine Frau in der kurzen Zeit vor dem Dienstbeginn mit seinem Freund teilen zu müssen. „Rutsch rüber." Er schob Kaltenbach auf der Eckbank weiter und setzte sich an dessen Platz. Hier saß er immer, wenn er mit Larissa frühstückte, und daran würde sich auch an diesem Sommermorgen nichts ändern, so viel stand fest.

Seine Frau registrierte das rüde Verhalten ihres Mannes mit einem nachsichtigen Lächeln. Sie schenkte ihm Kaffee ein, reichte ihm den Korb mit den Brötchen und setzte sich zu den Männern. „Bernd steckt in Schwierigkeiten", eröffnete sie das Gespräch, während sie sich ein Toast mit Marmelade bestrich.

Reuschenbach blickte an ihr vorbei aus dem Küchenfenster. Im kleinen Vorgarten blühte ein tiefblauer Rittersporn. Eine Hummel taumelte zwischen den Blüten umher. „Bernd steckt in Schwierigkeiten?", wiederholte er dann und lachte. „Das ist nichts Neues."

„Ich hatte vergessen, dass du ein Morgenmuffel bist." Kaltenbach buffte ihm freundschaftlich in die Seite. „Und wenn ich nicht etwas von dir wollte, wär ich auch nicht so freundlich zu dir, du Sack."

„Dann kommen wir jetzt also zum Punkt, das ist gefährlich'", brummte Udo, warf seiner Frau einen halbherzig vorwurfsvollen Blick zu und schnitt das Brötchen mit einem scharfen Messer auf. „Was ist so gefährlich? Hast du mal wieder die Frau eines Kollegen gebumst?"

„Udo - bitte." Nun klang Larissa vorwurfsvoll.

Doch Kaltenbach ließ sich nicht aus der Ruhe bringen. Er lachte meckernd. Die Männer kannten sich lange genug, und so konnten sie sich so ziemlich alles an den Kopf werfen, was sie über den jeweils anderen dachten. „Noch nicht", sagte er dann und berichtete Udo, dass er vertretungsweise in der Koblenzer Lokalredaktion des Rhein Wied Express aushalf. „Die Mellie ist eine ganz Süße, die wäre eine Sünde wert, da muss ich dir recht geben. Vielleicht ein bisschen jung, aber vielleicht steht sie auf erfahrene Männer."

„So genau will ich es gar nicht wissen." Reuschenbach winkte ab, griff zum Käse und belegte beide Brötchenhälften mit jeweils einer Scheibe jungem Gouda. „Komm auf den Punkt, Bernd."

„Bernd hat in der Nacht einen Drohanruf erhalten", vermittelte Larissa zwischen den Männern. Als Kindergärtnerin war sie es gewohnt, einen aufkommenden Streit im Keim zu ersticken.

„Wundert mich nicht." Reuschenbach biss herzhaft in sein Brötchen. „Ist eine Frage der Zeit, bis er von einem gehörnten Ehemann mal eins auf die Fresse kriegt."

„Udo - bitte."

„Larissa, du wiederholst dich, Engel." Reuschenbach stöhnte entnervt auf. Den Morgen mit seiner Frau hatte er sich tatsächlich anders vorgestellt. Er legte das Brötchen auf dem Teller ab, nahm einen Schluck Kaffee und lehnte sich zurück. „Also gut. Ich bin ganz Ohr."

„Jemand hat mir geraten, die Finger von der Hahn-Geschichte zu lassen", murmelte Kaltenbach und klang plötzlich ein wenig kleinlaut. Er berichtete mit wenigen Sätzen von dem Anruf.

„Und jetzt willst du wissen, wer sich Sorgen um dein Leben macht."

„So drastisch würde ich das jetzt nicht ausdrücken", druckste Kaltenbach herum und schob mit den Fingerspitzen die Krümel seines Brötchens auf der Tischdecke zusammen.

„Ach nee", stieß Udo hervor. „Auf mich willst du ja nicht hören. Und wie soll ich dir da jetzt weiterhelfen?" Er konnte es sich denken, sprach es aber nicht aus.

„Ich brauche eine Anrufrückverfolgung."

„Sonst noch etwas?" Udo schüttelte den Kopf. „Bernd, bitte. Du weißt, dass ich nicht einfach so an die Daten komme." Als Kaltenbach beharrlich schwieg, seufzte er. „Also gut. Gib mir die Nummer, ich seh zu, was ich machen kann."

„Da liegt das Problem. Der Typ hat mit unterdrückter Nummer angerufen."

„Alles andere wäre Leichtsinn", kommentierte Larissa nun.

„Wie stellt ihr euch das vor? Ich muss mich an den Provider wenden, der mit ganz viel Glück entschlüsseln kann, wer hinter dem Anrufer steckt. Dazu brauche ich aber einen triftigen Grund, und offiziell geht da gar nichts. Ich komme in Teufels Küche, wenn herauskommt, dass ich ..."

Kaltenbach leerte seine Tasse, sprang wie von der Tarantel gestochen auf, blickte theatralisch auf seine nicht vorhandene Armbanduhr, schüttelte den Kopf, murmelte etwas davon, spät dran zu sein und blieb im Türrahmen noch einmal stehen.

„Danke - ich wusste, dass du ein echter Freund bist, Udo." Er grinste breit, bedankte sich bei Larissa für das wundervolle Frühstück, dann war er draußen. Erst, als die Haustür ins Schloss fiel, hatte Udo die Sprache wiedergefunden.

Enkirch/Mosel, 8.10 Uhr

Er war morgens immer der Erste im Dienst. Kein Wunder, schließlich war er der einzige Angestellte des kleinen Labors. Eine Teilzeitstelle, um genau zu sein, denn eigentlich stand er im Dienst der Verbandsgemeinde Traben-Trarbach. Die Messungen im nahen Enkirch waren nur eine Zusatzaufgabe. Und für ihn eine Mehrbelastung, da machte sich Dirk Immich nichts vor. Aber ihm konnte es egal sein, so kam er zwei Stunden am Tag aus dem Büro und war sein eigener Chef. Nur die Sache mit dem Dienstwagen, die musste er noch regeln. Bislang zierten sich die Verantwortlichen, und das, obwohl er ständig zwischen seinen Arbeitsplätzen, dem Groß- und dem Ahringsbach und zwischen dem Hahn, Enkirch und Traben-Trarbach pendelte. So kam der eine oder andere dienstliche Kilometer zusammen.

Dirk Immich lenkte den alten Geländewagen über den schmalen Weg, der hinter dem Wohnmobilparkplatz entlangführte. Hier hatte man ihm einen Bürocontainer aufgestellt, den er als Labor nutzen konnte, finanziert von der Gemeinde. Das Geld für die kleine Messstation unweit des Moselufers stammte angeblich aus Landesmitteln, und so hatte niemand Fragen gestellt, als man den Bürgern bekannt gegeben hatte, fortan eigene Wasserprüfungen vorzunehmen.

Und an diesem Morgen hatte sich die Investition gelohnt, denn bei seiner heutigen Inspektion am Ahringsbach hatte er wieder drei tote Fische aus dem Wasser gezogen. Mit Schutzhandschuhen hatte er die Fischleiber in eigens dafür vorgesehene Transportboxen gelegt, um sie im Labor zu untersuchen. Natürlich hatte er auch Gewässerproben genommen; und Immich war sicher, dass am Hahn wieder etwas schiefgelaufen war. Oben am Rauschkümpel hatte er kein Handyempfang gehabt, deshalb war er so schnell wie möglich weitergefahren. Vom Labor aus würde er den Verbandsbürgermeister über seinen traurigen Fund informieren. Wahrscheinlich würde man den Ahringsbach unverzüglich von der Trinkwasserversorgung nehmen. Dennoch waren Schwierigkeiten vorprogrammiert, denn in letzter Zeit häuften sich die Störfälle. Und die Betreibergesellschaft des Flughafens würde ihre Hände wieder in Unschuld waschen. Die zuständigen Manager wussten durchaus, dass sie am längeren Hebel saßen und die Regierungen zweier Bundesländer im Rücken hatten.

Wo Menschen sind, werden Fehler gemacht, so lapidar hatte es einer der Verantwortlichen am Hahn neulich noch ausgedrückt und sich damit in der Öffentlichkeit nicht gerade beliebt gemacht. Es war höchste Zeit, dass etwas geschah, dachte Dirk Immich verbittert, als er den Wagen neben dem Container parkte. Er stieg aus und öffnete die Heckklappe. Bevor er die Transportboxen mit den toten Fischen und den Wasserproben entlud, machte er sich an der feuerfesten Tür des Labors zu schaffen. Als er den Schlüssel ins Schloss stecken wollte, bemerkte er, dass sich in der Nacht offenbar jemand an der Tür zu schaffen gemacht hatte. Es sah aus, als habe man versucht, die Tür mit einem großen Schraubenzieher aufzuhebeln. Nun, das war offensichtlich nicht gelungen, stellte Immich erleichtert fest, während er den Schlüssel ins Schloss schob und die Tür öffnete. Er trat wieder an den Kofferraum und nahm die Transportboxen mit, um sie in das Labor zu schaffen. Ihm schlug muffiger Geruch entgegen. Wenn die Sonne stundenlang auf das eiserne Flachdach des Containers brannte und Fenster und Türen geschlossen waren, stand die Luft in dem kleinen Raum. Die Jalousien der Fenster hatte er am Vorabend herabgelassen. Obwohl die Kriminalitätsrate in dieser Region relativ gering war, so wollte er kein Risiko eingehen und einen Einbruch verhindern. Immerhin befanden sich in dem kleinen Labor sündhaft teure Messinstrumente.

Doch Dirk Immich arbeitete stets verantwortungsbewusst und gewissenhaft. Als hinter ihm die schwere Tür ins Schloss fiel, stand er sekundenlang im Dunkeln. Mit einem Fluch auf den Lippen stellte er die beiden Kisten neben sich auf den Fußboden und streckte die Hand aus. Wie blind wischte Immich über die Wand zu seiner rechten. Als er den Feuchtraumlichtschalter fand, betätigte er ihn. Ein Zischen zerriss die Stille, er warf einen Blick an die Decke, dorthin, wo sich die Lampe befand. Der kleine Wolframfaden der Lampe glühte auf. Im nächsten Augenblick war der Diplom-Biologe von einer Stichflamme, die von der

Decke zu kommen schien, geblendet. Seine Trommelfelle schienen zu platzen, als er die Druckwelle spürte, die sich in einem Sekundenbruchteil ausbreitete. Immich taumelte zurück, prallte rücklings gegen die Wand und schlug hart mit dem Hinterkopf auf. Starr vor Schreck beobachtete er das eigenartige, todbringende Schauspiel, das sich ihm bot. Es schien, als würde die Luft in Flammen stehen. Flammen schlugen von der Decke abwärts, loderten an den dünnen Trennwänden des Containers, und im gleichen Moment brannte seine Kleidung. Die Hitze, die an ihm hinaufzukriechen schien, machte ihn benommen. Immich wollte flüchten, aus dem brennenden Container stürzen, doch die Tür war noch verschlossen. Er war gefangen in diesem schrecklichen Inferno und hatte keine Chance, den Flammen noch zu entkommen. Der Geruch nach verbrannter Haut und verkohlten Haaren kroch ihm in die Nase, dann brach er ohnmächtig vor Schmerzen bewusstlos zusammen.

Koblenz-Altstadt, 9.10 Uhr

Kaltenbach erreichte die Rhein-Mosel-Metropole eine gute Stunde später. Obwohl er mit Bettinas Polo unterwegs war, trug er seine Motorradkombi, denn mit ein wenig Glück würde er die Honda heute Abend wieder mit nach Hause nehmen können.

Bevor Kaltenbach sich auf den Weg zur Redaktion machte, wollte er seine alte Freundin Sabine Wellershoff besuchen. Sie hatte vor einiger Zeit für einen Mandanten gearbeitet, der wegen der Zwischenfälle am Hahn Strafanzeige gegen die Verantwortlichen gestellt hatte und unter seltsamen Umständen gestorben war.

Viel zu lange hatte er Sabine schon nicht mehr gesehen, und so war es höchste Zeit, ihr einen Besuch abzustatten. Er erhoffte sich, dass sie etwas über das seltsame Ableben des Hahn-Gegners wusste. Ihre Adresse hatte er sich über die Auskunft auf sein Handy schicken lassen. Nachdem er den Polo am Peter-Altmeier-Ufer abgestellt hatte, legte er den Rest des Weges zum Florinsmarkt zu Fuß zurück. Schon nach wenigen Metern schwitzte er in seiner Motorrad-Kombi. Vielleicht, so dachte er, wäre es klüger gewesen, sich später umzuziehen. Dann stand er vor dem Haus, in dem sich ihr Büro befand. Der Bürresheimer Hof lag in direkter Nachbarschaft, keine schlechte Adresse für eine Privatdetektivin, fand Kaltenbach und zog beim Anblick des verchromten Schildes die Mundwinkel anerkennend hoch.

„Sabine Wellershoff, Privatdetektei", las er und klingelte.

„Ja bitte?" hörte er eine weibliche Stimme aus dem Lautsprecher scharren.

Ein Lächeln erhellte sein Gesicht, als er ihre Stimme erkannte. „Kaltenbach hier. Ist der Kaffee fertig?"

Anstatt einer Antwort surrte der Türöffner, und Bernd trat ein. Die Detektei befand sich im ersten Stockwerk. Er nahm stets zwei Stufen auf einen Schritt und hatte bald Sabines Büro erreicht. Entweder betrat er direkt ihr Büro, oder sie saß gerade zufällig hinter dem Empfangstresen der Sekretärin.

Als sie ihn erkannte, glättete sich die Sorgenfalte auf ihrer Stirn. Lachend sprang sie auf und umrundete die Theke. „Bernd!", rief sie erfreut aus und flog in seine Arme. „Dass du dich hier mal blicken lässt."

Prompt hatte Kaltenbach ein Déjà-vu. So etwas ähnliches hatte er gestern von Bettina gehört. Er hatte keine Lust, auf den unterschwelligen Vorwurf einzugehen und schwieg.

„Wie lange ist das her?" Sie ließ einfach nicht locker. So war sie schon immer gewesen.

Kaltenbach dachte kurz nach. „Es war 1999, wir waren jung und wild", grinste er dann. „Also war es nicht in diesem Jahrhundert, als wir was miteinander hatten."

Sabine Wellershoff ließ ihn los, trat einen Schritt zurück und blickte an ihm hoch. „Du hast die Haare ab. Die langen Haare waren dein Markenzeichen."

„Nicht ab, nur ein wenig kürzer." Er zuckte die Schultern. „Ich werde auch älter. Und in Berlin ist man als Korrespondent nicht gern gesehen, wenn man sich nicht den Umgangsformen anpasst. Also wurde ich seriös ..."

„Du warst in Berlin?" Sabine pfiff anerkennend. „Respekt, Herr Kaltenbach. So was nenn ich Karriere."

„Nur ein paar Monate. Dann hat mir der Westerwald gefehlt. Außerdem hat mich die Hektik in der Hauptstadt angekotzt." Kaltenbach blickte sich in der Detektei um. Sie war modern und sachlich eingerichtet, für seinen Geschmack vielleicht etwas zu kühl. "So etwas hier nenne ich Karriere."

Sabine Wellershoff winkte ab und bot ihm einen Kaffee an. Kaltenbach nahm gerne an und ließ sich in ihr eigentliches Büro führen. Auch hier herrschte sachliche Moderne. Weiß getünchte Wände, eine schwarze Ledercouch, ein gläserner Schreibtisch mit einem hochmodernen Computer darauf. „Ich dachte, du würdest deine Sekretärin vertreten", grinste er, nachdem er in den weichen Ledersessel neben dem Schreibtisch gesunken war.

Sabine winkte ab. „Vergiss diese Aushilfen. Ich habe mir eine junge Mutter halbtags ins Boot geholt. Aber immer, wenn ihr Kind krank ist, muss ich alles selber machen.“ Sie stellte ihm eine Tasse hin und schenkte Kaffee ein. Chic sah sie aus in ihrem Kostüm. Zu einer modisch geschnittenen weißen Bluse trug Sabine Wellershoff einen figurbetonten, etwa knielangen Rock in einer Sandfarbe, dazu Strümpfe und hochhackige Schuhe. Fast wie eine Anwältin. Eine reizvolle Anwältin, schob Kaltenbach nach Abschluss seiner Betrachtung in Gedanken nach. Dennoch: Mit der flippigen BWL-Studentin, die ihm in Erinnerung geblieben war, hatte sie nicht mehr viel gemeinsam. „Du hast dich gemausert. Seit ... seit damals.“

„Danke.“ Lächelnd ließ sie sich in den Chefsessel hinter dem gläsernen Schreibtisch sinken und betrachtete ihren Besucher. „Ich konnte mich einfach nicht mit dem Gedanken anfreunden, die Keramikfabrik meines Vaters zu übernehmen. Ich bin eher der Typ, der jeden Tag raus muss, um Neues zu entdecken.“

„Und jetzt deckst du also professionell Verbrechen auf“, bemerkte Kaltenbach und schlug die Beine übereinander.

Sabine winkte ab. „Es sind eher kleine Delikte. Ehemänner, die fremdgehen, Versicherungsbetrüger und Arbeitnehmer, die unberechtigt krank feiern.“

„Oh, es macht dir also immer noch Spaß, fremdgehende Kerle auf frischer Tat zu ertappen?“ Genauso hatte er Sabine Wellershoff in Erinnerung. Sie hatten sich irgendwann aus den Augen verloren, und nachdem sie ihre kurze, aber heftige Beziehung beendet hatten, waren sie gute Freunde geblieben. Doch mit seiner Versetzung nach Berlin war der Kontakt völlig abgebrochen.

„Fremdgehende Ehemänner sichern meinen Lebensunterhalt“, schmunzelte Sabine und schenkte ihm einen koketten Augenaufschlag. „Solltest du inzwischen verheiratet sein, dann hoffe ich für dich, dass wir uns geschäftlich niemals begegnen werden."

„Keine Chance." Kaltenbach schüttelte den Kopf und hielt die rechte Hand hoch, um zu zeigen, dass er keinen Ehering trug. Er glaubte, ein abenteuerlustiges Blitzen in Sabines Augen zu sehen.

„Es sind also die kleinen Verbrecher, die ich überführe", sagte sie schließlich und atmete tief durch.

„Immerhin", erwiderte er. „Bösewicht ist Bösewicht. Trägt sich denn der Laden hier?"

„Mutter hat mir einen zinslosen Kredit gewährt, um mir eine eigene Existenz hier aufzubauen, nachdem sie sich mit dem Schock abgefunden hatte, dass ich nicht die Firma meines Vaters in Breitscheid übernehmen werde." Ihr Vater, Peter Wellershoff, hatte eine große Töpferei im Westerwald betrieben. Keramik war seit jeher das Traditionsgeschäft im Westerwald gewesen. Doch die Fabrik der Eltern hatte Sabine nie interessiert. Daran hatte auch der Tod ihres Vaters nichts geändert. Sie seufzte. „Ich bin einfach nicht die typische Unternehmerin. Und als mein Onkel starb ..."

„Dein Onkel ist tot?"

Sie nickte. „Ja – Herzinfarkt." Sabine lächelte versonnen. „Das hier war eigentlich seine Detektei. Er war immer das schwarze Schaf in der Familie. Während meine Eltern immer auf die Aktienkurse an der Börse in Frankfurt schielten, lag Onkel Kurt auf der Lauer und spionierte untreuen Ehemännern nach. Sei's drum: Nachdem mein Onkel beerdigt wurde, kam mir der Gedanke, seine Detektei zu übernehmen." Jetzt lachte sie und breitete die Arme aus. „Und hier wären wir nun."

„Das Geschäft läuft?“ Kaltenbach betrachtete sie. Sabine war Anfang dreißig, anderthalb Köpfe kleiner als er und schlank. Obwohl sie ein modisch-konservatives Kostüm trug, konnte er ihre atemberaubenden Formen, mit der sie Männern reihenweise den Kopf verdrehte, erkennen. Kaltenbach fragte sich, ob sie in festen Händen war. Einen Ring an ihrer Hand konnte er jedenfalls nicht entdecken. Und er versuchte sich an den Grund zu erinnern, warum sie sich damals getrennt hatten. Er fiel ihm nicht ein. Vielleicht sollte er sie bei Gelegenheit zum Essen einladen. Der alten Zeiten wegen.

„Ich kann nicht klagen.“

Jetzt beugte sie sich über die durchsichtige Schreibtischplatte. „Aber jetzt zu dir: Was treibt dich her? Du schaust auch nicht gerade fröhlich aus, mir machst du nichts vor.“

„Was kannst du mir zum Flughafen Hahn sagen?“ Kaltenbach lehnte sich in seinem Besucherstuhl zurück und schlug die Beine übereinander.

Anstatt ihm zu antworten, machte sich Sabine an ihrem Computer zu schaffen. Er beobachtete sie fasziniert. Sabine hatte ein fein geschnittenes Gesicht, hohe Wangenknochen und sinnliche Lippen, die ihn schon damals um den Verstand gebracht hatten.

„So“, sagte sie dann lächelnd. „Der Flughafen Hahn im Hunsrück interessiert dich also: Seit 2009 befinden sich knapp 83 Prozent in Besitz des Landes Rheinland-Pfalz, rund 17 Prozent gehören dem Land Hessen. Übernommen wurde der Flughafen, weil die Arbeitsplätze auf dem Spiel standen, aktuell sucht man nach einem privaten Investor.“

„Das habe ich heute Nacht selber recherchiert.“ Kaltenbach runzelte die Stirn. „Was mich aber viel mehr interessiert: Was weißt du über den Tod von Rudolf Manderscheid?"

Täuschte er sich, oder zuckte ein Nerv in ihrem Gesicht, als er den Namen ihres toten Mandanten nannte?

„Was willst du hören?", fragte sie schließlich und atmete hörbar aus.

„Die ganze Geschichte." Kaltenbach trank von seinem Kaffee.

„Manderscheid kam zu mir, weil er einen Umweltskandal witterte. Natürlich hat er sich auch an die Verbandsgemeinde gewandt, doch die haben ihn wohl nicht so unterstützt, wie er sich das gewünscht hatte."

„Wegen der Arbeitsplätze und der Gewerbesteuer, die der Hahn bringt", kommentierte Kaltenbach. „Immer die gleiche Leier."

Sabine nickte und fuhr fort: „Also suchte er sich professionelle Hilfe. Ich ließ Gewässer- und Bodenproben entnehmen und habe Gutachten von Sachverständigen erstellen lassen, die sich nicht erpressen ließen. Das Ergebnis war niederschmetternd: Im Wasser, das der Flughafen in die umliegenden Bäche einleitet, befanden sich krebserregende Stoffe."

„Das erklärt wohl auch die toten Fische."

„Richtig", bestätigte Sabine.

„Wer ist dieser Rudolf Manderscheid?"

„Er war ein Bauunternehmer und sehr umweltbewusst", erläuterte Sabine.

Kaltenbach lachte auf. „Ist das nicht ein Widerspruch in sich?"

„Nein, finde ich nicht. Er wohnte in Enkirch und machte sich Sorgen um die Gesundheit seiner Mitbürger, deshalb war er sehr engagiert. Seine Kritiker bezeichneten ihn als streitsüchtig und als Querkopf."

„Und so hast du dich ihm angenommen“, schmunzelte Kaltenbach und stellte die leere Kaffeetasse ab.

„Das ist mein Job“, nickte Sabine. „Und es kam Manderscheid nicht auf den Preis an – ihm war es wichtig, gegen den Hahn anzustinken.“

„Dazu kam es aber nicht mehr, nehme ich an?“

„Leider nicht. Man fand Rudolf Manderscheid tot im Ahringstal. Er lag kopfüber am Rauschkümpel im Bach und ist ertrunken.“

„Und das soll Mord gewesen sein? Könnte er nicht genauso gut gestürzt sein?“

„Ja, wäre da nicht die Kugel, die ihm die Lunge zerfetzt hat“, entgegnete Sabine.

„Aber ein Mord zieht im Normalfall doch die Ermittlungen der Polizei nach sich – oder wie war das damals?“

„Natürlich hat sich die Kripo eingeschaltet. Aber nach dem Mörder von Rudolf Manderscheid sucht man wohl heute noch. Eine tragische Sache, ein ungeklärter Mordfall, und ich blieb natürlich auf meinen Kosten sitzen.“

Kaltenbach schüttelte in gespielter Empörung den Kopf. „Dass ihr Weiber nur an die Kohle denkt“, rügte er die alte Freundin und fing sich prompt einen freundschaftlichen Knuff in die Seite ein. Er beschloss, Reuschenbach zu dem Fall zu befragen. Sollte dieser Manderscheid keine Feinde gehabt haben, dann lag es auf der Hand, dass man ihn aus dem Weg geräumt hatte, weil er unbequem geworden war. So wie Gerber.

„Mord und Totschlag im Auftrag eines Flughafens?“ Er konnte es nicht glauben. „Die müssen ihre Schotten doch eh bald dicht machen, wenn auf dem Hahn kein Wunder mehr passiert.“

Sabine schüttelte den Kopf. „In diesem Jahr verzeichnete man zwar 13 Prozent weniger Fluggäste als im letzten Jahr, dafür stieg der Frachtverkehr um 70 Prozent an. Trotzdem hat man das letzte Geschäftsjahr mit einem Minus von 11 Millionen Euro abgeschlossen."

Kaltenbach pfiff durch die Zähne. „Die stehen mit dem Rücken an der Wand."

„Und vergeuden Steuergelder - so werfen es ihnen die Kritiker vor."

„Wie peinlich wäre es, wenn die Betreiber - beide Länderregierungen also - einen bankrotten Flughafen übernehmen, um ihn dann mit einem Minus in zweistelliger Millionenhöhe aufzugeben?"

„Einem Privatunternehmen hätte man wohl mit Insolvenzverschleppung gedroht", erwiderte Sabine.

Langsam wurde Kaltenbach die Tragweite des Falles bewusst. Hier ging es nicht nur um verseuchtes Trinkwasser und um einen ermordeten Ortsbürgermeister - hier stand das Ansehen von zwei Bundesländern auf dem Spiel. Ein bankrotter Flughafen als Prestige-Objekt? Schwer vorzustellen, aber der Verdacht drängte sich Kaltenbach auf. Doch griff die Regierung auch zu mafiösen Mitteln, um sich in Schadensbegrenzung zu üben?

„Spätestens in fünf Jahren soll der Flughafen dann aber Gewinne erwirtschaften."

„Welch frohe Botschaft für die Steuerzahler in Rheinland-Pfalz und Hessen", brummte Kaltenbach sarkastisch. „Ich habe da aber noch etwas anderes, das mich interessiert." Er berichtete Sabine von den toten Fischen im Ahringsbach und von dem Mord an Gerber. Auch von der seltsamen Verfolgung und dem nächtlichen Anruf berichtete er seiner Freundin.

„Das ist eine heiße Nummer", räumte Sabine schließlich ein. „Wenn du mich fragst – bleib am Ball!"

Mit dieser Antwort hatte Kaltenbach am wenigsten gerechnet. Alle hatten ihm empfohlen, die Finger von der Geschichte zu lassen, und nun empfahl ihm seine alte Freundin Sabine Wellershoff das genaue Gegenteil.

Als sie sein überraschtes Gesicht sah, musste sie lachen.

„Würdest du dich abhalten lassen, wenn ich dich warnen würde?" Sie schüttelte den Kopf. „Nein, ich weiß, dass du ein Draufgänger bist, Kaltenbach. Daran hat auch Berlin nichts geändert. Du wirst dich wohl nie ändern."

Kaltenbach musste schmunzeln. „Wahrscheinlich hast du recht."

„Also – wie gehen wir vor?"

„Wir?" Kaltenbach glaubte, sich verhört zu haben.

„Na klar, oder glaubst du, ich lasse dich alleine ins offene Messer laufen?"

„Das ist ja nett gemeint, aber ich kann mir eine Privatdetektivin beim besten Willen nicht leisten."

Sabine schenkte ihm einen weiteren koketten Augenaufschlag und machte einen Kussmund. „Hallo, Herr Reporter – über den Preis werden wir uns ganz sicher einig."

Kaltenbach erhob sich eilig. „Dank dir für das Angebot, aber es ist noch zu früh, schwere Geschütze aufzufahren. Aber ich verspreche dir, auf dein Angebot zurückzukommen, sollte es in den nächsten Tagen nötig werden."

„Ruf mich an, wenn ich dir irgendwie helfen kann." Sie drückte ihm eine Karte in die Hand.

„Versprochen."

Sabines Lächeln wirkte gequält, als sie ihn zur Tür brachte. Als sie sich auf die Zehenspitzen stellte, um ihm einen flüchtigen Kuss auf die Wange zu hauchen, errötete Kaltenbach, dann fand er sich im kühlen Treppenhaus wieder.

Koblenz-Altstadt, 10.10 Uhr

Simon Dietz hyperventilierte, als Kaltenbach die Redaktion betrat. Hatte Kaltenbach ihn gestern als blass und unscheinbar kennengelernt, so erinnerte ihn der junge Kollege heute an eine Sparausgabe von Prangenberg. Wenn er so weitermachte, würde er sicherlich eines Tages ein würdiger Nachfolger für Scrat werden, dachte Kaltenbach grinsend. Er marschierte geradewegs auf seinen Schreibtisch zu, als er eine Hand auf seinem Unterarm spürte. Er blieb stehen und wandte sich um.

Mellie war wie ein Geist aus der Kaffeeküche erschienen und blickte besorgt zu ihm auf. „Hier ist die Kacke am Dampfen", zischte sie leise und pustete in ihre Tasse.

„Macht euch nicht verrückt, jetzt bin ich ja hier", entgegnete Kaltenbach grinsend, doch sein Humor kam bei der jungen Kollegin nicht an.

„Es hat einen Toten gegeben – in Enkirch. Du musst sofort los!"

„Wer sagt das?"

„Na, ich!" Mellie wirkte empört. Über ihrer Nasenwurzel hatte sich eine steile Falte gebildet, und in diesem Augenblick wirkte sie um Jahre reifer und erwachsener als noch gestern, fand Kaltenbach. „Es ist deine Story, und wenn sich da unten was tut, musst du los!"

Kaltenbach ließ sich so leicht nicht aus der Ruhe bringen. Er hob beschwichtigend die Hände. „Nun mal langsam mit den jungen Hühnern." Er zog sie an seinen Schreibtisch und blickte über den Monitor hinüber zu Dietz, der telefonierte. Kaltenbach zog Mellie einen Stuhl heran und sank dann selber auf seinen Bürostuhl. „Also", sagte er gedehnt. „Dann mal los. Tu mir einen Gefallen und sprich langsam und deutlich – ich bin ein alter Mann."

Sie ging nicht auf seinen Scherz ein. „Der Tote gehörte der Abwasserbehörde der Verbandsgemeinde an."

„Moment", ging Kaltenbach dazwischen. „Soll das heißen, dass dieses kleine Nest eine eigene Abwasserbehörde hat?"

„Behörde nun nicht gleich – es handelt sich dabei um einen zum Labor umgebauten Bürocontainer. Die Blechkiste hat man unweit des Moselufers aufgestellt." Mellie lachte auf. „Wenn du mich fragst, haben die diese Augenwischerei betrieben, um die Enkircher in Sicherheit zu wiegen."

„Um die bedenkenlosen Messergebnisse der Landesbehörden zu bestätigen, nehme ich an?"

„Offiziell schon. Aber da ist irgendwas faul, Bernd, das spüre ich." Mellie stellte ihre dampfende Tasse auf seinem Tisch ab und zuckte die Schultern. „Aber was weiß ich? Wenn wir es ketzerisch betrachten, dann könnte man annehmen, dass im Enkircher Labor andere Messergebnisse herauskamen als in der Landesbehörde und niemand davon erfahren sollte."

„Und deshalb musste der Leiter des Labors sterben?" Kaltenbach schob die Unterlippe vor. „Eigentlich bin ich ja für alles offen, aber ich glaube, da lehnen wir uns doch etwas weit aus dem Fenster, oder nicht?"

„Es ist deine Geschichte, und ich wollte dich nur über die aktuellen Entwicklungen informieren", schmollte Mellie.

„Wie ist der gute Mann denn ums Leben gekommen?", fragte Kaltenbach versöhnlich.

„Der Container ist heute Morgen in die Luft geflogen, als er ihn betreten hat."

„Explodiert? Das klingt nach einem ziemlich spektakulären Anschlag." Kaltenbach wurde unruhig. An der Mosel stank etwas zum Himmel, und es wurde Zeit, dass er loskam.

Kaltenbach erhob sich. „Wie alt ist die Meldung?"

„Eine gute Stunde." Mellie blickte ihren Kollegen verwundert an, als er sich von seinem Schreibtisch erhob. „Was hast du vor?"

„Na was wohl?" Kaltenbach zuckte die Schultern. „Ich fahre los und mach mir ein Bild. Und sollte es tatsächlich eine Geschichte hinter der Geschichte geben, maile ich sie euch heute noch rüber - versprochen!"

„Ich dachte, ich komme mit." Sie erhob sich ebenfalls und strich den dünnen Stoff ihres leichten Baumwollrockes glatt.

„Falsch gedacht, sorry."

Kaltenbach schüttelte ab und deutete auf Dietz, der immer noch telefonierte und sichtlich nervös mit der Mine seines Kugelschreibers tickerte. „Dein Ressortleiter würde mich köpfen, wenn ich dich mitschleppe, Mellie, nichts für ungut."

Die junge Redakteurin war sichtlich gekränkt, dass er sie auch heute nicht mitnahm. Dennoch nickte sie verständnisvoll. „Na gut", murmelte sie mit einem gequälten Lächeln. „Dann halt ich hier den Laden hoch und werde Dietz bespaßen - sicherlich auch kein Zuckerschlecken bei seiner Laune."

„Du packst das schon“, munterte Kaltenbach sie auf, dann stand er im kühlen Treppenhaus und atmete tief durch.

SECHS

Udo Reuschenbach stierte entnervt auf sein Handy, das mit einem wütenden Vibrieren über den Schreibtisch wanderte. Er schnappte sich den Granny Smith, den Larissa ihm am Morgen eingepackt hatte und biss herzhaft hinein. Als er die Augen schloss, sah er üppige Obstwiesen in Südtirol und glaubte, das fruchtige Aroma riechen zu können. Der säuerliche Fruchtsaft reizte seine Geschmacksnerven, dann war Udo wieder in der Realität angekommen.

Vor wenigen Minuten hatte er von einem Brand in Metternich erfahren, um den er sich kümmern sollte, da die Feuerwehr von Brandstiftung ausging. Seit einiger Zeit trieb ein Feuerteufel in Koblenz sein Unwesen, und Brandstiftungen fielen in Udos Dienstbereich, ebenso wie Waffen- und Tötungsdelikte. Seit einigen Tagen unterstützte er das Team vom K 6 der Regionalen Kriminalinspektion Koblenz bei der Arbeit, obwohl er eigentlich für Todesermittlungen bei der ZKI Koblenz zuständig war.

Letzte Nacht hatte es eine kleine Schreinerei erwischt; der Betrieb war bis auf die Grundmauern abgebrannt, und Udo bezweifelte, dass sich noch Spuren finden ließen, die einen Hinweis auf den oder die Täter brachten. Entsprechend mies war seine Laune.

Die Luft im Büro des Polizeipräsidiums am Moselring war stickig, und er hatte sich eben schwerfällig erhoben, um das Fenster zu öffnen. Er hasste diese unerträgliche Hitze am Morgen und fürchtete, dass es spätestens am Mittag nicht mehr auszuhalten war.

Udo sprang auf, öffnete das Fenster und ertrug den Verkehrslärm, der von einem warmen Wind vom Moselring ins Büro getragen wurde, dann griff er nach dem Handy.

Kaltenbach ruft an, stand auf dem Display.

„Wer stört?“, fragte er kauend, nachdem er die grüne Taste gedrückt hatte.

„Es hat einen weiteren Toten gegeben.“

„Bernd, rede Klartext!“ Udo ließ sich mit einem Seufzen auf den verschlissenen Bürostuhl sinken, klemmte das Telefon zwischen Schulter und Wange und schraubte die Mineralwasserflasche auf, um einen tiefen Schluck davon zu nehmen. Dann biss er wieder in den Apfel.

Wenn das mal keinen Dünnschiss gibt, dachte er und wurde von der Stimme seines Freundes aus den Überlegungen gerissen.

„Hörst du mir nicht zu? Was von ‚es hat einen weiteren Toten gegeben‘ hast du nicht verstanden?“ Bernd berichtete seinem Freund von der Explosion des Laborcontainers in Enkirch.

„Was soll ich nun tun?“, fragte Udo ein wenig genervt und biss in den Granny Smith. Er fürchtete, dass Kaltenbach wieder mit einer Bitte kam, die er ihm unmöglich abschlagen konnte – so wie eigentlich immer. Vielleicht, so überlegte Udo, war er einfach zu gutmütig, um Bulle zu sein.

„Setz dich mit den Kollegen in Trier in Verbindung und frag sie, ob das ein Anschlag war, mehr will ich gar nicht wissen.“

„Du spinnst.“ Udo erhob sich wieder und wanderte durch das Büro. Während er mit der rechten Hand das Telefon hielt, führte er mit der linken den Granny Smith zum Mund. Am Fenster blieb Udo stehen und blickte hinunter auf die Straße. In Richtung Löhr-Center stockte der Verkehr auf dem Moselring.

„Ich wusste, dass du mich nicht hängen lässt", freute sich Kaltenbach am anderen Ende der Leitung. Offenbar hatte er nicht verstanden, was Udo ihm geantwortet hatte. Oder er wollte den Freund einfach nicht verstehen. Der Verdacht erhärtete sich, denn bevor Udo reagieren konnte, vernahm er ein monotones Tuten im Hörer. Kaltenbach hatte ohne ein weiteres Wort aufgelegt.

„So ein Arschloch", fluchte Udo und warf das Handy auf die Schreibunterlage, wo es gegen die Wasserflasche schlug und ein Klirren erzeugte. Udo riss sich vom Blick aus dem Fenster los und kehrte zu seinem Schreibtisch zurück, wo er nach dem Hörer des Diensttelefons griff. Er zögerte, sank auf den Stuhl und aß zunächst den Apfel auf, bevor er den Appelkrotz mit einem schwungvollen Wurf in den Papierkorb mit der Aufschrift „Nur für Papier" beförderte. Danach wählte er die Nummer der Zentralen Kriminalinspektion in Trier.

Enkirch, 11.55 Uhr

Kaltenbach hatte das Telefonat mit Udo schnell beendet, weil jemand in der Leitung anklopfte. Er blickte auf die Nummer im Display und nahm das Gespräch an. Gut, dass sie gestern noch ihre Handynummern ausgetauscht hatten. Solange sie sich keine falschen Hoffnungen machte, war Bernd für alles offen.

„Hallo Bettina, es hat einen weiteren Toten gegeben."

„Woher … woher weißt du davon?" Ihre Stimme klang belegt.

„Das pfeifen die Spatzen von den Dächern", schmunzelte Kaltenbach, dann wurde er ernst. „Rufst du deshalb an?" Als sie schwieg, fuhr er fort: „Weißt du schon Näheres?"

„Der Tote ist Dirk Immich aus Starkenburg, ich kannte ihn seit der Kindheit."

„Und wahrscheinlich ist er Umweltschützer und der Hahn ist ihm ein Dorn im Auge."

„Woher weißt du, dass er Mitglied bei den Grünen ist? Dirk arbeitete für die Verbandsgemeinde und war für die Gewässerproben aus dem Groß- und dem Ahringsbach zuständig."

„Also jemand, der den Betreibern des Hahn gefährlich werden konnte", überlegte Kaltenbach. „Zumal er offensichtlich politisch engagiert war und einige Leute kannte, die den Betreibern am Hahn das Leben schwer machen können."

Bettina stimmte ihm zu. „Das war kein Unglück, jede Wette, Bernd. So ein Container fliegt doch nicht so einfach in die Luft!"

„Das seh' ich auch so. Wie ich Enkirch kenne, steht das ganze Dorf Kopf?"

„Natürlich. Es ist der zweite Tote in kürzester Zeit, der nicht an Altersschwäche stirbt. Die Kripo Wittlich ist vor Ort und wartet auf die Kollegen aus Trier."

„Also Mord?"

„Keine Ahnung, aber wenn ich schätzen würde, dann sieht es danach aus. Bernd, hier ist jemand auf einem schrecklichen Rachefeldzug."

„Ehrlich gesagt fürchte ich das auch. Aber ich kann mir einfach nicht vorstellen, dass ein großes Unternehmen, das von zwei Landesregierungen aufrechtgehalten wird, Auftragskiller auf alle Menschen ansetzt, die am Image des Hahn kratzen. Das ist mir eine Nummer zu hoch."

„Was wollen Sie denn hier?“, wurde Kaltenbach von einem hünenhaften Glatzkopf in Cargohosen und T-Shirt angeblafft, als er sich mit der Kamera an der Schulter dem ausgebrannten Container näherte. Den Tatort hatte man weit abgesperrt; uniformierte Polizisten sorgten dafür, dass sich niemand unbefugten Zutritt verschaffte. Das blauweiß-schraffierte Absperrband flatterte im Wind, der vom Fluss herüberwehte. Zahlreiche Schaulustige hatten sich eingefunden und waren in teils hitzige Diskussionen verwickelt. Einige fotografierten die verkohlten Überreste des Bürocontainers mit ihren Handykameras, ein braun gebrannter Rentner in T-Shirt, Shorts und Badelatschen filmte die Szenerie mit einem kleinen Camcorder. Wahrscheinlich würde der Clip innerhalb der nächsten Stunde auf YouTube und Co. zu sehen sein. Alte Weiber standen beisammen und führten erregte Gespräche. Dafür hatten sie sogar die Füße aus der Waschschüssel genommen und ihre Pause im Schatten des Wohnmobils verlassen, stellte Kaltenbach mit einem Anflug von Ironie fest.

„Hallo, ich rede mit Ihnen“, riss ihn der Stiernacken aus den Gedanken. Er bohrte seinen Zeigefinger in Kaltenbachs Schulter. „Bleiben Sie stehen, wenn ich mit Ihnen rede! Also – was haben Sie vor und wer sind Sie?“

Kaltenbach blickte ihn unverwandt an. Geschickt drehte er die Schulter aus dem Bohrbereich des Zeigefingers. „Wer will das wissen, Meister?“ Er ließ sich nicht so leicht aus der Ruhe bringen.

„Caspari, Ralf Caspari, Kriminalhauptkommissar, Sie Kasper.“ Sein kantiges Gesicht hatte eine tiefrote Färbung angenommen. Er war es offenbar nicht gewohnt, dass man ihm Gegenfragen stellte, anstatt kleinlaut den Schwanz einzuziehen.

„Na na", machte Bernd und schüttelte den Kopf. Mit dem Kinn deutete er auf den Container. „Hat da einer am Arbeitsplatz geraucht?"

„Sind Sie von der Presse?", grollte der Hüne und betrachtete Kaltenbach wie ein lästiges Insekt.

„Sie sind unhöflich. Bernd Kaltenbach vom Rhein Mosel Express, sehr erfreut, Herr Hauptkommissar." Er streckte die Hand aus.

Caspari zögerte, dann ergriff er Kaltenbachs Hand und drückte sie so fest, als wäre sie in einen Schraubstock eingespannt.

Doch Kaltenbach tat ihm nicht den Gefallen, gequält aufzustöhnen. Allenfalls sein Grinsen schwächelte einen Moment, dann hatte er die Situation wieder im Griff. „Kripo Wittlich, nehme ich an?"

Kriminalhauptkommissar Caspari lachte, als hätte Bernd einen tollen Scherz gemacht. „Nein, nein", sagte er dann mit einer Mischung aus Verständnis für Kaltenbachs Inkompetenz und Stolz auf seine eigene Überlegenheit. „Die Kollegen aus Wittlich sind raus aus der Nummer. Ich und mein Team sind von der ZKI Trier, hier ist immerhin ein Toter zu beklagen."

Der Esel nennt sich immer zuerst.

Kaltenbach nickte verstehend und stellte sich unwissend. „Ist das nicht das Labor, in dem die Gewässerproben aus dem Groß- und dem Ahringsbach auf krebserregende Stoffe untersucht wurden?"

„Sie scheinen sich auszukennen."

„Ich mache nur meinen Job, Kommissar. Aber wie dem auch sei - wenn das Labor jetzt weg ist, dann dürften einige Leute am Hahn doch sehr erleichtert sein."

„Möglich, aber ich sag Ihnen mal was: Wenn ich auch nur ein Wort von Ihren Verdächtigungen in

Ihrem Käseblatt lese, werde ich den Presserat gegen Sie aufhetzen."

„Wer wird denn gleich mit Kanonen auf Spatzen schießen?" Kaltenbach schüttelte den Kopf. „Wobei – das scheint hier ja so üblich zu sein. Ist Ihnen das noch nicht aufgefallen? Wer dem Hahn unbequem wird, lebt nicht sehr lange."

„Dann müssten aber schon viele Menschen eines rätselhaften Todes gestorben sein." Caspari schüttelte den Kopf und kratzte sich am Nacken.

„Es werden mehr, das müssen Sie zugeben."

„Hüten Sie sich vor Anschuldigungen."

Kaltenbach reagierte nicht auf die Warnung. Er nahm die Kamera aus der Tasche und schoss ein paar Bilder vom zerstörten Bürocontainer und den Männern der Spurensicherung in ihren weißen Einmalanzügen.

„Weiß man schon, warum die Blechkiste ausgebrannt ist?", fragte Kaltenbach, während er durch den Sucher seiner Nikon blickte.

Kommissar Caspari stöhnte entnervt auf. „Sie sind zu neugierig. Aber ich werde Ihnen nichts sagen. Eventuell könnte eine vorzeitige Veröffentlichung in der Presse unsere Ermittlungen behindern, das muss ich Ihnen wohl nicht erklären, wenn Sie nicht neu sind in dem Job."

Nun ließ Kaltenbach die Kamera sinken. „Also ein Anschlag?"

„Wenden Sie sich an die Pressestelle, die wird Ihnen die gewünschten Informationen geben. So, und nun entschuldigen Sie mich – ich habe zu tun." Caspari machte auf dem Absatz kehrt und entfernte sich ein paar Schritte von der Absperrung, dann hielt er inne und präsentierte Kaltenbach seinen muskulösen Rücken, bevor er sich ruckartig zu ihm umdrehte.

„Und hüten Sie sich, Kaltenbach. Ich werde mich bei Prangenberg beschweren, sollten Sie irgendeinen Scheiß schreiben."

„Und den Presserat nicht vergessen", nickte Kaltenbach und verstaute die Kamera in seiner Tasche. Er hatte seine Bilder und nicht mehr sonderlich viel Lust, sich mit Caspari zu streiten. Dass der Mann unglaublich wichtig für die Polizei war, hatte der Reporter längst verstanden. Nicht umsonst hatte er in einem Nebensatz den Namen von Kaltenbachs cholerischen Chef einfließen lassen. Subtile Androhung beruflicher Konsequenzen, dachte Kaltenbach grimmig und wandte sich ab. Als er zurück zum Festplatz marschierte, wo er den Polo vorhin abgestellt hatte, lief er Stürzenbecher von der Polizeiwache in Zell-Kaimt in die Arme. Der uniformierte Beamte machte ein betroffenes Gesicht.

„So sieht man sich wieder", begrüßte Kaltenbach ihn und deutete in Richtung des Labors. „Weiß man schon mehr?"

Stürzenbecher blieb stehen und musterte den Reporter nachdenklich. Schweißperlen standen auf seiner Stirn. „Es wird eine Pressekonferenz geben, bei der …"

„Ist das eigentlich Ihre Standard-Antwort?", konterte Kaltenbach. „Die Leute haben ein Recht darauf zu erfahren, was hier passiert ist."

„Ja, es war wohl ein Anschlag, warum sollte ein Container sonst explodieren?", gab Stürzenbecher auf. „Aber mehr gibt es nicht an Informationen, sonst werde ich von Caspari gevierteilt."

„Ein sehr sympathischer Kollege", entgegnete Kaltenbach sarkastisch. „Oder ist er Ihr Chef?"

Stürzenbecher ersparte sich eine Antwort. Er winkte ab und marschierte weiter.

Kaltenbach stand ein wenig unschlüssig auf dem Festplatz des kleinen Ortes und massierte sich den Nasenrücken. Er überlegte, ob er Bettina an ihrem Arbeitsplatz aufsuchen sollte, als sich sein Handy meldete. Am anderen Ende der Leitung war Udo.

„Mensch, das ging ja schnell", freute sich Kaltenbach.

„Ich will dich nur warnen", antwortete Udo. Er klang gehetzt. „Hüte dich vor Caspari! Der Hauptkommissar ist eine Dogge, und er wird dich zerfleischen, wenn du ihn mit deinen blöden Fragen nervst. Der Typ leitet in Enkirch die Ermittlungen und ist eigentlich dein Mann. Wie gesagt … eigentlich."

„Ich hatte bereits das Vergnügen", murmelte Kaltenbach. „Was kannst du mir sonst sagen?"

„Eigentlich wollte er mir gar nichts verraten", knurrte Udo. „Aber ich konnte argumentieren, dass das Unglück möglicherweise mit dem Hahn im Zusammenhang steht."

„Und was hat das zu bedeuten?"

„Dass für den Hahn und den Hunsrück die Kripo Koblenz zuständig ist, die Trierer für Enkirch."

„Na dann", strahlte Kaltenbach. „Willkommen im Club. Wann kannst du hier sein?"

„Ich werde mich hüten. Caspari ist ein arroganter und selbstverliebter Sack, ein Kompetenzgerangel mit ihm brauche ich wirklich nicht, Bernd."

„Dann komm auf den Punkt, Alter."

„Also gut. Aber halt bloß die Schnauze, ich will nichts von dem, was ich dir jetzt erzähle, in der Zeitung lesen, ist das klar?"

„Das habe ich eben schon mal gehört", brummte Kaltenbach.

„Gut, dann weißt du ja, was dir blüht, mein Freund. Okay, ich mach es kurz: Das Labor ist in die Luft geflogen, weil jemand daran rumgefummelt hat – also war es mit größter Sicherheit ein Anschlag. So wie Casparis Sklaven von der Kriminaltechnik vermuten, hat jemand an der Glühbirne herumgefummelt und das Glas entfernt. Im Winter ist so ein Container nicht beheizt, deshalb hat man Immich eine Gasheizung gestellt, so ein Ofen, wie man ihn vom Camping kennt. Irgendjemand ist wohl in der Nacht in den Container eingebrochen, hat die Glühbirne der Deckenbeleuchtung manipuliert und den Druckregler der Gasheizung abgeschraubt. Dann hat er den Verschluss der Gasflasche geöffnet, und den Rest kennen wir."

„Moment", warf Bernd ein. „Nur noch mal zum Verständnis: Immich kommt in den Container, steht im Dunkeln, weil die Jalousien zu sind. Er macht das Licht an, der Wolframfaden der Birne glüht auf und entzündet das ausgetretene Gas?"

„Jetzt hast du es auch endlich verstanden", murmelte Udo Reuschenbach erleichtert.

„Und das steht schon fest? Ich meine, die Spurensicherung ist noch im Gange."

„Mag sein, aber die offene Gasflasche spricht eine eindeutige Sprache, und die Sache mit der Glühbirne scheint auch schon festzustehen. Die sind recht schnell."

„Davon solltest du dir eine Scheibe abschneiden", grinste Kaltenbach. „Gibt es schon Verdächtige?"

„Noch nicht, Bernd. Es ist ja gerade erst passiert. Aber wahrscheinlich lässt Caspari gleich eine Hundertschaft antanzen, die jeden Stein in Enkirch umdreht und jeden Bürger hier befragen wird."

„Klingt, als wird es hier gleich ungemütlich."

„Davon kannst du ausgehen. An deiner Stelle würd' ich mich da verdünnisieren, Bernd."

„Danke für den Tipp. Ich melde mich, sobald ich was weiß. Also bleibst du in deinem klimatisierten Büro hocken und wartest auf den Feierabend?"

„Nichts klimatisiert", brummte Udo. „Ich schwitz' hier wie ein Affe und kann vor Arbeit kaum aus den Augen gucken. Das Land ist pleite, und du träumst von 'ner Klimaanlage im Präsidium. Unfassbar."

„Das Land hat ja auch Geld für einen bankrotten Flughafen", erwiderte Kaltenbach und unterbrach die Verbindung.

Bettinas grüne Augen leuchteten auf, als er das kleine Büro am Brunnenplatz von Enkirch betrat. Sie sprang auf und umarmte ihn.

„Dein Motorrad ist wieder fit - der Mann vom Reifendienst war schon ganz früh bei mir."

Kaltenbach bedankte sich mit einem Kuss und strich ihr sanft über den Rücken. Dennoch blieb ihm die Sorge in ihrem Blick nicht verborgen.

„Mann, Bernd - hier boxt der Papst. Ist das nicht alles schrecklich?"

Ihre Haare standen in alle Windrichtungen vom Kopf ab, der Kaffee in ihrer Tasse war längst kalt, und ständig klingelte das Telefon.

Kaltenbach fand trotzdem, dass sie irgendwie süß aussah. Er atmete den Duft ihres Parfüms ein, der ihn augenblicklich auf ganz andere Gedanken kommen ließ. Liebevoll strich er ihr durch das Haar und blickte ihr tief in die Augen. Dann besann er sich eines Besseren und seufzte.

„Ein Anschlag", murmelte er und reichte ihr den Poloschlüssel. „Man hat den Container in die Luft gejagt und dabei den Tod deines Freundes billigend in Kauf genommen - eine ganz miese Masche."

„Moment", rief Bettina und löste sich aus der Umarmung. Sie stemmte wütend die Hände in die Hüften. „Er war nicht mein Freund - ich sagte dir, dass ich seit ... seit damals Single bin. Und Dirk kannte ich seit meiner Kindheit, mehr nicht. Er hat seit Jahren eine feste Freundin, und halb Starkenburg fragt sich, warum die beiden noch nicht verheiratet sind."

Kaltenbach ging nicht auf ihren versteckten Vorwurf ein. Er hasste komplizierte Beziehungen und versuchte sich auf das Wesentliche zu konzentrieren. „Dann weißt du bestimmt auch den Namen und die Adresse seiner Freundin?"

Bettina nickte. „Anna Hagedorn heißt sie, ein wirklich hübsches Ding." Dann schüttelte sie den Kopf. „So was hat sie nicht verdient, Dirk und Anna waren ein süßes Paar. Mein Gott, ist das alles schrecklich!"

„Was weißt du über Dirk Immich?"

„Im Grunde genommen nicht viel, Bernd. Er war bei der Verbandsgemeinde angestellt und hat sich für Enkirch stark gemacht. Ihm war es auch zu verdanken, dass man ihm das Labor errichtet hat."

„Und ihm damit einen sicheren Arbeitsplatz geschaffen hat", nickte Kaltenbach, doch Bettina schüttelte den Kopf.

„Nein, so war das nicht. Der Job im Labor war eine zusätzliche Tätigkeit, die er sich selber aufgebürdet hat, weil er ziemlich naturverbunden war."

„Wie alle hier irgendwie", murmelte Kaltenbach. Dann blickte er sich in dem kleinen Büro um. „Hast du hier einen internetfähigen Computer?"

„Natürlich. Warum?"

„Es wäre gut, wenn ich Prangenberg mal eine Zwischenmeldung gebe. Und bei der Gelegenheit kann ich auch gleich einen Beitrag für die Koblenzer Ausgabe schreiben und die Fotos vom zerstörten Container an die Redaktion mailen."

Kaltenbach ließ sich an einen freien Schreibtisch führen. Bettina schaltete den Rechner ein und loggte sich in das Internet ein, damit Kaltenbach arbeiten konnte. Ärger mit Prangenberg wäre jetzt so ziemlich das Letzte, was er gebrauchen konnte. Wahrscheinlich würde er ihm die Füße küssen, wenn er die Meldung vom explodierten Container am Moselufer las. Immerhin einer, der von dem Anschlag auf das provisorische Labor profitierte, dachte Kaltenbach verbittert.

Es war Mittag, als Bernd Kaltenbach überglücklich den Motor seiner Honda startete und das sanfte Vibrieren der schweren Maschine unter sich spürte. Zuvor hatte er mit Mellie in der Koblenzer Redaktion und mit Prangenberg in Neuwied telefoniert.

„Dranbleiben", hatte der Chefredakteur in den Hörer gebellt. „Ich will die Geschichte ganz groß fahren und als Erster damit kommen. Und kümmern Sie sich um die Redaktion in Koblenz. Dietz ist ein guter Mann, ich will ihn nicht verlieren, weil er sich im Stich gelassen fühlt." Bevor Kaltenbach antworten konnte, hatte Prangenberg den Hörer auf die Gabel geworfen.

Lob war noch nie seine Stärke gewesen.

Während er arbeitete, genoss Bernd Kaltenbach Bettinas Gesellschaft. Sie wusste nicht, wo ihr der Kopf stand und hatte neben dem Anschlag auf das kleine Labor am Moselufer noch den Tod ihres Vorgesetzten zu verkraften. Zudem stapelte sich die Arbeit auf ihrem Schreibtisch.

„Ich komm mit zu deiner Maschine", sagte sie, als Kaltenbach aufbrach. „Muss mal zehn Minuten an die frische Luft, sonst drehe ich durch."

Kaltenbach hatte keine Einwände, und so marschierten sie Seite an Seite die Sponheimer Straße hinauf, wo seine Honda CBX in der Mittagssonne glänzte.

„Der Mann vom Pannendienst hat gesagt, dass da wohl jemand nachgeholfen hat", erklärte Bettina. „Da hat sich jemand mit einem Messer an deinem Hinterrad zu schaffen gemacht."

„Na Mahlzeit, dann scheine ich hier auch nicht sonderlich beliebt zu sein.“ Kaltenbach strich fast zärtlich über den Ledersattel der Maschine. Von der seltsamen Begebenheit am Vorabend erzählte er Bettina noch nichts; er wollte sie nicht beunruhigen.

„Wahrscheinlich irgendwelche Teenager, die sich einen Scherz erlaubt haben“, überlegte Bettina.

Kaltenbach schwieg. Er hatte eine Vermutung, wer ihn daran hindern wollte, das Dorf zu verlassen. Unwillkürlich fragte er sich, was geschehen wäre, wenn er die Nacht bei Bettina verbracht hätte. Dabei fiel ihm ein, dass er dringend mit Udo telefonieren wollte. Er wartete noch immer auf die Anruf-Rückverfolgung. Es interessierte Kaltenbach brennend, wer ihn gestern Nacht angerufen und gewarnt hatte.

Bedroht, verbesserte er sich in Gedanken. Es war keine Warnung, sondern eine verstecke Drohung gewesen.

„So schweigsam plötzlich?“, riss ihn Bettinas Stimme aus den Gedanken. Als er nichts erwiderte, fuhr sie fort: „Ist das alles schrecklich. Erst Gerbers Tod, dann Dirk Immich … ich frage mich, wer als nächstes stirbt.“ Tränen standen plötzlich in ihren grünen Augen, doch sie versuchte tapfer, Kaltenbach anzulächeln.

„Heute Abend gehen wir zusammen essen“, versprach Bernd ihr, „damit du auf andere Gedanken kommst.“

Ihr Lächeln war matt, aber Bettina schien sich über seine Einladung zu freuen.

„Natürlich ganz zwanglos“, fügte er eilig hinzu, als in ihm die Befürchtung aufflammte, Bettina könne die Einladung zum Essen als ein Rendezvous verstehen und sich unter Umständen sogar falsche Hoffnungen auf ihn machen.

„Selbstverständlich", nickte sie. „Ganz ohne Zwang. Ich freu mich."

„Sagt dir der Name Rudolf Manderscheid eigentlich etwas?", fragte er unvermittelt und beobachtete sie aufmerksam.

Bettina nickte. „Natürlich. Eine schreckliche Geschichte ist das. Man hat ihn erschossen am Rauschkümpel mit dem Gesicht im Ahringsbach gefunden, das muss so gut vor einem Jahr gewesen sein."

„Hatte er denn Feinde?"

Bettina zuckte die Schultern. „Nicht dass ich wüsste." Dann hellte sich ihr Gesicht auf. Sie schien zu verstehen, worauf er hinauswollte. „Du meinst, dass er sich mit den Betreibern des Hahn angelegt haben könnte?"

„Ich weiß nicht, was ich meine, aber ich könnte mir vorstellen, dass die Polizei damals die gleichen Fragen gestellt hat. Komisch nur, dass sie den Fall trotzdem nicht gelöst hat."

„Manderscheid lebte in Enkirch, aber die Witwe hat den Betrieb nach seinem Tod verkauft und Enkirch verlassen. Sie wohnt jetzt oben in Kastellaun."

„Hm." Bernd nickte. In ihm reifte ein Plan.

„Was hast du vor?"

„Ich?" Kaltenbach machte eine Unschuldsmiene.

„Wenn du so guckst, dann brütest du etwas aus." Jetzt buffte sie ihn freundschaftlich in die Seite.

„Frag mich heute Abend noch mal."

Er klappte das Visier seines Helmes herunter und fuhr los. Im Schritttempo rollte die Honda die Sponheimer Straße hinunter. Zunächst hatte er überlegt, Anna Hagedorn in Starkenburg einen Besuch abzustatten, doch die Gefahr, dass er dort Caspari über den Weg lief, war ihm zu groß. Er hatte keine Lust auf sinnloses Kompetenzgerangel und schmiedete einen anderen Plan.

An der Stelle, an der es rechts ins Ahringsbachtal führte, zögerte er. Gern hätte er sich die Stelle, an der man Manderscheid im Rauschkümpel gefunden hatte, angeschaut. Doch dort kam man nur zu Fuß oder mit dem Fahrrad hin, wohl kaum mit einem schweren Motorrad. So beschloss Kaltenbach, den Besuch nachzuholen und hielt sich geradeaus. Hinter dem Ortsausgang führte die Straße steil bergan durch ein dichtes Waldgebiet. Während er den frischen Fahrtwind und den kühlenden Schatten genoss, den die tiefhängenden Äste der Bäume spendeten, kreisten seine Gedanken um den seltsamen Fall.

Der Mord an Manderscheid vor gut einem Jahr war nie aufgeklärt worden. War es möglich, dass die Polizei nie ein wirkliches Interesse daran gehabt hatte, den Täter zu fassen? Hatte man die Einstellung der Ermittlungen möglicherweise sogar von höherer Stelle veranlasst?

Kaltenbach mochte diesen Gedanken nicht zu Ende führen, während er in gemäßigtem Tempo durch Raversbeuren rollte. Am Ortsausgangsschild riss er den Gashahn auf und genoss die Motorleistung der Maschine. Erst am Abzweig der L 193 drosselte er das Tempo wieder. Nun lag das Flughafengelände vor ihm. Das Areal der ehemaligen Air Base erstreckte sich von der Ortschaft Scheid im Süden über Leutzenbach im Osten bis Hahn im Nordwesten, dem Ort, der dem Flughafen schließlich zu seinem Namen verholfen hatte. Während er am Flughafengelände vorbeifuhr, wurde ihm bewusst, dass der Hahn ein wichtiger Wirtschaftsfaktor für die Region war. So wichtig, dass einige der Verantwortlichen sogar über Leichen gingen?

Er konnte es sich nicht vorstellen, doch im Augenblick deutete vieles darauf hin.

Wie Kaltenbach verwundert feststellte, hatte sich seit seinem letzten Besuch im Hunsrück die Verkehrsführung geändert – wahrscheinlich wollte man dafür Sorge tragen, dass der Flughafen besser erreichbar war. Imposant fand er hingegen die Größe der ehemaligen Hahn Air Base. Nachdem er sich bei Kappel auf die Hunsrückhöhenstraße eingeordnet hatte, passierte er Bell, das schon von Weitem mit einem großen Hinweisschild für den Freizeitpark warb und rechter Hand den Schinderhannes-Radweg, der von Simmern über Bell und Kastellaun nach Emmelshausen führte.

Als er Kastellaun erreichte, verspürte Kaltenbach Hunger. So beschloss er, zunächst etwas zu essen, bevor er weitermachte. Mit vollem Magen ließ sich bekanntlich besser denken. Auf seiner Runde durch den Ort versuchte er sich an das zu erinnern, was er über das 5.000-Seelen-Städtchen wusste. Viel war es nicht. Der Begriff Burgstadt war allgegenwärtig, und viele Bewohner arbeiteten in der Tourismus-Branche oder waren am örtlichen Bundeswehrstandort stationiert. Er drehte in gemächlichem Tempo eine Runde durch die historische Ortsmitte und parkte die Honda schließlich am Marktplatz mit Blick auf die Burg. Nachdem er den Helm im Koffer verstaut hatte, suchte er sich einen freien Tisch in einem der Straßencafés und orderte bei der Bedienung, einem blutjungen Ding unter zwanzig, ein frisch gezapftes Bier und eine Portion Bratkartoffeln mit Rührei. Danach zog er das Handy aus der Tasche und wählte Sabine Wellershoffs Nummer. Sie meldete sich schon nach dem zweiten Freizeichen.

„Was weißt du über Manderscheids Familie?“, kam er ohne Umschweife auf den Grund seines Anrufes.

„Kinder gab es keine, aber man sagte beiden nach, dass sie zu Lebzeiten notorische Fremdgänger waren."

„Könnte sich dahinter ein potentieller Mörder verbergen?"

„Du meinst, Rudolf Manderscheid ist aus Eifersucht umgebracht worden?" Als Kaltenbach nichts erwiderte, setzte Sabine nach: „Ich könnte mir gut vorstellen, dass die Kripo das damals durchleuchtet hat. Aber der Verdacht liegt ja auch nahe. Die Ehe der beiden bestand nur noch auf dem Papier, verheiratet war man nur wegen der Leute und der Firma. Den Eindruck einer trauernden Witwe hatte ich jedenfalls nicht von Beatrice Manderscheid."

Die Kellnerin brachte Bier und das Essen, wünschte ihm einen guten Appetit und verschwand.

„Ihre Adresse hast du nicht zufällig noch irgendwo rumfliegen?", ging Kaltenbach kauend in die Offensive.

Sabine Wellershoff lachte am anderen Ende der Leitung. „Ein Schelm, wer Böses dabei denkt."

Er erwiderte nichts und hörte stattdessen, wie sie eine Computertastatur bearbeitete. Ein paar Mausklicks später hatte sie die gesuchte Datei gefunden und nannte ihm die Anschrift von Beatrice Manderscheid. Bettina hatte recht – sie hatte sich nach dem Ableben ihres Gatten eine Eigentumswohnung in Kastellaun gekauft, in der sie offensichtlich heute noch lebte. Bernd Kaltenbach bedankte sich brav. Er legte das Besteck zur Seite und spülte mit einem Schluck Bier nach.

„Bernd?"

„Ja?"

„Bitte sei vorsichtig." Ihre Stimme klang ernst und hatte die Leichtigkeit, die er sonst von ihr kannte, verloren. Unwillkürlich fragte sich Kaltenbach, wie tief sie in die Geschichte von damals involviert war.

„Versprochen. Was weißt du wirklich über den Mord an Manderscheid?" Er hatte die Stimme gesenkt. Die Leute an den Nebentischen mussten nicht unbedingt mitbekommen, worüber er sich mit seiner alten Freundin unterhielt.

„So gut wie nichts", seufzte Sabine. „Aber ich mache dir einen Vorschlag: Wir gehen heute Abend zusammen essen, dann erzähle ich dir alles was ich weiß."

Kaltenbach zog hörbar die Luft durch die Nase ein. Nun wurde es kompliziert.

„Ganz zwanglos, versteht sich. Der alten Zeiten wegen, nicht mehr und nicht weniger."

„Selbstverständlich." Kaltenbach überlegte. Einerseits freute er sich auf den gemeinsamen Abend mit Bettina, andererseits wollte er auch endlich im Fall weiterkommen. Mit ihrem Vorschlag hatte Sabine ihn völlig überrumpelt. „Heute geht nicht - leider. Männerabend mit Udo, weißt du."

„Ja klar. Ihr geht saufen - kein Thema. Ich habe Zeit, Bernd." Obwohl sie lachte, klang sie gekränkt. „Du willst schließlich was von mir wissen. Also meld dich einfach, wenn du Lust und Zeit hast!"

Bevor Kaltenbach etwas erwidern konnte, hatte sie aufgelegt. Sabine hatte sich in all den Jahren nicht geändert. Nun wusste er, warum er sich damals von ihr getrennt hatte. Er stierte noch einen Moment auf das Handy, verstaute es dann wieder in seiner Tasche, leerte sein Bier und winkte der Kellnerin. Der Hunger war ihm vergangen. Es gab viel zu tun, da war kein Platz für Gefühlsduseleien und private Bedürfnisse. Während er die Zeche bezahlte, erkundigte er sich nach dem Weg zur Daniel-Meisner-Straße.

Die Straße, in der Beatrice Manderscheid wohnte, lag nur ein paar Minuten vom Ortskern entfernt, und so entschloss sich Kaltenbach, einen Fußmarsch einzulegen. Sein Weg führte am Restaurant Rehberg vorbei, einem fast mediterranen Neubau, dessen Eingang von weißen Säulen flankiert war.

Das Haus lag gleich am Anfang der Daniel-Meisner-Straße und war nicht viel älter als zehn Jahre. Für Kaltenbachs Geschmack ein wenig zu modern, doch er musste hier nicht wohnen und würde am Abend wieder in sein verschlafenes Nest im Wiedtal fahren, wo sein zweihundert Jahre alter Bauernhof auf ihn wartete.

Ein wenig unschlüssig stand er vor der Haustür und legte sich auf die Schnelle eine Strategie zurecht.

„Sind Sie der Mann von der Telefongesellschaft, der zur der Frau Manderscheid will?“ Die alte Dame musterte ihn mit vorwurfsvollem Blick. Sie stellte den Hackenporsche, den sie aus dem Hausflur gezogen hatte, ab und hielt ihm die Türe auf.

„Na kommen Sie schon, junger Mann. Immer rein in die gute Stube, aber erwarten Sie nicht, dass die Frau Manderscheid gute Laune hat – immerhin kommen Sie zwei Tage zu spät!“

„Ist das so?“, fragte Kaltenbach, mehr, um Zeit zu gewinnen, und schielte auf das Klingelbrett neben der Tür. Sechs Namen standen dort, das Schild mit der Aufschrift „B. Manderscheid“ fand er ganz oben.

Na prima, dachte er, hoffentlich gibt es einen Aufzug. Hochhäuser machen mich krank.

„Natürlich.“ Die Alte nickte. „So ist das heute: Wenn der Computer nicht funktioniert, dann ist Holland in Not. Früher …“, sie machte eine wegwerfende Handbewegung, „früher gab es ja gar keine Computer. Allenfalls Radio. Und Fernsehen, drei Programme: Erstes, Zweites, und Südwestfunk. Und heute ist gleich

Notstand, wenn das Internetz mal nicht funktioniert." Sie schüttelte den Kopf. „Schlimm ist das. Ich sag Ihnen was, junger Mann: Es dauert nicht mehr lange, und man kann einkaufen, in diesem Internetz. Schrecklich. Wie soll man denn da mal ein nettes Wort miteinander reden können?" Sie musterte den hoch gewachsenen Kaltenbach. „Ich sag Ihnen noch was: Es wird immer schlimmer, die Menschheit wird fauler, träger und immer fetter. Wir brauchen das Haus nicht mehr zu verlassen, weil dieses Dings alles für uns erledigt."

„Dieses Dings?" Kaltenbach runzelte die Stirn. Die alte Frau sprach in Rätseln.

„Na, dieses Internetz. Ich war einmal am Computer, und es hat keine fünf Minuten gedauert, da hab' ich es kaputt gemacht, das Internetz. Nee, die moderne Technik, das ist alles noch nicht so ausgereift, junger Mann."

Bernd Kaltenbach grinste ein wenig unbeholfen, während die alte Dame ihn aufmunternd anlächelte.

„Aber nun", sprach sie mit einem Augenzwinkern, „nun ist ja alles gut. Jetzt sind Sie ja da und können Frau Manderscheid ihr Internetz wieder reparieren. Gehen Sie mal gucken, ach so, sie wohnt ganz oben!"

„Ich nehme den ...", versuchte sich Kaltenbach zu retten, doch die Alte schüttelte den Kopf.

„Nehmen Sie nich', ha'm wir nämlich nicht. Aufzug war nicht mehr drin, als das Haus gebaut wurde. Sie müssen wohl oder übel Treppen steigen. Aber Sie sind ja noch jung und schaffen das." Das Mütterlein griff nach ihrem Einkaufswagen. „So", sagte sie. „Und nun entschuldigen Sie mich, aber ich muss wirklich los. Sonst hätte ich wirklich noch gerne mit Ihnen geplaudert." Sie nahm ihren Hackenporsche und marschierte los.

Kaltenbach stand in der offenen Haustür und blickte dem Mütterlein kopfschüttelnd nach, bis sie im Mühlenweg verschwunden war. Dann erklomm er die hell gefliesten Stufen ins Dachgeschoss. Hier gab es zwei gegenüberliegende Türen.

Er zögerte, dann bemerkte Kaltenbach, dass die linke der beiden Türen nur angelehnt war. Zunächst stutzte er, dann erinnerte er sich daran, dass die alte Frau im Hausflur ihn mit dem Mann von der Telefongesellschaft verwechselt hatte. Offenbar erwartete Beatrice Manderscheid Besuch von einem Techniker. Das kam ihm sehr gelegen.

Kaltenbach klopfte an die Tür, rief zwei mal zögerlich „Frau Manderscheid?" und trat schließlich unaufgefordert ein. Er fand sich in einem langen Flur, von dem vier Türen abzweigten. Angelehnte Türen schienen hier in Mode zu sein. Der Fußboden war ebenfalls hell gefliest, an den hell angestrichenen Wänden erblickte er abstrakte Gemälde, die er nicht verstand. Aber Kunst war eben immer eine Frage der Interpretation. So übte sich Kaltenbach in Toleranz und blickte in den ersten Raum. Das Schlafzimmer. Es lag unter einer Schräge, was dem fast quadratischen Raum eine gewisse Gemütlichkeit verlieh. Das Mobiliar war einfach, aber durchaus wertig. Neben einem französischen Bett zwei Nachtschränkchen mit Lampen, die ihren Lichtschein durch Milchglaskugeln verbreiteten, an der linken Wand ein weißer Schrank, in die Türen waren ebenfalls Milchglasscheiben eingelassen. Nichts Auffälliges.

Kehrtwende, erstes Zimmer links. Das Bad, länglich, modern und hell gefliest, ebenfalls Schrägen unter den Dachgauben, eine große Eckbadewanne bestimmte das Bild des Zimmers.

Nebenan die Küche. Pedantisch sauber, nichts für Kaltenbach, denn Edelstahlfronten erinnerten ihn immer an die Rechtsmedizin - anstelle einer Gemütlichkeit strahlten eiserne Küchen immer etwas Steriles aus. Keine Tasse in der Spüle wie bei ihm zu Hause, kein überquellender Mülleimer - sogar der Kalender an der Wand war auf das richtige Datum eingestellt. Das Fenster stand auf Kipp. Vogelgezwitscher drang hinein und erfüllte den Raum mit einer gewissen Leichtigkeit.

Trotzdem stimmte hier etwas nicht. Dafür, dass Frau Manderscheid offenbar händeringend auf einen Techniker wartete, hüllte sie sich auffallend in Schweigen. Ein Umstand, der zur Steigerung von Kaltenbachs Herzfrequenz beitrug, auch wenn er das nicht gern zugab. So setzte er seine Wanderung durch die Wohnung von Rudolf Manderscheids Witwe fort. Dabei rief er immer wieder ihren Namen, erhielt jedoch keine Antwort.

Im Wohnzimmer fiel das Sonnenlicht durch die großen Fenster und tauchte das Mobiliar in ein warmes Licht. Staubpartikel tanzten in der Sonne, der Fernseher - ein Gerät der neuesten Generation - lief ohne Lautstärke. Die bodenlange Gardine vor der offenen Balkontür wurde von einem Luftzug aufgebläht. Bernd Kaltenbach machte einen Schritt in den Raum und ließ seinen Blick über die Einrichtung schweifen. Grün war die dominierende Farbe. Ein niedriger Wohnzimmertisch mit selbst gehäkelten Deckchen, ein Fernsehsessel mit grüner Wolldecke, unter dem Tisch und vor dem Sofa ein grüner Orientteppich mit schrecklichem Muster. Grün auch die Schonbezüge auf dem Sofa, sogar der Stoffschirm der Stehlampe in der Ecke war grün. Kaltenbach bewertete den Einrichtungsstil von Beatrice Manderscheid als gewöhnungsbedürftig. Als er den Blick kreisen ließ, stockte ihm der Atem.

Die geballte Ansammlung von grünen Gegenständen in diesem Zimmer bot einen deutlichen Kontrast zu dem riesigen Blutfleck auf dem hellen Teppich. Kaltenbach wusste plötzlich, dass ihn sein eigenartiges Gefühl beim Betreten der Wohnung nicht getäuscht hatte. Denn in der Blutlache lag eine Frau. Kaltenbach schätzte sie auf Anfang fünfzig. Eine hübsche Frau, wie er fand, doch leider war sie mausetot. Daran bestand kein Zweifel, denn ihre blauen Augen schienen weit aufgerissen zur Zimmerdecke zu starren. Hinzu kam das Loch in der Mitte ihrer Stirn.

Und noch etwas fiel Kaltenbach auf: Es gab einen kleinen Schreibtisch, darauf ein kleiner flacher Monitor, eine Tastatur und eine Maus. Das Fach für den Rechner hingegen war leer, und die Kabel hingen lose heraus. So viel also zu Frau Manderscheids Problemen mit dem Computer, dachte Kaltenbach. Die hatten sich wohl schon erledigt, denn der zickende PC glänzte hier durch Abwesenheit. Demnach war Kaltenbach der lang ersehnte Mann von der Telefongesellschaft zuvorgekommen. Er hatte nicht nur das Internetz, sondern gleich auch den ganzen Computer mitgenommen. Und Frau Manderscheid in diesem Abwasch gleich ins Jenseits geschickt. So gingen Telefongesellschaften also heute mit Kundenreklamationen um.

Udo Reuschenbach hasste Brandermittlungen. Abgesehen davon, dass er eine panische Angst vor Feuer hatte, war es oft müßig, mit den Kriminaltechnikern vom K 6 in abgebrannten Ruinen herumzulaufen und vergeblich nach verwertbaren Spuren zu suchen. Der Mief nach Ruß und Qualm hing einem den ganzen Tag in den Klamotten, und auch ausgiebiges Duschen half nur selten, die Nase wieder freizubekommen. Und das ausgerechnet heute, wo er sich einen romantischen Abend mit Larissa erhofft hatte. Ob sie seine Nähe mit dem penetranten Qualmgeruch schätzen würde, wagte er zu bezweifeln. Sie hasste den Geruch von Rauch in jeglicher Form - ein Grund, weshalb er sich Zigaretten abgewöhnt hatte, nachdem er mit ihr zusammengezogen war. Sogar der Grillgeruch hielt sie von einem saftigen Steak ab, und so verlagerte Udo seine Grillabende auf Kaltenbachs Bauernhof, wo sie in unregelmäßigen Abständen zum Grillgut das eine oder andere Bier vernichteten und über den Sinn des Lebens philosophierten. Egal - in diesem Moment sah Udo seinen gemeinsamen Abend mit Larissa in weite Ferne rücken, und dieser Umstand ließ seine Stimmung in den Keller sinken.

Doch das alles interessierte die Staatsanwaltschaft reichlich wenig. Es galt, die seltsame Brandserie aufzuklären, bevor es ein Opfer zu beklagen gab und ein Mensch in den Flammen starb. Bislang hatte es nur Sachschäden gegeben - schlimm genug zwar, aber die waren zum größten Fall von der Versicherung abgedeckt. Im Fall der abgebrannten Schreinerei war den

Kollegen vom Einsatz-Streifendienst ein eingeworfenes Fenster in einem der angrenzenden Büros aufgefallen, was den Verdacht auf Brandstiftung hatte aufkommen lassen. Und damit war Udo am Zug. In einem von Ruß geschwärzten Overall kämpfte er sich mit den Brandursachenermittlern durch die Überreste des Handwerksbetriebs. Ein erleichtertes Grinsen stahl sich auf sein Gesicht, als er das sanfte Vibrieren in der Brusttasche spürte.

„Telefon – ich muss kurz raus", rief er den Kriminaltechnikern erleichtert zu und machte, dass er aus der Ruine kam. Die Sonne blendete ihn, als er sich eilig die dünnen Handschuhe abstreifte und das Handy aus der Tasche angelte. Die frische Luft tat ihm gut, und er atmete tief durch. Auf der Mosel zog ein Ausflugsdampfer mit bunten Fähnchen seine Bahn in Richtung Deutsches Eck.

Er fummelte einen Cox Orange aus der Jackentasche, wischte die Schale am Saum seines T-Shirts ab und biss hinein. Als Udo die Augen schloss, schmeckte er das saftige Aroma von einem Bratapfel zur Weihnachtszeit. Fast wie damals, als er noch ein Kind gewesen war und Mutter in der kalten Jahreszeit einen Bratapfel im Backofen zubereitet hatte.

Udos Laune schlug um, als er sah, dass Kaltenbach schon wieder anrief.

„Nein", knurrte er. „Ich habe noch nichts erreicht, wenn du mich wegen der Anrufrückverfolgung nerven willst." Als Kaltenbach nichts erwiderte, fügte er hinzu: „Allerdings weiß ich inzwischen, dass man dich von einem Prepaid-Handy aus angerufen hat. Das wird eine harte Nuss, herauszufinden, wer dahintersteckt. Ich muss dir nicht sagen, dass man diese Dinger auf jedem Flohmarkt kaufen kann und sich das Volk einen Dreck darum schert, die Vertragsdaten dem Provider mitzuteilen. Allerdings, und das ist die gute Nachricht, steht fest, dass der Anruf in Roßbach abgesetzt worden ist. Man hat dich also bis zu deiner Haustür verfolgt und dann angerufen, um dich einzuschüchtern. Komische Sache, und ich an deiner Stelle würde mir ernsthaft überlegen, ob ich nicht Anzeige erstatten würde. Aber das musst du wissen, und wie ich dich kenne ..." Udo stutzte. Während er ohne Punkt und Komma redete, hüllte sich sein Freund in Schweigen. „Sag mal", rief er in das Telefon, „sag mal, hörst du mir überhaupt zu?"

„Endlich hältst du mal die Fresse."

„Wie bitte?" Udo glaubte sich verhört zu haben. Mitunter legte sein Freund eine seltsame Art an den Tag, Dankbarkeit zu zeigen. Dafür hatte er ihm einen Gefallen getan, eine Anrufrückverfolgung ohne grünes Licht von Richter und Staatsanwaltschaft durchzuführen? Er war empört.

„Ich bin froh, dass du mal Luft holst", vernahm er Kaltenbachs Stimme am anderen Ende der Leitung. „Udo, versteh das nicht falsch - ich bin dir dankbar für deine Mühe, aber ich stecke in der Scheiße."

Udo atmete hörbar aus und sehnte sich nach einer Zigarette, obwohl er sich das Rauchen schon abgewöhnt hatte, als er mit Larissa zusammengezogen war. So biss er noch einmal in seinen Cox Orange. „Du bist aber auch ein Pechvogel."

„Udo - ich scherze nicht."

Tatsächlich klang Kaltenbachs Stimme belegt. „Was ist los?", fragte Udo ein wenig versöhnlicher.

„Wer ist für Mord in Kastellaun zuständig?"

„Guck in die Gelben Seiten, da findest du bestimmt auch einen Auftragskiller", brummte Udo gallig.

„Verarschen kann ich mich selbst, danke." Kaltenbach schnaubte in den Hörer. „Ich will wissen, wer sich um die Aufklärung von Tötungsdelikten in Kastellaun kümmert. Ist das jetzt Behördendeutsch genug, damit selbst du es kapierst, Mann?"

„Bernd - was hast du mir zu sagen?" Er klang wie seine eigene Mutter, wenn sie ihn mal wieder bei einem missglückten Streit erwischt hatte.

Kaltenbach berichtete ihm, was er in Kastellaun trieb. „Und als ich die Witwe, diese Beatrice Manderscheid, besuchen wollte, komm ich in die Wohnung und muss sehen, dass ich zu spät bin: Man hat sie erschossen."

„Du machst mich wahnsinnig", stöhnte Udo. „Ich jage hier einen Brandstifter, weil ganz Koblenz vor dem Feuerteufel Angst hast, und du kommst mir mit so einer Scheiße."

„Entschuldige bitte."

Udo fehlten die Worte. „Wo bist du jetzt?"

„Na, in der Wohnung der Manderscheid."

„Fass bloß nichts an und lass alles so wie du es vorgefunden hast!"

„Hältst du mich für bescheuert?", giftete Kaltenbach.

„Darauf möchte ich jetzt nicht antworten." Udo atmete tief durch und versuchte, seinen Pulsschlag auf Normalniveau zu bringen. Sein Freund würde eines Tages daran Schuld sein, dass er einen Herzschlag erlitt.

„Also?"

„Was - also?"

„Wer klärt Morde in Kastellaun auf? Trier oder Koblenz?" Jetzt klang Kaltenbach genervt.

„Koblenz. Du solltest aber den offiziellen Weg gehen und den Einsatz-Streifendienst über den Leichenfund informieren. Die veranlassen dann alles Nötige, und die Kollegen von der ZKI Koblenz werden dir bald schon Gesellschaft leisten."

Am anderen Ende der Leitung hörte Udo Reuschenbach einen erleichterten Seufzer. „Das ist mal ne gute Nachricht, Alter. Ich hatte wirklich Schiss, dass ich mich jetzt schon wieder mit dieser Bulldogge Caspari rumärgern kann."

„Wenn es in meiner Macht stünde, würde ich dir Hauptkommissar Caspari allzu gern auf den Leib schicken", brummte Udo und unterbrach die Verbindung. Sein Freund hatte ein eigenartiges Geschick dafür, in die Scheiße zu treten.

Kastellaun, Daniel-Meisner-Straße, 13.50 Uhr

Nachdem er die örtliche Polizei von seinem Leichenfund informiert hatte, hielt ihn hier nichts mehr. Kaltenbach musste dringend an die frische Luft. Der Anblick der toten Frau auf dem Wohnzimmerteppich hemmte sein Denken, und er musste dringend nachdenken. Jemand war ihm zuvorgekommen und hatte Beatrice Manderscheid eliminiert, bevor Kaltenbach ihr einige wichtige Fragen stellen konnte. Irgendeiner Person schien es nicht zu passen, dass Kaltenbach hier recherchierte und möglicherweise Licht ins Dunkel brachte. Im Treppenhaus fragte er sich, wer im wahrsten Sinne über Leichen ging, um den Mantel des Schweigens auf gar keinen Fall lüften zu müssen. An erster Stelle natürlich die Betreibergesellschaft des Hahn – hier ging es offensichtlich darum, einen Umweltskandal erster Güte zu vertuschen. Krebserregende Stoffe im Trinkwasser, das war kein Kavaliersdelikt. Doch ein Flughafen war ein großes Unternehmen, in dessen Abläufe zahlreiche kleinere Dienstleister involviert waren. Wer war für die Abwasserwirtschaft des Hahn zuständig? Sicherlich nicht die Herren in der Chefetage des Hahn - da gab es zahlreiche kleine Betriebe, die den Großen die Drecksarbeit abnahmen.

„Wollten Sie zu mir?"

Kaltenbach wurde jäh aus den Gedanken gerissen, als er einer attraktiven Mittdreißigerin in die Arme lief. Sie hatte kurze schwarze Haare, war zwei Köpfe kleiner als er und von zierlicher Statur. Eine feine Parfümwolke umgab sie. Die Unbekannte trug einen schwarzen, etwa knielangen Rock und eine grüne Bluse.

Schon wieder grün, durchzuckte es Kaltenbach.

Ihre blauen Augen funkelten ihn unternehmungslustig an.

„Das könnte mir gefallen", grinste er und machte gute Miene zum bösen Spiel. Es musste ja nicht gleich jeder wissen, dass er eben über eine Leiche gestolpert war.

„Wenn Sie von der Telefongesellschaft sind, dann ziehen Sie sich warm an!" Eine steile Falte hatte sich zwischen ihren Augenbrauen gebildet. Eine Zornesfalte, die Kaltenbach sehr erotisch fand.

„Sie brauchen Hilfe von der Telefongesellschaft?", stutzte der Reporter.

„Schon seit Tagen", nickte sie. „Und seit Tagen warte ich auf Sie."

„Ja … aber wer sind dann Sie?" Kaltenbach verstand die Welt nicht mehr.

„Manderscheid, Beatrice Manderscheid. Sie wollten doch zu mir, oder?"

Bernd Kaltenbach wich einen halben Schritt zurück. Scherzte die Frau mit ihm?

„Hören Sie, das ist nicht der richtige Zeitpunkt für schlechte Witze", murmelte er schließlich und zog die Frau von der Haustüre weg. Er führte sie in den Schatten eines weit ausladenden Baumes.

„Ich scherze ja auch nicht", behauptete die Frau. „Sagen Sie mal, haben Sie getrunken?"

„Nur ein einziges Bier zum Mittag - ich schwöre." Kaltenbach grinste wieder und hielt ihr die Hand hin. „Bernd Kaltenbach, angenehm. Ich bin Reporter und recherchiere gerade an einer Geschichte zum Hahn."

„Zum Hahn?" Sie presste die Lippen zusammen und nickte.

„Und wer sind Sie wirklich?", fragte Kaltenbach ungeduldig.

„Sie scheinen das Bier wirklich nicht zu vertragen, Herr Kaltenbach." Nun lächelte sie ihn entwaffnend an. Ihr Zorn auf die Telefongesellschaft schien verflogen zu sein. „Mein Name ist Beatrice Manderscheid - und wenn Sie wegen des Hahn zu mir kommen, dann kann ich mir schon gut vorstellen, welche Fragen Sie an mich haben."

Kaltenbach runzelte die Stirn. Schön, dass die Frau so kooperativ war, scheinbar hatte sie noch mit irgendjemandem eine Rechnung offen. Allerdings hatte er die Situation immer noch nicht recht verstanden. Wenn diese Frau vor ihm tatsächlich Beatrice Manderscheid war - wer war dann die Tote in der Dachgeschosswohnung?

„Hier wird gleich die Polizei auftauchen", murmelte er ein wenig zusammenhanglos. „Sie bewohnen doch die Dachgeschosswohnung dieses Hauses, oder?"

„So langsam verstehen Sie mich." Ironie schwang in ihrer Stimme mit.

Kaltenbach führte Beatrice Manderscheid zu der kleinen Betonmauer, die eine Reihe von Pkw-Stellplätzen eingrenzte. Sie setzte sich, er blieb vor ihr stehen und beobachtete die Frau aufmerksam. Hinter dem Mäuerchen gab es einen kleinen Garten. Eine Hummel taumelte zwischen den tiefroten Rhododendronblüten umher. Die beiden Kirchtürme von Kastellaun schälten sich aus dem Dunst der Anhöhe.

„Ich will Sie nicht erschrecken, aber ich war gerade in Ihrer Wohnung. Dabei habe ich in Ihrem Wohnzimmer eine tote Frau gefunden. Erschossen, um genau zu sein."

„Das kann nicht wahr sein." Sie schüttelte den Kopf, und Kaltenbach sah, wie sie von einer Sekunde zur anderen kreideblass wurde. „Wie soll diese Frau, wer immer sie auch ist, denn in meine Wohnung gekommen sein?"

„Als ich kam, war die Wohnungstür nur angelehnt."

„Sie … Sie haben die Frau umgebracht!"

„Um Gottes willen", zischte Kaltenbach eilig. „Nein, bestimmt nicht! Ich kenne die Frau doch gar nicht!" Er blickte sich aufgeregt um. Ungebetene Zuschauer waren das Letzte, was er jetzt gebrauchen konnte. Auf der gegenüberliegenden Straßenseite hielt ein Caddy der Post. Der Fahrer sprang aus seinem Fahrzeug, ließ den Motor laufen und warf eine Sendung in einen der Briefkästen ein, dann nickte er dem seltsamen Pärchen an der Mauer zu, stieg wieder in den kleinen Kastenwagen und gab Gas.

„Ich will sie sehen", wisperte Beatrice Manderscheid tonlos, als sich das Tuckern des Dieselmotors entfernt hatte. Sie stierte ins Leere, dann blickte sie mit entschlossener Miene zu ihm auf. „Ich will sie sehen", wiederholte sie und stand auf.

„Kommen Sie.“ Sie gingen zum Hauseingang zurück, und er stellte betrübt fest, dass die Tür ins Schloss gefallen war. Doch wie selbstverständlich zog sie einen Schlüssel hervor und öffnete. Sie betraten das Treppenhaus; Kaltenbach genoss die hier herrschende Kühle und folgte der Frau unter das Dachgeschoss. Während Beatrice Manderscheid vor ihm die Treppe hinaufging, hatte er ihren Hintern auf seiner Augenhöhe – kurz vergaß er den Schrecken und genoss die angenehme Ablenkung.

„Die Tür steht immer noch auf“, entfuhr es ihr, als sie oben angekommen waren.

„Ich habe sie extra nicht zugezogen.“

Sie nickte und machte einen Schritt in ihre Wohnung.

„Bitte nichts anfassen – die Polizei wird gleich sämtliche Spuren sichern“, bemerkte Kaltenbach.

Wieder antwortete sie mit einem Nicken. „Im Wohnzimmer?“, fragte sie flüsternd und ohne sich zu ihm umzublicken.

„Ja.“

Sie ging zielstrebig auf die Tür mit der eingelassenen Milchglasscheibe am Ende des kleinen Korridors zu und warf einen ängstlichen Blick in das Zimmer. Als sie die Tote am Boden liegen sah, kam ein spitzer Schrei über ihre Lippen.

„Das ist Frau Georgi“, sagte sie, als sie sich zu Kaltenbach umwandte.

„Und wer ist diese Frau Georgi?“

„Bei ihr habe ich den Vertrag unterschrieben – sie betreibt die örtliche Niederlassung der Telefongesellschaft. Und bei ihr habe ich mich beschwert, weil sich kein Techniker blicken ließ, als ich die Probleme mit meinem Internetzugang hatte. Sie sagte noch, dass sie sich persönlich einsetzen würde …“

„Hm, das hat sie getan." Kaltenbach rieb sich die Nase. „Das ist tragisch. Ein tödlicher Kundendienst, sozusagen." Wahrscheinlich, so kombinierte er, hatte auch Frau Georgi die Wohnungstüre offen vorgefunden. Sie hatte das Wohnzimmer betreten und einen Unbekannten, der ein berechtigtes Interesse am PC von Beatrice Manderscheid zu besitzen schien, überrascht. Der oder die Fremde war kein Risiko eingegangen und hatte die Angestellte der Telefongesellschaft mit einem einzigen Schuss in die Stirn aus dem Weg geräumt.

„Wie geht das denn jetzt hier weiter? Sie dürfen nicht einfach so verschwinden, Herr Kaltenbach", flehte Beatrice Manderscheid.

„Bernd", sagte er lächelnd. „Ich heiße Bernd."

„Beatrice. Aber das weißt du ja schon."

Kaltenbach nickte und teilte ihr seine Gedanken mit, als sich unten auf der Straße ein Martinshorn näherte. „Boah", stöhnte er kopfschüttelnd. „Warum kommen die mit Blaulicht? Es muss ja nicht gleich die ganze Nachbarschaft wissen, dass hier eine Tote liegt."

Koblenz-Metternich, 14.05 Uhr

Udo Reuschenbach wurde schon zum zweiten Mal von seinem Telefon unterbrochen. Die Kriminaltechniker hatten einen verdächtigen Benzinkanister unweit des Brandherdes sichergestellt und kombiniert, dass sich die Täter Zugang über das zerstörte Fenster verschafft hatten, dann in den Betrieb eingedrungen waren und einen Brandbeschleuniger – wahrscheinlich handelsübliches Benzin – verteilt hatten, den sie dann entzündet hatten. Schön, immerhin etwas, dachte Reuschenbach und eilte aus der Ruine.

Es war Karl Bruchhausen, seines Zeichens Erster Kriminalhauptkommissar des KK 11 in Koblenz und sein direkter Vorgesetzter. „Es tut mir leid, Reuschenbach, aber ich muss Sie von dem Fall abziehen."

„Aber der Staatsanwalt drängt doch auf eine Lösung."

„Ich weiß, und ich werde mir Unterstützung aus den anderen Kommissariaten holen, die den Brandermittlern zur Hand gehen können. Soeben hat mir die Polizeidienststelle in Kastellaun eine Frauenleiche gemeldet."

Kaltenbach, durchzuckte es Udo. Jetzt muss ich mich schon beruflich mit dem Heini befassen.

„Lassen Sie in Metternich alles stehen und liegen und fahren Sie schnellstmöglich nach Kastellaun, die Kollegen sind vor Ort und erwarten Sie bereits."

„Na toll", entfuhr es Udo.

„Sie möchten lieber an der Brandserie arbeiten, nehme ich an?" Eine feine Nuance Mitleid schwang in Bruchhausens Stimme mit.

„Nein, die Leiche geht natürlich vor", beeilte sich Udo zu sagen, dem Mörder tatsächlich lieber waren als Brandstifter. Dann mussten die Kollegen vom K 6 eben alleine zurechtkommen. Ihm sollte es recht sein. „Wer kommt mit?"

„Niemand, Reuschenbach. Ich habe keine Leute – das ist doch immer die alte Leier. Aber die Kollegen sind im Bild und werden Sie bei den anfallenden Befragungen unterstützen."

Bevor Udo etwas erwidern konnte, hatte Bruchhausen bereits aufgelegt.

NEUN

Nachdem die Spurensicherung angerückt war und damit begonnen hatte, Beatrice Manderscheids Wohnung auf den Kopf zu stellen, hatte sie es nicht mehr ausgehalten. Kaltenbach hatte, da sich noch niemand von der Kripo Koblenz eingefunden hatte, seine Handynummer bei den Kriminaltechnikern hinterlegt. „Wir halten uns bereit", sagte er und deutete mit dem kantigen Kinn auf die völlig aufgelöste Frau. „Aber ihr fällt die Decke auf den Kopf."

„Wir rufen an, sobald die Kollegen aus Koblenz da sind – sicher haben die ein paar Fragen."

„Natürlich." Kaltenbach nickte und gab Beatrice Manderscheid ein Zeichen. Unten auf der Straße atmete sie tief durch. „Das hätte ich einfach nicht länger da drinnen ausgehalten", entfuhr es ihr erleichtert.

„Wo können wir ungestört reden?" Wie automatisch hatte Kaltenbach einen Arm um ihre Schulter gelegt. Sie ließ es geschehen.

„Am Stadtsee ist es ganz nett."

„Zu Fuß?"

„Am besten."

Sie nickte, und so gingen sie schweigend nebeneinander her. Ihr Weg führte sie durch eine ruhige Wohngegend, dann lag der Stadtsee, umgeben vom satten Grün der Bäume, vor ihnen. Kaltenbach breitete die Lederjacke, die er locker über den Arm getragen hatte, auf dem Rasen aus. Sie ließen sich am Ufer nieder, und Kaltenbach begann, flache Steine übers Wasser hüpfen zu lassen. Kinder spielten weiter oben auf dem Weg. Ihr unbeschwertes Lachen drang gedämpft an ihre Ohren. Ein Entenpaar erhob sich mit wütendem Schnattern in die Luft.

„Dann gibt es halt keinen Entenbraten", grinste Kaltenbach. Dann wurde er ernst. „Schlimm?"

Sie blickte aufs Wasser und nickte. „Das ist ein Hammer. Vor allem, wenn ich mir vorstelle, dass Frau Georgi wegen einer Verwechslung sterben musste. Der Anschlag galt mir, und ich bin sicher …" Sie brach ab, und als sie sich wie selbstverständlich an ihn schmiegte und zu Kaltenbach aufblickte, sah er, dass ihre Augen feucht schimmerten.

„Ich arbeite an einer Geschichte über den Umweltskandal am Hahn", erinnerte er sie.

Beatrice lachte trocken auf. „Um welchen der vielen Umweltskandale geht es denn?"

„Das weiß ich offen gestanden selber noch nicht so genau. Ich habe nur erfahren, dass dein Mann umgebracht wurde. Er stand irgendwie als Umweltschützer mit den Betreibern des Flughafens auf Kriegsfuß."

„Du meinst, Rudolf musste deshalb sterben?"

Kaltenbach zuckte die Schultern. „Fakt ist, dass in den letzten beiden Tagen zwei weitere Menschen starben – beide haben sich gegen den Hahn gewehrt." Er machte eine Pause, bevor er weitersprach. „Ich weiß, Beatrice, das ist jetzt nicht leicht. Und ich weiß, dass die Polizei dir diese Frage damals schon mal gestellt hat: Hast du eine Idee, wer für den Mord an deinem Mann verantwortlich sein könnte?"

„Man hat mich tatsächlich gefühlte hundert Mal gefragt", nickte Beatrice und sah ihm zu, wie er einen weiteren Stein über die Wasseroberfläche hüpfen ließ. Das Glucksen des Wassers drang leise zu ihnen. „Und kurzzeitig habe sogar ich unter Mordverdacht gestanden. Unsere Ehe war nicht mehr das, was wir uns bei der Hochzeit davon versprochen hatten. Rudolf war zwölf Jahre älter als ich, und er hatte den Baustoffhandel. Freizeit kam da ständig zu kurz."

„Du hast dir Abwechslung gewünscht."

Nun lächelte sie säuerlich. „Ich habe sie mir geholt", antwortete sie. „Das war nicht gut, aber ich ... wie soll ich sagen? Ich hatte meine Bedürfnisse, und außerdem war mir von einer guten Freundin gesteckt worden, dass sich Rudolf mit einer Sachbearbeiterin vergnügte – das erklärte wohl auch die eine oder andere Überstunde."

„Damit war das Ende eurer Beziehung beschlossene Sache?"

„Das war es eigentlich schon viel früher. Mein Verhältnis zu dem Mann habe ich natürlich beendet, zumal er selber verheiratet war und eine kleine Softwareschmiede in Trier betrieb. Aber, um auf deine Frage zurückzukommen: Ja, wir hätten uns sicherlich bald scheiden lassen. Doch dazu ist es nicht mehr gekommen, weil Rudolf umgebracht wurde."

„Wie war das, als du unter Mordverdacht gestanden hast?"

Beatrice lachte auf. „Schrecklich natürlich – was dachtest du denn? Ich wurde zur Kripo nach Wittlich eingeladen, man hat mich verhört und wie einen Verbrecher behandelt. Allerdings hatte ich ein ziemlich stichfestes Alibi und konnte wieder gehen, nachdem ich das Protokoll der Befragung unterschrieben hatte."

„Und die Firma?"

„Ich bin kein Spezialist für Baustoffe, und von Lkw habe ich auch keine Ahnung. Was sollte ich also mit einer Baustoff-Spedition? So habe ich mich dazu entschlossen, die Firma zu verkaufen, die mich sowieso immer nur an meine gescheiterte Ehe mit Rudolf erinnert hätte."

„Darf ich fragen, was du momentan beruflich treibst?"

„Hey", rief sie in gespielter Empörung. „Verhörst du mich jetzt? Ich erinnere mich, dass du mich etwas wegen Rudolf fragen wolltest. So etwas hast du jedenfalls vorhin angedeutet."

„Das ist richtig, ja." Kaltenbach nickte. Dann fiel ihm ein, dass man Beatrice den Computer gestohlen hatte. Wie sie bei einem Rundgang mit den Polizisten festgestellt hatte, fehlte ansonsten nichts. „Hast du sensible Daten auf deinem Rechner?"

Nun lachte Beatrice. „Du kannst quatschen wie ein Beamter."

„Oh, Entschuldigung." Kaltenbach machte eine betroffene Miene und senkte den Blick, dann grinste er. „Also – was ist nun?"

„Ja, was verstehst du denn unter sensiblen Daten?" Beatrice erhob sich und wanderte vor Kaltenbach auf und ab. Er betrachtete sie nachdenklich. Sie war eine sehr hübsche Frau, sie schien intelligent, schlagfertig und witzig zu sein. Rudolf Manderscheid war ein Idiot gewesen, diese Frau zu betrügen und zu vernachlässigen.

„Daten, die noch mit deiner Ehe zu tun haben, oder mit der Firma deines Mannes. Er war doch im Umweltschutz sehr aktiv. Ist es möglich, dass er irgendwelche Dateien auf deinem Rechner gespeichert hatte?"

Sie blieb stehen und überlegte. Da war sie wieder, die steile Falte auf ihrer Stirn, die ihm vorhin schon aufgefallen war. „Ich will es nicht ausschließen. Der Rechner ist drei Jahre alt, also wäre es durchaus möglich, dass Rudolf an ihm gearbeitet hat. Meinst du denn …"

Kaltenbach zuckte die Schultern. „Ich will nichts außer Acht lassen“, murmelte er und suchte sich einen neuen Stein, den er auf die Oberfläche des Stadtsees warf.

Wieder gluckste es, diesmal mischte sich das Klingeln von Kaltenbachs Handy darunter. Udo Reuschenbach unterbrach ihr Gespräch.

„Darf ich wissen, wo ihr euch rumtreibt?“, blaffte er ungehalten in den Hörer.

„Ich wüsste nicht, was dich das angeht, Alter“, entgegnete Kaltenbach unbeeindruckt.

„Pass mal auf, mein Guter – ich gebe dir fünf Minuten um hier zu sein.“

„Wo ist denn hier?“

„Wo wohl? In der Daniel-Meisner-Straße. Die Eigentümerin der Wohnung ist mit dir verschwunden, das haben mir die Kollegen gerade mitgeteilt. Sag mal, bumst du eigentlich alles, was nicht bei drei auf den Bäumen ist?“

„Mach mal langsam“, unterbrach Kaltenbach ihn. „Danke für das Kompliment, aber ich bin auch nicht mehr der Jüngste.“ Dann verstand er der Grund von Udos Anruf. „Moment“, sagte er. „Soll das bedeuten, dass du …“

„Ich erwarte euch hier in der Wohnung von Beatrice Manderscheid – wie gesagt: Fünf Minuten.“

Als Kaltenbach ein monotones Tuten vernahm, stierte er kopfschüttelnd auf sein Handy, drückte die rote Taste und stand auf. Er griff nach seiner Jacke und warf sie sich lässig über die Schulter.

„Probleme?“, fragte Beatrice.

Kaltenbach schüttelte den Kopf. „Nein, nicht wirklich. Nur ein äußerst schlecht gelaunter Bulle, der in deiner Wohnung auf uns wartet.“

„Du klingst wie dein Trierer Kollege Caspari", begrüßte Kaltenbach seinen Freund, der vor dem Haus in der Daniel-Meisner-Straße ruhelos wie ein Tiger auf und ab wanderte.

Nun rang sich Udo ein mattes Lächeln ab. „Nichts für ungut, aber der ständige Stress, du weißt schon. Außerdem bin ich heute Abend mit Larissa verabredet. In Linz hat ein neues Lokal geöffnet, und ich wollte sie dahin ausführen, ganz romantisch."

„Ich sehe, ihr kennt euch?", mischte sich Beatrice nun ein.

Kaltenbach nickte.

„Beatrice, ähm, Beatrice Manderscheid, das ist Kriminalhauptkommissar Udo Reuschenbach. Wir haben das zweifelhafte Vergnügen, uns schon seit unserer Kindheit zu kennen und auch noch im gleichen Dorf zu wohnen - da läuft man sich zwangsläufig immer wieder über den Weg."

„Können wir dann bitte zum Dienstlichen kommen?", drängte Udo und blickte demonstrativ auf seine Armbanduhr.

„Eigentlich müsstest du mir dankbar sein, weil ich dich von den Feuerteufeln weggeholt habe", maulte Kaltenbach, doch Udo ging nicht auf seine Bemerkung ein. „Schieß los: Was hast du hier um alles in der Welt zu suchen?"

„Sag mal - leidest du neuerdings an Demenz? Ich habe es dir vorhin am Telefon haarklein erzählt, das werd ich jetzt bestimmt nicht noch mal tun, Alter." Kaltenbach deutete auf Beatrice. „Frag mal die Besitzerin der Wohnung. Ich könnte mir vorstellen, dass sie dir interessantere Dinge erzählen kann." Als er das verängstigte Gesicht von Beatrice Manderscheid sah, tat sie ihm fast schon wieder leid. Manchmal war selbst

Udo Reuschenbach unmöglich. Kaltenbach beschloss, ihm das bei Gelegenheit zu sagen.

„Mich brauchst du doch hier nicht mehr", legte er Udo nahe, bevor dieser seine Befragung begann.

„Du bist überflüssig, da hast du recht", grinste Udo. „Hau schon ab – wenn ich noch Fragen habe, weiß ich ja, wo du wohnst."

„Dann bequatschen wir das bei 'nem Bier", nickte Bernd und machte Anstalten zu gehen.

„Bernd, warte!", rief Beatrice.

Er verharrte in der Bewegung und zog fragend eine Augenbraue hoch.

„Kann ich dich anrufen?" Beatrice war von dem Küchenstuhl, auf dem sie gesessen hatte, aufgesprungen und war auf Kaltenbach zugetreten.

„Natürlich."

Sie holte einen kleinen Block und einen Kugelschreiber und notierte sich seine Handynummer, bedankte sich mit roten Wangen und widmete sich der Aufmerksamkeit von Udo Reuschenbach. Er grinste anzüglich, als Kaltenbach sich von ihm verabschiedete.

Mensch, dachte er unten auf der Straße, du kommst ja immer noch bei den hübschen Frauen an. Stolz machte er sich auf den Weg zur Ortsmitte, wo seine Honda auf ihn wartete.

Bernd Kaltenbach wollte noch auf einen Sprung in Enkirch vorbeischauen. Vielleicht gab es schon neue Erkenntnisse zum Anschlag auf das Labor. Es war später Nachmittag, als er die Maschine in einem eleganten Bogen von der Hunsrückhöhenstraße lenkte und zum zweiten Mal an diesem Tag am Hahn vorbeifuhr. Das mächtige Areal war von einem hohen Zaun umgeben und erinnerte auch heute noch an seine ehemalige

Nutzung als Air Base der US-Streitkräfte. Früher waren hier drei fliegende Staffeln des Kampfjets F 16 beheimatet, die nach ihrem Einsatz im Irakkrieg gleich zurück in die Staaten gebracht worden waren. Kaltenbach erinnerte sich daran, dass hier Ende der 1980er-Jahre sogar die legendären und oft kritisierten Cruise Missile-Raketen stationiert waren. Bei Kastellaun hatte es die Raketenbasis Pydna gegeben, die jedoch nie termingerecht fertiggestellt worden war. Weil man auf der Hahn Air Base eine Möglichkeit zur Lagerung atomarer Sprengköpfe vorgefunden hatte, waren die Raketen einfach hiergeblieben. Eine bewegte Geschichte prägte den Hahn, und Kaltenbach stellte fest, dass man sich schon immer kaum um die Umwelt gekümmert hatte. Vielleicht waren die krebserregenden Stoffe, die man im Trinkwasser gefunden hatte, sogar auf irgendwelche Altlasten zurückzuführen.

Rostige Einzelteile von verwitterten Blechbaracken und von üppigem Grün bewachsene Betonröhren waren die letzten Relikte aus der alten Zeit.

Kaltenbach drosselte das Tempo der Maschine und steuerte die Honda an den Straßenrand. Vielleicht, so überlegte er, wäre es gut, ein paar Fotos zu machen.

Nachdem er den Motor abgeschaltet hatte, umschloss ihn eine friedliche Stille. Die Gipfel der hohen Bäume rauschten, als Wind aufkam und durch die Blätter strich. Die Abendsonne tauchte die Umgebung in ein warmes Licht, und die Landebahn des Hahn gleich hinter dem Zaun wirkte da völlig deplatziert in der Idylle des Hunsrück. Nachdem Kaltenbach die Nikon aus dem Koffer geholt hatte, schoss er ein paar Aufnahmen vom Flughafengelände, das sich wie ein Fremdkörper in die eigentlich intakte Landschaft oberhalb des Moseltals bettete. Knapp hundert Meter entfernt gab es ein großes Tor im Zaun, wahrscheinlich eine Zufahrt für die Fahrzeuge von Lieferanten und der Security.

Während der Auslöser klickte, entdeckte Kaltenbach weitere Gebäude, die noch aus der Militärzeit des Hahn stammen mussten. Er fotografierte mit dem 300er-Teleobjektiv riesige halbrunde Rohre, die auf dem Grund zu ruhen schienen, Betonröhren mit verrosteten Eisentoren, die schon seit vielen Jahren nicht mehr geöffnet worden sind, auf dem Buckel der überdimensionalen Rohre üppiger Grünwuchs. Immer wieder erkannte er Betonplatten, die einst Fahrwege für die schweren Fahrzeuge gebildet hatten. Schon seit vielen Jahren waren die alten Truppenmitglieder wieder in den Staaten oder an irgendeinem Ort in der Welt stationiert. Oder im wohl verdienten Ruhestand. Der Zahn der Zeit nagte an den Überresten der ehemaligen Hahn Air Base, und Kaltenbach sah, dass die Natur längst begonnen hatte, den Grund zurückzuerobern. Etwas Mystisches ging von diesen fast vergessenen Teilen des Flughafens aus, und er spürte den morbiden Charme, den die verlassenen Militärgebäude jetzt ausstrahlten.

Verlassen und vergessen, der Kalte Krieg hatte Platz gemacht für eine friedliche, für eine zivile Nutzung.

Kaltenbach setzte die Kamera ab und betrachtete die skurrile Szenerie, die Mischung aus einem Militärflughafen, der längst in Vergessenheit geraten war und dem weltoffenen Flughafen, als der er sich in der Gegenwart präsentierte. Der Reporter des Rhein Wied Express hielt einen Augenblick lang inne und atmete tief durch. Obwohl es jenseits des hohen Zaunes eigentlich nach Öl, Kerosin und verbranntem Gummi riechen musste, war die Luft eigenartig frisch hier oben auf dem Hunsrück-Kamm.

Er entsann sich an die Zeit, die er selber beim Militär verbracht hatte. Ein Jahr lang Grundwehrdienst, den er in einer Kleinstadt bei Bremen verbracht hatte. Achim. Das musste 1990 gewesen sein, und wahrscheinlich stand von der guten alten Steuben-Kaserne, die er damals so gehasst hatte, kein Stein mehr auf dem anderen. Plötzlich hatte er wieder alles in der Erinnerung präsent: Die Übungen unter schweren Bedingungen, die Nachtwachen, die unendlich trockenen Technischen Dienste, die er in der InSt, der Instandhaltung geschoben hatte, die Panzer-Schießübung an der Ostsee – all das war plötzlich wieder Bestandteil seines Lebens. Er hatte nie etwas für die Bundeswehr übriggehabt, und den Grundwehrdienst hatte er nur absolviert, weil er den Führerschein der Klasse 2 haben wollte. Und, um nicht als Zivildienstler von seinen Freunden in die Kategorie Warmduscher geschoben zu werden. Gut, dass die zu Anfang seiner Soldaten-Karriere aufgerufenen 15 Monate kurz nach seiner Grundausbildung auf zwölf erträgliche Monate verkürzt worden sind. Dann hatte er den Scheiß eben schneller hinter sich, so hatte er damals gedacht. Rückblickend hatte ihm die Bundeswehrzeit nicht geschadet.

Mein Gott, dachte Kaltenbach, ist das lange her.

Kaltenbach war sich plötzlich darüber im Klaren, dass er alt wurde. Vielleicht würde er mal übers Wochenende nach Achim fahren, einfach mal so, der alten Zeiten wegen. Und einfach mal, um mal wieder einen Fuß auf das alte Kasernengelände zu setzen. Ganz ohne Truppenausweis, ganz zwanglos.

Und jetzt stand er am Zaun eines ehemaligen Militärflugplatzes, der lange nach dem Kalten Krieg für Unfrieden in der Bevölkerung sorgte. Stand es in seiner Macht als Journalist, das alles zu beenden? Zweifel kamen in ihm auf – vielleicht war der Hahn einfach eine Nummer zu groß für ihn, den kleinen Lokalreporter, der sonst über Schützenvereine und Karnevalsfeiern berichtete. Aber womöglich war eben das die Herausforderung für ihn.

Das Dröhnen eines hubraumstarken Dieselmotors ließ Kaltenbach aufhorchen. Unweit der Landebahn hinter dem Zaun erkannte er einen knallgelben Lkw. Kaltenbach wandte den Kopf und erkannte eine Mercedes-Sattelzugmaschine, die offenbar mit Allradantrieb ausgestattet war und einen Sattelauflieger mit einer Kippermulde.

Drüben wurde ein Tor im Zaun geöffnet. Der Arbeiter, wahrscheinlich ein Angestellter des Flughafens, grüßte den Fahrer des Kippers. Das schwere Fahrzeug rumpelte vom Gelände auf die Straße und beschleunigte recht flott. Der Mann am Zaun salutierte wie ein Soldat, dann verschloss er das hohe Tor eilig, stieg in einen Jeep und rumpelte davon.

Kaltenbach riss die Kamera hoch und schoss eine kleine Fotoserie, dann verstaute er die Nikon in seinem Koffer, sprang auf die Maschine und betätigte den Starter. Als er den Ständer eingeklappt hatte und sich in den Verkehr einordnen wollte, wurde die Honda von dem schnell vorbeifahrenden Lastzug gebeutelt. Um ein Haar hätte Kaltenbach das Gleichgewicht verloren und wäre mit der Honda umgekippt. Im Augenwinkel sah er die Aufschrift auf dem Sattelzug.

Manderscheid Baustoffe – wir fahren für Sie!, stand dort in großen Buchstaben. Der Lkw musste zu der Firma gehören, die Beatrice nach dem unaufgeklärten Mord an ihrem Mann verkauft hatte, um in Kastellaun ein neues Leben zu beginnen. Und Rudolf Manderscheid war Gegner des Hahn gewesen – jetzt fuhren seine Lastwagen offenbar für die Flughafengesellschaft. Kaltenbachs Neugier war erwacht. Er legte einen Gang ein und riss den Gashahn der Honda CBX auf. Die Maschine vollführte einen Satz nach vorn. Kaltenbach heftete sich an das Heck des Sattelzuges. Dabei fuhr er so, dass der Fahrer ihn in den Rückspiegeln nicht bemerken konnte. Der Kerl war viel schneller als mit den sechzig erlaubten Stundenkilometern unterwegs. Moderne Lkw hatten um die sechshundert PS, und so wunderte sich Kaltenbach auch nicht über die knapp hundert Stundenkilometer, mit denen der Bolide trotz seiner tonnenschweren Fracht unterwegs war.

Wollte der Mann hinter dem Steuer nach der letzten Fuhre schnell Feierabend machen, oder liefen dort falsche Geschäfte ab, in die der Trucker involviert war?

Kaltenbach verrenkte sich den Hals und konnte am oberen Rand der Kippmulde erkennen, dass der Lkw offenbar mit Bauschutt beladen war. Was waren das für falsche Geschäfte, die man mit Bauschutt machte? Er wusste es nicht und nahm sich vor, das Geheimnis zu lösen.

Das Dröhnen des Motors und das Surren der grobstolligen Reifen drangen bis unter das Visier von Kaltenbachs Helm. Jetzt fuhr der Fahrer des Sattelzuges Schlangenlinien. Offenbar hatte er bemerkt, dass er verfolgt wurde. Natürlich, wahrscheinlich hatte er auch schon gesehen, wie Kaltenbach ihn fotografierte, als er das Flughafengelände verlassen hatte.

Bernd Kaltenbach vergrößerte den Abstand ein wenig, blieb aber so dicht am Heck des Aufliegers, dass er sich im toten Winkel des Lkw bewegte. Als der

Abzweig nach Raversbeuren in Sicht kam, verzögerte der Fahrer seinen Sattelzug nur kurz und zog ihn nahezu ungebremst in einem riskanten Manöver von der B 193 auf die Landstraße, die in den kleinen Ort oberhalb der Mosel führte. Die Reifen radierten über den Asphalt, und Kaltenbach fürchtete sekundenlang, dass der Lkw gleich umkippte. Kurz hinter dem Abzweig gab der Trucker wieder Gas. Dichter Wald wechselte sich mit Feldern ab, die sich wie ein überdimensioniertes Schachbrett in die Landschaft betteten. Im Augenwinkel sah Kaltenbach ein Reh über die Felder laufen, doch im nächsten Moment hatte er die vermeintliche Idylle wieder vergessen. Es war nicht der richtige Zeitpunkt, für die Schönheiten der Landschaft ein offenes Auge zu haben. Kaltenbach erschrak, als ein lautes Quietschen an seine Ohren drang. Die verschmutzten Bremsleuchten glühten gleich vor ihm auf, und im nächsten Moment schien Kaltenbach auf eine riesige Wand zuzufliegen. Dann hatte er begriffen, dass der Fahrer des Sattelzuges eine Vollbremsung hingelegt hatte und einen Auffahrunfall in Kauf nahm, nur um seinen Verfolger loszuwerden.

Bernd umklammerte den Lenker und merkte, dass die Honda ins Schlingern geriet. Zum Bremsen war es zu spät, denn der Lkw verzögerte trotz seines Eigengewichts mit brachialer Gewalt. Augenblicklich stank es nach verbranntem Gummi; Rauchschwaden stiegen von den Reifen auf, und Bernd schaltete einen Gang herunter. Der Motor der Honda brüllte auf wie ein getretenes Tier. Ein ungeübter Fahrer wäre wohl in diesem Augenblick gestürzt und unter den Aufbau des Kippers gerutscht. Doch Bernd tat genau das Gegenteil vom Bremsen: Er riss den Gashahn wieder auf und lenkte gegen, dann steuerte er nach links. Er sandte ein

Stoßgebet zum Himmel, dass ihm kein Fahrzeug entgegenkam und versuchte, links am Auflieger vorbeizublicken. Sein Schutzengel ließ ihn nicht im Stich – die Gegenfahrbahn lag verlassen vor ihm.

Kaltenbach nahm das Gas zurück und versuchte, einen Blick in die hochbeinige Fahrerkabine zu werfen. Hinter dem Steuer erkannte er einen Hünen mit Schildmütze und verspiegelter Sonnenbrille, der stur nach vorn blickte. Jetzt schien er Kaltenbach im Augenwinkel wahrgenommen zu haben. Ohne sich zu ihm umzudrehen, riss er das Lenkrad des Lkw nach links und versuchte, Kaltenbach von der Straße abzudrängen. Doch der Reporter hatte damit gerechnet und beschleunigte die Honda wieder. Gegen die Beschleunigung des Motorrads hatte der tonnenschwere Sattelzug keine Chance – Kaltenbach katapultierte seine Maschine aus dem Gefahrenbereich und nahm erst Gas zurück, als die kantige Silhouette des Lkw in seinem Rückspiegel kleiner wurde. Langsam nur beruhigte sich sein Pulsschlag und er überlegte fieberhaft, wie er weiter vorgehen konnte, ohne ein weiteres Mal sein Leben zu riskieren.

Kastellaun, Daniel-Meisner-Straße, 19.15 Uhr

„Und ich bekomme keinen Personenschutz?" Beatrice Manderscheid blickte Udo Reuschenbach Hilfe suchend und gleichermaßen vorwurfsvoll an.

„Keine Chance, tut mir wirklich sehr leid." Er hatte in der letzten Stunde mehrfach mit seinem Vorgesetzten telefoniert, um ihm die Situation der Witwe zu schildern. Für ihn lag es auf der Hand, dass der Mörder die Mitarbeiterin der Telefongesellschaft für Beatrice Manderscheid gehalten hatte. Hier lag eine tragische Verwechslung vor, denn die Frau hinterließ einen Sohn und einen trauernden Ehemann. Das Attentat hatte ursprünglich Beatrice Manderscheid gegolten. Und solange Udo den Mörder nicht gefasst hatte, befand sich die Frau in Lebensgefahr. Udo war sicher, dass der Täter zurückkommen würde, sobald er erfuhr, die falsche Frau getötet zu haben. Er hasste die Bürokratie der Behörde, in der er arbeitete. Wenn es nach ihm gegangen wäre, dann würde er dafür Sorge tragen, dass rund um die Uhr ein Streifenwagen vor dem Haus der alleinstehenden Frau stand.

Doch er war Ermittler und nicht für den Einsatz der Personenschützer zuständig.

Beatrice Manderscheid sah nicht, dass er die rechte Hand in der Hosentasche zur Faust ballte.

„Hören Sie“, sagte er und hatte Mühe, nicht aus der Haut zu fahren. „Ich finde es selber zum Kotzen, dass man Sie nicht rund um die Uhr schützt, aber mir sind die Hände gebunden, und ich bin den Kollegen gegenüber leider nicht weisungsberechtigt.“

„Na Mahlzeit.“ Nun lächelte die Frau matt. „Nein“, sagte sie schließlich. „Ich werde Ihnen keine Vorwürfe von wegen ‚wofür zahl ich eigentlich Steuern‘ machen – diese Sprüche hören Sie wahrscheinlich oft genug.“ Sie atmete hörbar aus.

„Sehen Sie zu, dass Sie bei Verwandten oder einer Freundin unterkommen, bis wir den Mörder gefasst haben.“

„Wie lange soll das dauern?“

Udo wollte ihr nicht sagen, dass manche Tötungsdelikte niemals aufgeklärt wurden. „Ein paar Tage vielleicht.“ Nun erwiderte er ihr Lächeln. „Ich werde mich beeilen – versprochen.“

„Wie beruhigend." Sie klang nicht sarkastisch, sondern ehrlich.

Udo besprach alles Weitere mit den Kollegen, dann verabschiedete er sich von Beatrice Manderscheid. An der Wohnungstür drückte er ihr noch eine seiner verknitterten Visitenkarten in die Hand. „Und rufen Sie mich an, wenn Ihnen irgendetwas auffällt. Tag und Nacht, da steht auch meine Handynummer drauf."

„Danke, das werde ich." Sie drehte das Kärtchen mit dem rheinland-pfälzischen Wappen nachdenklich in der Hand.

Im Treppenhaus atmete Udo tief durch, als sich die Türe hinter ihm geschlossen hatte. Dann machte er, dass er an die frische Luft kam. Das war schon das zweite Mal heute, dass er sich nach einer Zigarette sehnte. Der Dienstwagen, ein alter Passat Variant, parkte ein wenig abseits. Unterwegs kam Udo eine Idee. Er zog das Handy aus der Tasche und wählte Kaltenbachs Nummer. Mit dem Handy zwischen Ohr und Schulter schloss er den Wagen auf und sank hinter das Steuer. Als nach dem sechsten Freizeichen die Mailbox ansprang, gab er es fluchend auf. Er drückte die rote Taste und warf das Handy auf den Beifahrersitz. Ab nach Hause, dachte er, doch auf den gemeinsamen Abend mit Larissa konnte er sich nicht mehr so richtig freuen.

Hunsrück, 21.05 Uhr

Nach einem halben Kilometer hatte sich Kaltenbachs Pulsschlag einigermaßen beruhigt, und er war wieder in der Lage, klar zu denken. Die Honda hatte er auf einem kleinen Parkplatz abgestellt. Er war abgestiegen und vertrat sich ein wenig die Beine. Seine Knie fühlten sich nach der Aktion immer noch wie Pudding an, und Kaltenbach klappte das Visier des Helms hoch und atmete tief durch. Die Luft roch nach frischem Waldboden; die Vögel zwitscherten, und nichts deutete darauf hin, dass hier ein brutaler Kampf auf Leben und Tod stattgefunden hatte.

„Ich glaub das alles nicht", murmelte er immer wieder und schüttelte den Kopf. Er fragte sich, was der Fahrer des Lasters zu verbergen hatte, dass er einen schweren Unfall, der sicherlich tödlich ausgegangen wäre, in Kauf nahm. Irgendetwas schien mit der Ladung nicht zu stimmen. Kaltenbach hockte sich auf einen gefällten Baumstamm und ordnete seine Gedanken. Der Sattelschlepper hatte das Flughafengelände vor seinen Augen verlassen, und wahrscheinlich hatte der Fahrer auch beobachtet, wie Kaltenbach Fotos gemacht hatte, bevor er sich an das Heck des Kippers geklemmt hatte.

Demnach hatte der Trucker ein schlechtes Gewissen. Was aber stimmte mit der Ladung nicht – immerhin hatte er nur abgetragenes Erdreich geladen, so hatte es zumindest ausgesehen. Wäre der Laster mit einem üblichen Planenauflieger auf der Autobahn 2 zwischen Berlin und Polen unterwegs gewesen, wäre es denkbar gewesen, dass der Fahrer Zigaretten oder Drogen zwischen der Ladung versteckt hatte. So etwas gehörte in Niedersachsen zum Alltag der Autobahnpolizei und dem Zoll. Darüber hatte Kaltenbach vor einiger Zeit einen Beitrag geschrieben, deshalb kannte er sich mit dem Thema aus.

Aber was gab es hier, im verschlafenen Hunsrück, für einen Lkw-Fahrer zu verbergen? War es eine neue Masche, illegale Waren am Flughafen zu übernehmen und sie zwischen dem Bauschutt des Tiefladers zu verstecken? Wer machte sich dann aber die Mühe, die unzähligen Zigarettenstangen wieder aus dem Matsch zu ziehen?

Nein, das passte nicht. Der Lkw-Fahrer musste etwas anderes geladen haben. Etwas, das er um keinen Preis verlieren wollte. Und es war offensichtlich gewesen, dass er Kaltenbachs Tod billigend in Kauf genommen hatte.

Kaltenbach bemerkte plötzlich, dass der Sattelzug ihm nicht zu folgen schien. Einen Abzweig hatte es nicht gegeben, allenfalls einige Feldwege. Wo also war das schwere Gefährt abgeblieben?

In Luft hatte er sich wohl kaum aufgelöst, und so beschloss Kaltenbach, die Strecke noch einmal abzusuchen. Vielleicht hatte er in der Aufregung ja eine Abfahrt verpasst. Er stieg in den Sattel und startete die Maschine. Als er das Visier heruntergeklappt hatte, wendete er die Honda in einem eleganten Bogen und fuhr die Strecke noch einmal ab. Nachdem er den Abschnitt zweimal unter die Lupe genommen hatte, wusste Kaltenbach, dass er nichts übersehen hatte. Nur ein paar Wirtschaftswege führten rechts und links von der Straße in den Wald. Entweder hatte der Fahrer seinen Sattelzug gewendet und war zurückgefahren, oder er hatte sich tatsächlich durch einen der unzähligen schmalen Wege gequält.

Kaltenbach stoppte die Honda CBX und streifte die Lederhandschuhe ab, um nach dem Handy greifen zu können. Auf dem Display sah er, dass Udo in der Zwischenzeit versucht hatte, ihn zu erreichen. In dem Moment, als er die Rückruftaste drücken wollte, spürte er das sanfte Vibrieren des Akkus. Eine Mobilnummer, die er nicht abgespeichert hatte, rief an.

„Hallo?", fragte er zögernd.

„Ich bin es – Beatrice. Kann ich heute Nacht bei dir schlafen?"

„Kannst du … was?" Kaltenbach glaubte sich verhört zu haben. Beatrice Manderscheid war eine durchaus attraktive und anziehende Frau, und sicherlich hätte er nichts dagegen einzuwenden gehabt, doch langsam wurde es kompliziert. Bettina war am Boden zerstört, und er hatte ihr bereits ein Abendessen versprochen, um sie auf andere Gedanken zu bringen. Auch Sabine wartete auf ein Treffen – der alten Zeiten wegen, wie sie versichert hatte.

„Ob ich bei dir pennen kann, hab ich gefragt. Ob du es glaubst oder nicht, aber die Bullen geben mir keinen Personenschutz."

„Aber das ist unmöglich", wetterte Kaltenbach. „Es ist doch logo, dass der Mörder dich treffen wollte. Dass die Tante von der Telefongesellschaft dran glauben musste, ist nur eine Verwechslung, oder sieht die Polizei das anders?"

„Daran liegt es nicht. Kommissar Reuschenbach war auch ziemlich sauer und enttäuscht, als er keinen Personenschutz für mich durchboxen konnte."

„Wo ist er jetzt?"

„Er ist weg. Keine Ahnung, vielleicht genießt er schon den Feierabend."

„Warte, ich klär das. Ich ruf dich in ein paar Minuten zurück." Kaltenbach drückte die rote Taste und rief Udos Nummer auf.

„Sag mal, bist du eigentlich ein Vollzeit-Arschloch, oder treffe ich dich gerade nur im falschen Moment an?", bellte er in den Hörer, nachdem Udo das Gespräch angenommen hatte. „In Kastellaun ist eine Frau alleine, die eigentlich tot sein sollte, und du verabschiedest dich in den Feierabend?" Als Reuschenbach nichts erwiderte, fuhr Kaltenbach fort: „Ich glaub, es hackt, Alter. Hoffentlich drehst du gleich um und kümmerst dich um die Frau."

„So einfach geht das nicht, Bernd", murmelte Udo ein wenig kleinlaut. „Ich darf keinen Personenschutz auf eigene Faust durchführen. Und mein Boss hat sich krumm gemacht, aber keine Observation für Beatrice Manderscheid bekommen."

„Dann musst du das trotzdem machen, oder willst du riskieren, dass der Killer zurückkommt und diesmal das richtige Opfer erwischt?"

„Der wird nicht zurückkommen. Er hat, was er wollte: Ihren Rechner."

„Du machst es dir ziemlich leicht", stellte Kaltenbach fest. „Was hast du ihr geraten?"

„Ich hab ihr gesagt, sie soll zusehen, dass sie ein paar Tage bei jemand anders unterkommt", erklärte Udo.

„Na danke, das hat sie getan", brummte Kaltenbach. „Aber das ist deine Aufgabe, solche potentiellen Mordopfer zu schützen, du Pappnase!"

„Bernd - hör auf mit dem Scheiß! Es steht mir selber im Hals, aber ich habe meine Vorschriften, an die ich mich zu halten habe. Es tut mir leid - keine Chance. Aber sie ist eine erwachsene Frau und weiß, dass sie in Gefahr ist."

„Wie beruhigend", erwiderte Kaltenbach gallig.

„Sorry, Bernd. Lass uns da mal bei 'nem Bier drüber quatschen, aber jetzt nicht."

„Und warum nicht?" Kaltenbach war laut geworden. Manchmal verstand er das Polizeisystem nicht. Und seinen Freund auch nicht. Er war wütend und enttäuscht von Reuschenbach.

„Weil ich selber angepisst bin, deshalb." Udo unterbrach die Verbindung und trug nicht gerade dazu bei, dass sich Kaltenbach beruhigte.

„So ein Arschloch", grollte er, als er Beatrice Manderscheid zurückrief. „Ich bin in einer Viertelstunde bei dir. Pack ein paar Sachen." Dann fiel ihm etwas anderes ein. „Sag mal, hast du eine Motorradkombi?"

„Ja, hab ich. Früher bin ich selber oft mit dem Motorrad unterwegs gewesen. Den Bock hab ich längst verkauft; er erinnerte mich zu sehr an meine Zeit mit Rudolf. Aber ich habe es nie übers Herz gebracht, die Lederkombi zu verkaufen."

„Wie praktisch", murmelte Kaltenbach und verabschiedete sich. Er startete die Honda und machte, dass er auf dem schnellsten Weg nach Kastellaun kam.

ZEHN

Er wusste nicht, wie lange er auf der Holzbank vor seinem windschiefen Haus verbracht und über den Fall nachgedacht hatte. Als er den Kopf in den Nacken legte, schienen die Sterne zum Greifen nah zu sein.

Es war feuchtkalt geworden, und er fröstelte. Dennoch zog ihn nichts ins Haus, denn er war nicht allein. Bettina war traurig gewesen, weil er das Abendessen auf den nächsten Tag verschoben hatte; Sabine hatte sauer reagiert, als er ihr einen Korb gegeben hatte. Ganz wie früher, dachte er mit einem nachdenklichen Lächeln auf den Lippen. Er fragte sich, wann er sich endlich für eine Frau entscheiden konnte. Die meisten Männer in seinem Alter waren längst verheiratet und Familienväter - einige sogar schon wieder geschieden und wandelten auf Freiersfüßen. Nur er, Bernd Kaltenbach, der Weiberheld, konnte sich immer noch nicht von seinem Junggesellenleben verabschieden.

Nach den Ereignissen des Tages genoss er jetzt die Ruhe des Dorfes, die nur vom gemütlichen Plätschern der Wied durchschnitten wurde. In der Wiedkehre, auf Höhe des Campingplatzes, schnatterten trotz später Stunde zwei Enten um die Wette. Während sie tagsüber von den Besuchern des Strand-Cafés gefüttert wurden, mussten die Wasservögel in den Nachtstunden sehen, wie sie selber über die Runden kamen.

Kaltenbach legte lauschend den Kopf schräg. Auch der Wald schien um diese Zeit zu leben. Unterhalb des Häubchens hallte der Ruf eines Käuzchens unheimlich durch die Nacht. Die Rufe des Totenvogels wurden vom schrillen Kreischen eines Greifvogels abgelöst, der sich wahrscheinlich gerade Beute geholt hatte. Im Unterholz raschelte es, und Kaltenbach stellte einmal mehr fest, wie wild und unberührt seine Heimat um diese Zeit noch war. Vielleicht war das der eigentliche Grund, weshalb er nie aus Rossbach weggezogen war. Er war ein Naturbursche und liebte die Stille auf dem Dorf. Hier fand er Muße und Zeit zum Nachdenken. Genau das, was er in seinem manchmal hektischen Job dringend brauchte.

„Ist hier noch frei?"

Er hatte sie nicht kommen hören. Nun schüttelte er die Gedanken ab und nickte lächelnd. Bernd Kaltenbach betrachtete Beatrice Manderscheid. Die lederne Kombi hatte sie gegen ein leichtes blassgrün gemustertes Sommerkleid getauscht, das zwei Handbreit über den Knien endete. Bereitwillig hatte er ihr seine Dusche zur Verfügung gestellt, wo sie sich die Schatten der Erinnerung an den schrecklichen Tag abgewaschen hatte. Nachdem Kaltenbach auf den freien Platz an seiner Seite gedeutet hatte, setzte sie sich zu ihm. Er registrierte, dass sie wundervoll duftete und betrachtete sie von der Seite.

„Und?", fragte er in die Stille.

Sie lächelte ihn an. „Und selbst?"

„Ich mein' … wie geht es dir nach diesem beschissenen Tag?"

„Frag lieber nicht." Sie lachte leise und schlug die Beine übereinander. Dann schmiegte sie sich so unvermittelt an ihn, dass er beinahe erschrocken zurückgewichen wäre. Es war ein wunderschöner, beinahe ein romantischer Abend, wären da nicht die Vorfälle des zurückliegenden Tages gewesen, die sie auf eigenartige Weise zusammengeführt hatten.

„Hier bist du in Sicherheit."

„Hm." Sie nickte und blickte auf ihre Schuhe, dann ruckte ihr Kopf zu ihm herum. „Sag mal, wie tief hängst du eigentlich in der Geschichte drin?"

„Das ist eine lange Geschichte", seufzte Kaltenbach.

„Ich habe Zeit."

„Das habe ich befürchtet." Er lachte rau. „Also gut. Eigentlich bin ich ein kleines Licht. Als Reporter interessiere ich mich für interessante Themen. Und im Grunde genommen war ich an der Mosel, um über den ermordeten Bürgermeister zu berichten."

„Gerber starb genau wie Rudolf", flüsterte Beatrice. „Er wurde kaltblütig erschossen."

Kaltenbach nickte. „Und beide waren im Umweltschutz aktiv. Genau wie dieser Dirk Immich, der heute dran glauben musste."

„Also besteht ein Zusammenhang?" Sie schmiegte sich fester an ihn, und Kaltenbach spürte, dass sie zitterte. Schützend legte er einen Arm um sie; Beatrice ließ ihn gewähren und schien seine Nähe zu genießen.

„Um die Zusammenhänge zu sehen, muss ich kein Bulle sein", nickte Kaltenbach. Als er dabei kurz an Udo Reuschenbach dachte, keimte die Wut dabei in ihm auf. Andererseits war er froh, sich Beatrice angenommen zu haben, denn er empfand ihre Gegenwart als angenehm.

Für einen Moment überlegte Kaltenbach, ob er ihr von dem Zwischenfall mit dem Manderscheid-Lkw erzählen sollte, schwieg aber.

„Ich meine, Rudolf ist längst tot. Und ich habe nicht die geringste Ahnung, warum man mir an den Kragen will."

„Dein Computer", erwiderte Kaltenbach. „Man vermutet Daten auf der Festplatte, die auf gar keinen Fall in die falschen Hände geraten dürfen."

„So betrachtet bin ich nicht mehr in Gefahr." Sie kehrte die Handflächen nach oben und lächelte schwach. „Der Typ hat meinen Computer mitgenommen, er hat, was er wollte - und gut. Ärgerlich, weil ich schon ewig keine Datensicherung mehr gemacht habe und mir jetzt einen neuen Rechner anschaffen muss. Aber es gibt Schlimmeres - ich dürfte aus der Schusslinie sein."

„Du klingst wie Udo", maulte Kaltenbach und schüttelte den Kopf, dann grinste er. „Also sag mir, warum du hier bei mir sein wolltest."

„Vielleicht, weil ich dich mag, Bernd Kaltenbach?" Sie reckte sich und bedeckte seine Lippen mit einem Kuss. „Ich bin bei dir. Das ist ein kleiner Trost für diesen schrecklichen Tag."

Kaltenbach erwiderte nichts und fragte sich, ob sie ihn wirklich schätzte, oder ob es noch einen anderen Grund für sie gab, die Nacht hier zu verbringen. Doch Kaltenbach wollte die Stimmung nicht zerstören. Als sie ihn erneut küsste, zog er sie näher an sich heran und genoss ihre Zärtlichkeiten. Dann stieß er sie sanft aber bestimmt fort und erhob sich von der Bank.

„He", rief sie enttäuscht. „Wo willst du hin?"

In der offen stehenden Haustür wandte er sich zu ihr um. „Küche - Bier holen."

Den Weg in die dunkle Küche nutzte er, um sich ein wenig abzukühlen. Er kannte Beatrice erst seit wenigen Stunden, und obwohl sie ihm sympathisch war, ging sie doch ein wenig forsch an ihn heran. Nicht, dass er ihre Leidenschaft nicht genießen konnte, aber in Anbetracht des schlimmen Tages, den sie durchlebt hatte, musste er sich fragen, ob sie den Kopf nicht mit anderen Dingen voll hatte. Oder war sie genau aus diesem Grund so liebebedürftig?

Das Licht des Kühlschranks blendete ihn sekundenlang. Er griff in das Fach und entnahm ihm zwei Flaschen Steffi, öffnete sie, bevor er zurück ins Freie kehrte. Beatrice hatte sich auf der Bank zurückgelehnt und betrachtete mit verzücktem Gesicht den Sternenhimmel.

Er setzte sich wieder zu ihr, reichte ihr eine Flasche, sie prosteten sich zu und tranken.

„Oder hast du Hunger? Soll ich uns was kochen?" Insgeheim hoffte Kaltenbach, dass sie die Frage nicht bejahte. Sein Kühlschrank war, wie immer, so gut wie leer.

Beatrice lachte auf. „Nein, nein. Schon gut. Bier kalt stellen ist doch fast so gut wie Kochen."

Kaltenbach stimmte in ihr Lachen ein.

„Versteh meine Annäherungsversuche bitte nicht falsch", sagte sie schließlich. „Ich weiß auch nicht, was heute mit mir los ist."

„Du stehst noch unter den Eindrücken des Tages. Ist ja auch kein Wunder." Kaltenbach nahm noch einen Schluck aus seiner Flasche. „Sag mal, weißt du eigentlich noch, was in der Firma deines Mannes abgeht?"

„Wovon redest du?" Auf ihrer Stirn hatte sich wieder diese kleine steile Falte gebildet, die er so an ihr mochte.

„Ich hatte heute Feindkontakt mit einem Manderscheid-Laster, den ich mir nicht recht erklären kann." Nun lächelte er und hauchte ihr einen Kuss auf die Lippen. „Einen Feindkontakt, den ich mir nicht erklären kann, weil ich nicht weiß, warum dieser Kerl auf dem Bock gefahren ist wie ein Wahnsinniger. Und ich kann froh sein, dass ich jetzt hier bei dir sitze, denn um ein Haar wäre das nicht möglich gewesen."

„Oh mein Gott, wie schrecklich. Was war denn da los?"

Kaltenbach berichtete ihr von seiner seltsamen Beobachtung am Hahn und dem Beinahe-Sturz, den der Lkw-Fahrer provoziert hatte.

„Und dann war die große Kiste plötzlich wie vom Erdboden verschwunden", schloss er seine Ausführungen. „Ich dachte, ich spinne."

„Das ist in der Tat seltsam."

„Also?"

„Was – also?"

„Na, hast du noch Kontakte zu den Mitarbeitern in der Firma deines Mannes?"

„Nein, gar nicht mehr", antwortete sie schnell, vielleicht etwas zu schnell, denn Kaltenbach entging nicht, dass sie sich eilig auf die Unterlippe biss. „Vielleicht kenne ich den einen oder anderen Fahrer noch von früher – vorausgesetzt, es sind langjährige Mitarbeiter. Aber ich habe mich schon damals immer aus der Firma herausgehalten."

„Aber du warst doch die Chefin", entgegnete Kaltenbach und drehte die Bierflasche in den Händen.

„Nein, nie." Sie schüttelte den Kopf. „Ich war nur die Frau vom Chef. Und selten im Betrieb. Meistens habe ich die Jungs auf der Weihnachtsfeier zu Gesicht bekommen, und da waren sie meist nach einer Stunde schon so besoffen, dass…, aber was rede ich? Ich wollte dich nicht mit den alten Geschichten langweilen."

„Ich habe danach gefragt", erinnerte Kaltenbach sie mit ernster Miene.

Sie trank hektisch, und Kaltenbach hatte den Eindruck, dass sie trank, um Zeit zu gewinnen. Zeit, um ihre Gedanken zu ordnen. „Seine Firma hat mich angekotzt. Er war der große Macker, hat die Jungs bei jeder Gelegenheit zusammengeschissen. Und ich war die junge Frau vom Alten, so einfach war das. Wenn ich im Sommer mal im Betrieb war und im kurzen Rock über den Hof lief, dann musste ich froh sein, nicht von einem der Männer angefallen zu werden."

Nun musste Kaltenbach schmunzeln. „Nun - wenn du sie so provozierst? Selbst schuld." Bevor sie protestieren konnte, verschloss er ihren Mund mit einem Kuss. Sie schmeckte gut, sie roch so verdammt gut und sie fühlte sich gut an. Er wollte mehr von ihr. Als sich ihre Lippen für einen kurzen Augenblick voneinander lösten, sprang er auf und nahm ihre Hand. Sie erhob sich mit verwundertem Gesicht, leistete aber keinen Widerstand. Eilig zog Kaltenbach sie ins Haus. Bei aller Leidenschaft vergaß er aber nicht, die Haustür abzuschließen und den gusseisernen Riegel vorzuschieben.

Linz, Altstadt, 22.05 Uhr

„Irgendetwas stimmt nicht mit dir." Larissa blickte vorwurfsvoll zu Udo auf. Tagsüber war die ‚Bunte Stadt am Rhein' von Touristen bevölkert, doch in den Abendstunden erschien Linz in einem völlig anderen Licht. Nur noch wenige Menschen waren in den verwinkelten Gassen, die vom Marktplatz abzweigten, unterwegs. Bunte Fachwerkfassaden rahmten den Marktplatz ein, und sie hielten Händchen wie ein frisch verliebtes Paar.

Und das nach all den Jahren, dachte Udo glücklich. Ein Leben ohne Larissa konnte er sich beim besten Willen nicht mehr vorstellen. Ein wundervoller Abend lag hinter ihnen, doch sie hatten keine Lust, schon nach Hause zu fahren. Dennoch drückte der seltsame Mord in Kastellaun auf Udos Laune. Natürlich war ihr nicht entgangen, dass ihn etwas zu beschäftigen schien, das trotz der romantischen Stimmung auf sein Gemüt drückte. Larissa hatte sich extra für den romantischen Abend hübsch gemacht, und trotzdem konnte Udo den Abend nicht so recht genießen. Der Umstand, nichts für Beatrice Manderscheid tun zu können und der Streit mit Kaltenbach lagen ihm schwer im Magen.

Larissa war am Ratsbrunnen stehen geblieben. „Also – was schlägt dir auf den Magen?"

„Der Job", brummte Udo ausweichend. Die Fassade des historischen Rathauses war von Scheinwerfern stimmungsvoll angestrahlt.

Larissa trat an den Rand des munter plätschernden Brunnens und verdrehte einer der über dem Wasser sitzenden Bronzefiguren die Gliedmaßen. „Soso", murmelte sie nachdenklich. „Der Job." Sie war eine verständnisvolle Ehefrau, und Udo schätzte diese Art an ihr. Seit vielen Jahren waren sie ein Paar, und er war schon Polizist gewesen, als sie zusammengekommen waren. Somit hatte sie früh gelernt, mit seinen beruflichen Problemen zu leben. Sie wusste, dass es für ihn nicht immer leicht war, die Fälle, die er gerade bearbeitete, mit dem Dienstschluss an den Nagel zu hängen. Und während sein Job in der Kriminalwache von Linz eher beschaulich abgelaufen war, musste er sich seit seiner Versetzung nach Koblenz mit vergleichsweise harten Fällen auseinandersetzen.

Udo trat hinter sie, schlang die Arme um sie und küsste ihren Nacken. „Ich liebe dich, das musst du immer wissen."

Sie nickte schweigend und richtete den Kopf eines kahlköpfigen Ratsherren auf ihn.

„Im Moment arbeite ich an einem Mordfall."

„Nicht mehr die Brandserie?“ Die Gelenke der Bronzefigur quietschten leise. Tagsüber vertrieben sich die Touristen an den Figuren die Langeweile und fotografierten den Brunnen, ohne seine eigentliche Geschichte zu kennen. Nur wenige Besucher wussten, dass die kleineren Figuren am oberen Brunnenrand das Volk symbolisierten, das den Ratsherren bei der Arbeit genau auf die Finger schaute.

„Nein, ich wurde kurzfristig abkommandiert zu einem Mordfall in Kastellaun.“

„Willst du drüber reden?“ Larissa löste sich aus seiner Umarmung und drehte sich zu ihm um. Sie lehnte am steinernen Rand des Brunnens und blickte ihn forschend an. Ihre grünen Augen schienen im Licht zu funkeln.

Udo schüttelte den Kopf. „Eigentlich nicht. Ich möchte dich nicht mit meinen beruflichen Problemen nerven, Larissa. Im Grunde genommen ärgere ich mich schrecklich, dass ich dir mit meiner miesen Laune diesen wundervollen Abend versaut habe.“

Anstatt einer Antwort stieß sie sich vom Becken des Ratsbrunnens ab, stellte sich auf die Zehenspitzen und hauchte ihm einen Kuss auf die Stirn. „Idiot“, sagte sie lächelnd. „Du hast mir den Abend nicht versaut, ganz im Gegenteil: Ich finde ihn traumhaft. So etwas haben wir schon lange nicht mehr gemacht, du blöder Bulle!“

Normalerweise konnte sie ihn mit dieser Bezeichnung auf die Palme bringen. Doch Udo erwiderte nichts. Er machte eine betroffene Miene. „Recht hast du“, murmelte er leise. „Es ärgert mich schrecklich, dass Kaltenbach in der Nummer mit drinhängt. So etwas hatten wir schon seit fast zwanzig Jahren nicht mehr.“

„Moment, was hat Bernd damit zu tun? Arbeitet der jetzt etwa auch für deinen Verein?“

„Nein, das ist ja das Blöde. Als Reporter arbeitet er mal wieder an einer heißen Story für die Zeitung. Und diesmal, da bin ich sicher, hat er eine Topstory an der Angel."

„Und was hat das mit deinem Mordfall zu tun?"

Udo schüttelte den Kopf und fuhr sich durch das kurze schwarze Haar. „Nein", sagte er leise. „Nicht heute. Es ist unser Abend."

„Da hast du recht. Aber es ist auch mein Abend, und wenn du mies drauf bist, dann habe ich als deine Frau ein Recht darauf, zu erfahren, warum das so ist. Also: Was ist zwischen dir und Bernd schon wieder passiert?"

Eigentlich hatte er keine Lust darauf, seiner Frau die Geschehnisse des Tages zu schildern. Für Udo war es schlimm genug, dass er Larissa den Abend verdorben hatte, auch wenn sie das abstritt.

„Noch Lust, was zu trinken?", fragte er und deutete mit dem Kinn auf die Cafés am Marktplatz, die noch geöffnet hatten.

Larissa nickte. „Trocken spricht es sich nicht gut, und ich habe sowieso Lust auf einen Wein."

„Dann los." Er lächelte glücklich und war einmal mehr froh, eine so verständnisvolle Frau gefunden zu haben, die ihn auch dann aufbaute, wenn es ihm einmal schlecht ging. Larissa ließ sich nie von seiner schlechten Laune anstecken, sie war eine gute Zuhörerin und suchte nach einer Lösung der Probleme, die ihn bewegten. Wahrscheinlich hatte sie das in den ganzen Jahren, in denen sie als Pädagogin arbeitete, gelernt und verinnerlicht.

Vielleicht war es aber auch nur ihr Charakter, den er über alles liebte.

Sie nahmen an einem rot eingedeckten Tisch unweit der Mariensäule Platz. Ein junger Kellner trat an den

Tisch und befragte sie nach ihren Wünschen. Udo bestellte ein Bier, Larissa einen trockenen Riesling aus dem Rheingau.

„Also“, sagte sie, als sie wieder alleine waren. „Schieß los. Was hat Bernd angestellt?“

Sie kannte Kaltenbach lange und gut genug, um zu wissen, dass er ein alter Weiberheld und Haudegen war.

„Diesmal liegt es nicht an Bernd“, eröffnete Udo ihr zögernd. Die Getränke kamen, und sie tranken. Udo berichtete seiner Frau, was sich tagsüber zugetragen hatte. Sie hörte aufmerksam zu und unterbrach ihn kein einziges Mal.

„Und da hocken wir hier herum?“, fragte sie, als er seine Ausführungen abgeschlossen hatte und die Hände auf dem roten Tischtuch wie zum Gebet faltete.

„Was hast du vor?“, fragte Udo ein wenig erschrocken, der die spontanen Ideen seiner Frau kannte und fürchtete.

„Ich will, dass du dich mit ihm verträgst.“

„So einfach ist das nicht.“

„Und warum?“ Eine zornige Falte hatte sich auf ihrer Stirn gebildet. „Weil ihr Männer seid und niemand den ersten Schritt gehen kann und will, um seiner Eitelkeit keinen Kratzer zuzufügen?“

„Wir besprechen so etwas immer bei einem Bier, nicht am Telefon, wie ihr Frauen das tut.“

„Ist klar. Ihr seid Männer. Ihr fahrt schnelle Autos, guckt Fußball, pinkelt im Stehen, ihr kratzt euch die Eier und sauft zusammen. Aber mal eben die wichtigen Dinge des Lebens besprechen, das kriegt ihr nicht auf die Reihe.“

„Was soll ich tun?“ Udo atmete aus. „Ich krieg keinen Personenschutz für Beatrice Manderscheid. Punkt. Bernd findet das zum Kotzen – und ich auch.“

„Na bitte!“ Larissa hieb auf die Tischplatte. „Da haben wir es doch: Im Grunde seid ihr euch einer Meinung. Schlimm, dass ihr Kerle euch so was nicht eingestehen könnt.“

„Das alles stimmt womöglich“, räumte Udo ein und trank von seinem Nette Edel Pils. „Allerdings bleibt zu befürchten, dass Beatrice Manderscheid damit nicht geholfen ist.“

Ein betrunkenes Pärchen wankte ziemlich nah an ihnen vorbei. Der Mann, ein kleiner rundlicher Endvierziger, taumelte und hätte um ein Haar den Tisch von Udo und Larissa umgerissen. Im letzten Moment zog ihn seine Frau oder Freundin auf Kurs und verhinderte Schlimmeres. Mit schwerer Zunge murmelte sie eine Entschuldigung und kicherte, bevor das angeheiterte Pärchen weiter in Richtung Buttermarkt zog.

„Also“, nahm Larissa den Faden wieder auf. „Du solltest mit ihm reden.“

„Das werde ich tun“, versprach Udo. „Morgen werde ich …“

„Morgen?“ Seine Frau schüttelte energisch den Kopf. „Bernd ist ein Nachtmensch. Er schläft bestimmt noch nicht. Ich möchte, dass du heute Nacht noch klärst, was zu klären ist.“

Udo widersprach nicht, doch insgeheim fasste er den Gedanken, dass er Larissa zu Hause ablenken und auf andere Gedanken bringen würde.

Roßbach, Wied, 22.40 Uhr

Er lag wach und stierte zur Zimmerdecke, die sich als graues Rechteck über ihm vom Schwarz des Schlafzimmers abhob. Durch das kleine Fenster drang das

Licht des Mondes in den Raum und warf einen Lichtbalken auf den Fußboden. Kaltenbach lauschte ihren flachen Atemzügen und legte den Kopf zur Seite. Beatrice lag in embryonaler Haltung neben ihm und strahlte etwas Unschuldiges aus. Ein leichtes Lächeln lag auf ihren Lippen, und ihre Brust hob und senkte sich gleichmäßig.

Im Mondlicht wirkte ihre Haut fein wie Wachs und doch warm wie Samt. Nachdem sie sich im Schlafzimmer gegenseitig entkleidet hatten, waren sie voller Leidenschaft auf sein elendig quietschendes Bett gesunken und hatten sich geliebt. Irgendwann waren sie erschöpft eingeschlafen, doch ein Geräusch im Haus hatte Kaltenbach aus dem Schlaf gerissen. Wahrscheinlich, so schlussfolgerte er, hatte einer der alten Balken unter dem Dach geknarrt. Der kleine Bauernhof war gut zweihundert Jahre alt, und das Holz arbeitete bei der kleinsten Temperaturschwankung. Keine große Ursache also, doch Kaltenbach war wach und grübelte.

„Du starrst mich an", sagte sie so plötzlich, dass er sich erschrak. Beatrice hatte die Augen nicht geöffnet.

„Das siehst du doch gar nicht", erwiderte er.

„Ich spüre deine lüsternen Blicke auf meiner Haut", behauptete sie und blinzelte ihn an. Als sie eine Hand nach ihm ausstreckte und ihn zärtlich streichelte, erwachte seine Leidenschaft aufs Neue.

„Ich habe eine Frage", sagte er, bevor sich sein Gehirn zum zweiten Mal in dieser Nacht in den Stand-by Betrieb verabschieden konnte.

„Frag - vielleicht habe ich eine Antwort", lächelte Beatrice und ließ ihre Hand in seinen Schoß gleiten.

Ihm wurde heiß. „Kannst du mich bei Manderscheid einschleusen?"

„Was?“ Sie schlug die Augen jetzt ganz auf und zog ihre Hand, die seine Männlichkeit gerade umschlossen hatte, hastig zurück. „An so etwas kannst du jetzt denken?“

„Es ist schwer, aber es ging gerade noch“, grinste er und beugte sich zu ihr, um ihr einen Kuss auf die Lippen zu hauchen. „Also - was meinst du?“

„Was hast du vor, zum Teufel?“ Beatrice setzte sich im Bett hin und musterte ihn.

Da ist sie wieder, diese steile Falte auf ihrer Stirn, stellte er verzückt fest. Süß.

„Ich will bei Manderscheid als Aushilfsfahrer anfangen, um zu sehen, was da im Betrieb abgeht.“

„An so etwas denkst du, während wir miteinander schlafen?“ Sie klang ernsthaft enttäuscht.

„Nein, nicht währenddessen“, entgegnete er und streichelte ihre samtweiche Haut. „Aber danach.“

„Na, dann scheint es dich ja sehr beeindruckt zu haben.“

Jetzt wird es kompliziert, durchzuckte es Kaltenbach. Er hasste es, komplizierte Konversation mit Frauen zu betreiben. Da konnte man auf Fragen antworten, was man wollte, es war unter Garantie falsch und wurde zum Strick, in dem er sich verfangen würde.

„Du bist in Gefahr“, versuchte er es dennoch.

„Der Computer ist weg“, erinnerte sie ihn.

„Trotzdem will ich wissen, wer hinter dem Mord steckt.“

„Dafür gibt es die Polizei. Du solltest es den Profis überlassen, einen Mörder zu fassen.“

„Ja“, grollte Kaltenbach. „Genauso wie sie es auf die Reihe kriegen, dir einen Personenschutz bereitzustellen, fangen sie auch Verbrecher.“ Er winkte ab, dann zwang er sich zur Ruhe. „Also – denkst du, dass es möglich wäre, bei Manderscheid anzufangen?"

„Hast du denn überhaupt einen Lkw-Führerschein?"

Nun grinste Kaltenbach. „Aber sicher. Damals bei der Bundeswehr gemacht, und im Studium genutzt, um als Aushilfsfahrer die nötige Kohle zu verdienen. Hat sich also durchaus bewährt, der Lappen."

„Du warst Lkw-Fahrer?" Beatrice blickte ihn erstaunt an.

„Bierfahrer", korrigierte er sie. „Ich habe für den Lieferdienst von Steffens gefahren. Damals, als die Brauerei im Kasbachtal noch im Betrieb war."

„Daher also deine Vorliebe für den Gerstensaft." Nun musste sie lachen. „Ich könnte jemanden fragen, den ich noch von früher kenne. Die rechte Hand von Rudolf war für die Personalplanung zuständig. Wenn Paul Bärmann noch in dem Laden arbeitet, lässt sich bestimmt was machen."

„Aber er darf nicht wissen, dass ich schnüffeln will."

„Ich werde mich hüten, ihn einzuweihen", versprach Beatrice. Dann kroch sie zu ihm und raubte ihm mit einem einzigen Kuss den Verstand.

„So", hauchte sie.

„Nachdem das besprochen wäre … wie steht es jetzt um deine Konzentration im zwischenmenschlichen Bereich?"

Kaltenbach antwortete nicht. Er ließ sich von Beatrice verführen und war einmal mehr von ihrer Leidenschaft beeindruckt. Diesmal ließ er es zu, dass sich sein Verstand in den Stand-by Betrieb verabschiedete. Auch, als das Telefon in der Diele klingelte, interessierte es ihn nicht im Geringsten, wer ihn anrief. Es gab Momente im Leben, da musste alles warten. Dies war definitiv einer dieser Augenblicke, in denen er einfach nur genießen wollte.

„Was guckst du mich so belämmert an?" Larissa blickte von ihrem Buch auf, als Udo das Schlafzimmer betrat und sich auszog. Sie hatte sich ein Kissen in den Rücken gestopft und las im Schein der Nachttischlampe.

„Kennst du das Gefühl, in einem Geschäft nichts gekauft zu haben? Wenn du dich mit leeren Händen an der Kasse vorbeischiebst und dir sagst: Jetzt bloß nicht kriminell aussehen?"

Sie nickte und legte das Buch, einen Kriminalroman, zur Seite.

„Genauso fühle ich mich gerade."

„Was hast du verbrochen?"

„Nichts – das ist es ja gerade. Ich habe versucht, Bernd anzurufen, aber er meldet sich nicht."

„Schöner Vergleich, das mit der Supermarkt-Kasse."

„Du nimmst mich nicht ernst." Er legte seine Kleidung ordentlich auf den Stuhl neben dem Bett und kroch in Boxershorts zu seiner Frau. „Ich werde morgen mit Bernd quatschen. Wer weiß – vielleicht gibt es bis dann ja eine neue Entwicklung."

„Solange es keine neue Leiche gibt", lächelte Larissa, dann löschte sie das Licht.

Udo schmiegte sich an sie, und es dauerte keine fünf Minuten, bis er eingeschlafen war.

ELF

Er liebte es, stundenlang auf der kleinen Terrasse hinter seinem Haus in der Sonne zu sitzen und in aller Ruhe sein Frühstück einzunehmen. Die sanften Ausläufer des Westerwalds dufteten herrlich nach Holz und Blüten. Ein Adler kreiste unter dem wolkenlosen Himmel und kreischte schrill. Im angrenzenden Beet taumelte eine Hummel zwischen den Blüten des königsblauen Rittersporns umher und eine Katze schlich durch die Obstbüsche, die er vor einigen Jahren angepflanzt hatte. Ein sanfter Wind strich über die Kronen der Bäume, und als er den Blick auf die Hügel richtete, schien der Wald zu leben. Kaltenbach bestrich sich einen Toast mit selbst gemachter Erdbeermarmelade, die er von Frau Hahne bekommen hatte. Die Gute machte immer Marmelade ein, als ginge es darum, die Welt zu retten. Dennoch wurde ihre Marmelade gern in der Nachbarschaft angenommen, denn sie schmeckte nicht nach Chemie und Farbstoffen, sondern nach Frucht.

Beatrice weilte noch im Land der Träume, und Kaltenbach hatte beschlossen, sie schlafen zu lassen. Später würde er nach Neuwied fahren und Prangenberg einen kurzen Anstandsbesuch abstatten, um ihn über die aktuelle Sachlage zu informieren. Kaltenbach war jetzt schon sicher, dass der Alte wieder toben würde. Er wollte schnelle Geschichten, mit denen er die nächste Ausgabe füllen konnte. Für langatmige Recherche war im hektischen Tagesgeschäft einer Lokalredaktion einfach keine Zeit. Doch darauf konnte Kaltenbach keine Rücksicht nehmen. Hier ging es um mehr, und er war sicher, dass sich andere Zeitungen nach dieser Story die Finger lecken würden, sollte Prangenberg sie nicht haben wollen.

Mit einem sichtlich gut gelaunten ‚Gemorje' wurde die morgendliche Stille hinter dem Haus jäh unterbrochen, und als Kaltenbach aufblickte und Udo Reuschenbach sah, kam ein unwilliger Laut über seine Lippen.

„Hat sich was mit guten Morgen", brummte Kaltenbach und deutete auf den freien Stuhl, der eigentlich für Beatrice reserviert war. Er hatte ihr bereits Besteck und einen Teller hingestellt. „Bis eben war der Morgen noch gut, aber jetzt bist du ja da."

„Oh – du hast uns Frühstück gemacht?" Udo setzte sich grinsend. „Das ist aber nett."

„Rühr hier bloß nichts an, sonst schlag ich dir die Hände ab", grollte Kaltenbach.

Udo Reuschenbach nickte verstehend. „Jetzt kapier ich: Der Herr Reporter hat die Nacht nicht alleine verbracht."

„Geht dich einen Scheißdreck an." Kaltenbach war immer noch sauer auf seinen Freund. Andererseits hatte die verheerende Personalsituation bei der Polizei ihm eine unvergessliche Nacht mit Beatrice beschert. Langsam legte sich die Wut.

„Bernd – wir müssen reden." Udo lehnte sich in dem Stuhl zurück und verschränkte die Hände hinter dem Kopf.

„Das tust du doch die ganze Zeit, und das, obwohl es gerade mal sieben Uhr ist."

„Bist wohl immer noch sauer, weil ich Beatrice nicht schützen konnte?" Udo machte ein betroffenes Gesicht und nickte nachsichtig. „Ich habe mit Larissa drüber gesprochen, und sie meinte, dass wir reden müssen."

„Von der Uhrzeit hat sie wohl nichts gesagt", vermutete Kaltenbach und beobachtete eine dicke Hummel, die in den blauen Blüten des Rittersporns umhertaumelte.

Udo ging nicht auf die spitze Anmerkung ein. „Bernd, es ist so, ich hätte für Beatrice Manderscheid gesorgt, wenn ich auch nur den Ansatz eines …"

„Habe ich hier gerade meinen Namen gehört?"

Nahezu lautlos war Beatrice aufgetaucht. Sie lächelte und wirkte total verschlafen. Die kurzen Haare standen in alle Himmelsrichtungen ab. Nun trat sie hinter Bernd, schlang die Arme um seinen Oberkörper und küsste ihn. „Hast deinem Freund wohl von mir …" Sie brach ab und stierte Udo an.

„So sieht man sich also wieder", murmelte sie unterkühlt.

„Frau Manderscheid, mir waren wirklich die Hände gebunden", beteuerte Udo, dem die Situation sichtlich unangenehm war. Dann setzte er zum Gegenschlag an. „Aber wie ich sehe, habt ihr das Problem ja zu aller Zufriedenheit lösen können."

Kaltenbach warf seinen angebissenen Toast auf den Teller. „Leute, bitte: So habe ich mir ein erholsames Frühstück nun wirklich nicht vorgestellt."

„Bernd, kann ich dich mal unter vier Augen sprechen?" Udo war bereits aufgestanden. Sein rundes Gesicht hatte eine tiefrote Färbung angenommen.

Kaltenbach zuckte die Schultern, warf Beatrice einen entschuldigenden Blick zu und folgte Udo ins Haus. Während es draußen schon recht warm war, umfing sie hier eine angenehme Kühle.

„Was soll die Show?", fragte Kaltenbach angefressen. „Du bist Bulle und kannst bestimmt freundlicher sein. Du behandelst Beatrice wie eine Kriminelle."

„Das müssen wir ihr noch beweisen." Udo sank auf die Eckbank in der Küche und stützte die Ellenbogen auf die Wachstuch-Tischdecke.

Kaltenbach setzte sich verkehrt herum auf den Küchenstuhl und musterte den Freund mit ernster Miene. „Was soll der Quatsch, Udo?"

„Ich hatte heute morgen um sechs Uhr einen Anruf von den Kollegen, die gestern mit der Befragung ihrer Nachbarn beauftragt waren."

„Und?"

„Es gab keine Einbruchspuren, weder an der Haus- noch an ihrer Wohnungstür. Das würde bedeuten, dass der Mörder einen Schlüssel gehabt haben muss, um sich Zutritt zu Beatrice Manderscheids Wohnung zu verschaffen."

Kaltenbach nickte schweigend.

„Wir haben alle befragt: Im Haus hat keiner einen Schlüssel. Einen Hausmeisterdienst oder so etwas gibt es ebenfalls nicht. Familie hat sie keine – die Eltern leben in Norddeutschland und genießen dort ihren wohlverdienten Ruhestand. Das war's auch schon mit Angehörigen. So, und nun kommst du, Bernd."

„Sie scheint eine ziemlich einsame Frau zu sein", murmelte Bernd, der anfangs einen anderen Eindruck von Beatrice bekommen hatte. Ihm hatte sie sich als lebenslustige alleinstehende Frau im besten Alter präsentiert.

„Mag sein. Aber jetzt frage ich dich – wie kommt man in die Wohnung, ohne sichtbare Spuren zu hinterlassen, wenn nicht mit einem Schlüssel?"

„Warum fragen Sie mich nicht einfach, Kommissar?" Beatrice lehnte plötzlich mit verschränkten Armen im Küchenrahmen und musterte Udo feindselig.

Udos Kopf ruckte hoch. Sein Gesicht wurde auf der Stelle wieder rot. „Sie belauschen unser Gespräch", stellte er schließlich fest.

„Nein, ich bin ins Haus gekommen, um mir Milch zu holen - ich trinke meinen Kaffee nämlich mit Milch." Sie bedachte Kaltenbach mit einem Blick, den er nicht recht zu deuten wusste.

„Im Kühlschrank", sagte dieser, nur, um überhaupt etwas zu sagen.

Beatrice ging zum Kühlschrank. „Ich habe nur zwei Schlüssel", sagte sie währenddessen, ohne sich umzublicken. „Einen trage ich immer bei mir."

„Und der andere?", schoss es aus Udo heraus.

„Befindet sich im Safe." Sie griff nach dem Tetrapack im Türfach des Kühlschranks und drehte sich im Zeitlupentempo zu den Männern um. Ihre Miene wirkte verschlossen, und Kaltenbach vermisste in diesem Moment die Herzlichkeit, die er so an ihr liebte.

„In welchem Safe?" Udo trommelte nervös auf der Tischplatte herum.

„Noch in der Firma." Beatrices Stimme war nichts als ein Hauch.

„In Rudolfs Firma?", hakte Kaltenbach nach. „Im Safe der Firma Manderscheid, die du nach dem Tod deines Mannes verkauft hast?"

Beatrice nickte. „Ich muss ihn schlichtweg dort vergessen haben, als ich aus dem Unternehmen ausgestiegen bin."

„Siehst du." Kaltenbach grinste seinen Freund zufrieden an. „Da hast du deine Spur. Besorg dir 'nen richterlichen Durchsuchungsbeschluss und lass die Bude auf den Kopf stellen." Dann wandte er sich an Beatrice. „Hast du 'nen Verdacht, wer Zugang zum Safe hat und in der Lage wäre, bei dir aufzukreuzen?"

Beatrice dachte angestrengt nach und ließ sich nun auch auf die Eckbank sinken. „Wahrscheinlich nur der neue Inhaber, oder die Sekretärin. Aber wie gesagt, ich kenne von denen kaum noch jemanden. Und beide haben keinen Grund, um …"

„Dann werde ich den Grund vielleicht herausfinden." Kaltenbach hoffte, dass sie nicht an die große Glocke hing, dass sie ihn als Fahrer bei Manderscheid unterbringen wollte.

„Dabei hast du nur eines vergessen", murmelte Udo. Als alle Blicke auf ihm lagen, fügte er hinzu: „Wenn ich das gestern richtig verstanden habe, hat die Firma ihren Sitz in Enkirch an der Mosel. Und da ist mein zweitbester Freund, Hauptkommissar Caspari im Spiel." Er machte eine säuerliche Miene.

„Na bitte", strahlte Kaltenbach unbeeindruckt. „Dann ist es doch ein willkommener Anlass, mal ein Versöhnungsbierchen zu trinken."

„Deinen Humor möchte ich haben", seufzte Udo. „Ich muss dir nicht erklären, was für ein selbstverliebter Mensch er ist. Der Typ hat eine Profilneurose, die einfach nur wehtut. Und mit ihm soll ich kooperieren?"

„Es wird dir nichts anderes übrig bleiben", befürchtete Kaltenbach und nickte. „Aber sieh es mal positiv: Solange du einen Mordfall in Kastellaun aufklärst, arbeitet er dir zu, nicht andersherum. Also … so schlecht finde ich die Ausgangssituation gar nicht."

Udo erhob sich und zuckte die Schultern. „Ich halt dich auf dem Laufenden", sagte er im Hinausgehen. An der Tür angekommen, wandte er sich noch einmal zu Beatrice um. „Und Sie halten sich bitte zur Verfügung."

„Meine Handynummer haben Sie", antwortete Beatrice ungewohnt unterkühlt, dann war sie wieder mit

Kaltenbach alleine. Den Morgen hatte Udo ihnen jedenfalls gründlich verdorben.

Neuwied, Friedrichstraße, 9.35 Uhr

„Was soll das heißen – du lässt dich bei Manderscheid Baustoffe einschleusen?“ Winzige Schweißperlen glänzten auf Prangenbergs Stirn. Als der Glockenklang der Marktkirche durch das offen stehende Bürofenster des Chefredakteurs drang, sprang er wie von der Tarantel gestochen auf und knallte das Fenster zu.

„Ich werde mich dort als Fahrer verdingen und Augen und Ohren offenhalten.“ Kaltenbach setzte sich unaufgefordert und musterte seinen cholerischen Chef.

„Wie muss ich mir das vorstellen? Arbeitest du da dann undercover, so wie dieser Günter Wallraff?“

„Die Arbeitsbedingungen der Kieskutscher sind mir relativ egal. Ich will einfach wissen, was die Kipper von Manderscheid auf dem Flughafengelände zu suchen haben.“

„Na was wohl?“, bellte Prangenberg und ließ die Hand auf die Schreibtischplatte niedersausen. Die Kaffeetasse neben der Tastatur vollführte einen Hüpfer.

Kaltenbach tat ihm den Gefallen nicht, zusammenzuzucken. Er betrachtete seinen Chef mit einem süffisanten Grinsen.

Prangenberg sprach gefährlich leise. Wenn er so sprach, stand der Vulkan kurz vor dem Ausbruch.

„Sie werden Baumaterialien transportieren, denn das ist Manderscheids Kerngeschäft.“

„Damit hätte ich auch gar keine Probleme. Warum der Fahrer mich aber, koste es was es wolle, abhängen wollte … dafür muss es einen plausiblen Grund geben. Und je länger ich darüber nachdenke, desto sicherer werde ich, dass der was zu verbergen hatte."

„Moment, Moment", rief Prangenberg und erhob sich noch einmal. „Ich erinnere mich an eine alte Geschichte. Da wurde doch vor ein paar Jahren eine neue Landebahn gebaut, oder eine vorhandene Bahn verlängert. Irgend so etwas war da, es ging darum, dass der Hahn mit dem steigenden Aufkommen von Frachtflügen zurechtkommen sollte, deshalb hat das Land noch einmal investiert."

„Ein Fass ohne Boden", kommentierte Kaltenbach kopfschüttelnd.

„Dabei wurden irgendwelche neumodischen Materialien verwendet, die von einigen Fachleuten als gesundheitsschädlich eingestuft worden sind. Irgendwann verstummte die Meute allerdings..."

„Wahrscheinlich hat man Schweigegeld bezahlt."

„Du guckst zu viele Krimis", stellte Prangenberg fest und schüttelte den massigen Schädel. „Aber hak doch da mal nach."

„Werd ich tun." Kaltenbach erhob sich. Prangenberg hatte sein Vorhaben also abgenickt, ohne es in Worte zu fassen.

„Noch was, Kaltenbach!", rief er seinem Reporter hinterher.

„Was denn?" Kaltenbach wollte keine unnötige Zeit verlieren.

„Wenn ich rauskriege, dass du bei Manderscheid einen persönlichen Rachefeldzug gegen den Fahrer führst, der dich bedrängt hat, kannst du für immer auf dem Bock eines Kippers dein Geld verdienen, verstanden?"

„Du guckst zu viele Actionfilme", konterte Kaltenbach mit einem Grinsen, dann war er draußen.

Koblenz-Altstadt, 10.45 Uhr

Sabine Wellershoff schaute erstaunt von ihrem Monitor auf, als Kaltenbach plötzlich in ihrem Büro stand. Sie wirkte übernächtigt, das konnte sie auch mit Make-up nicht überdecken.

„Wie kommst du denn hier rein?"

„Ich freu mich auch dich zu sehen", erwiderte er und setzte sich vor den Schreibtisch. Dann grinste er jungenhaft. „Die Tür stand offen, und ich dachte, ich überrasch dich einfach mal, nachdem wir uns gestern nicht gesehen haben."

„Das ist schön." Sabine stand auf, umrundete ihren Schreibtisch und strich ihm zärtlich über die rechte Schulter. Heute trug sie eine Jeans, dazu ein modisches Shirt mit einem tiefen Ausschnitt. Prompt ertappte sich Kaltenbach, ihr auf das Dekolleté zu starren.

„Gefällt dir, was du siehst?", fragte sie kokett, als sie seinen Blick bemerkte. Doch sie war ihm nicht böse und lehnte sich auf die Schreibtischkante.

„Es hat mir schon immer gefallen", bemerkte Kaltenbach peinlich berührt. „So, und nun mal geschäftlich: Ich muss unbedingt wissen, was du damals für Manderscheid gemacht hast, Sabine."

„So", sagte sie und schürzte die Lippen. „Musst du das?"

„Es wäre zumindest sehr hilfreich", übte sich Kaltenbach darin, kleinere Brötchen zu backen. „Solange da draußen ein Mörder rumläuft, wäre es schön, wenn du mit offenen Karten spielen könntest."

„Moment", rief Sabine und schob sich eine blonde Haarsträhne hinters Ohr. „Was habe ich mit dem Mörder zu tun?"

Kaltenbach holte tief Luft und berichtete der alten Freundin ausführlich, was sich gestern zugetragen hatte. Sabine Wellershoff hörte aufmerksam zu und machte sich einige Notizen, während sie gebannt an Kaltenbachs Lippen hing.

„So", sagte sie schließlich. „Und diese Beatrice Manderscheid lebt nun auf deinem Bauernhof und hat meine Stelle eingenommen?"

„Sabine – bitte", fuhr Kaltenbach genervt auf. „Das ist fast zwanzig Jahre her. Und sie ist nicht meine Partnerin oder gar meine Freundin, wenn dich das beruhigt."

„Aber du hast mit ihr gevögelt."

„Mein Gott, bist du vulgär", entrüstete sich Kaltenbach.

„Das habe ich von dir gelernt." Nun musste sie lächeln. „Also gut, ich gebe es zu: Das tut schon weh, und ich hatte mir schon fast ein wenig Hoffnung darauf gemacht, dass wir wieder zusammenkommen."

„Wir sind gute Freunde", brummte Kaltenbach. „Und dabei sollten wir es auch lassen."

„Wie du meinst", erwiderte sie schnippisch.

Manchmal verstand er Sabines Stimmungsschwankungen einfach nicht, und er erinnerte sich daran, dass ihn das schon früher verwirrt hatte.

„Aber dass du ausgerechnet die Witwe eines meiner Mandanten in die Kiste schleppst..." Sie war offenbar wirklich entrüstet.

„Es hat sich halt ergeben, und ich möchte nicht mit dir über mein Liebesleben philosophieren."

„Liebesleben?" Sabine lachte auf. „Du lebst deine Triebe aus, nicht mehr und nicht weniger."

„Sabine, bitte!" Kaltenbach hatte keine Lust auf eine Grundsatzdiskussion. Er sprang auf und wanderte ruhelos durch das lichtdurchflutete Büro. Am Fenster blieb er stehen und blickte hinunter auf die Altstadt. Ein bunt gekleideter Reiseführer bugsierte eine Truppe Japaner durch die engen Gassen. Er sprach englisch zu ihnen, die Touristen fotografierten die historischen Fassaden der umliegenden Häuser, dann zog der Pulk weiter. Wahrscheinlich hatten sie heute noch die Loreley und Schloss Neuschwanstein auf dem Plan.

„Ich bin hergekommen, weil ich mir erhoffe, von dir einen wichtigen Hinweis zu bekommen. Du musst mir ein paar Dinge erklären, um der Polizei den richtigen Wink zu geben. Udo ist schon jetzt überfordert, zudem muss er sich mit einem Hauptkommissar Caspari auseinandersetzen, der zum Lachen in den Keller geht und…"

„Moment", ging Sabine dazwischen. „Sagtest du, dass Caspari die Ermittlungen leitet?"

„Ja."

„Er ist ein Arschloch."

„Oh, ich sehe, du kennst ihn", freute sich Bernd. Er spürte, dass er auf dem richtigen Weg war.

„Allerdings kenne ich ihn. Er hat mich damals befragt, nachdem man Rudolf Manderscheid im Bach gefunden hat."

„Hat er dein Büro durchsuchen lassen?"

„Und meine Privatwohnung in Ehrenbreitstein auch", nickte sie.

„Du hast von den alten Aufzeichnungen gesprochen", erinnerte Kaltenbach sie. „Die Gutachten, in denen bestätigt wird, dass sich im Wasser des Ahringsbaches krebserregende Stoffe befinden. Wo sind die Papiere?"

„Beschlagnahmt", murmelte Sabine. „Caspari hat sie mitgenommen. Was dann aus den Aufzeichnungen wurde, weiß ich nicht. Gegen die Polizeibehörden komme ich auch nicht an, Bernd. Aber ich war sicher, dass die Gutachten etwas in Gang setzen würden, nachdem sie ausgewertet sind. Und da habe ich mich nicht getäuscht."

„Ich kapier das gerade nicht ganz." Kaltenbach massierte sich den Nasenrücken.

„Die Gutachten haben dokumentiert, dass die krebserregenden Stoffe tatsächlich vom Hahn kamen. Irgendetwas mit einem bestimmten Baumaterial stand da drinnen." Nun blickte sie Kaltenbach mit betroffener Miene an. „Ich bin auch kein Fachmann und kenne mich mit den Bezeichnungen dieser Materialien nicht aus. Nur so viel: Ein Kollege von dir hat die Kiste an die große Glocke gehängt und eine Story daraus gemacht, mit der er sich wohl eine goldene Nase verdient hat. Der Trierische Volksfreund und die Rhein-Zeitung haben damals mehrfach groß über den Umweltskandal berichtet. Sag mal, ist das wirklich an dir vorübergegangen?"

„Nein, ich erinnere mich", murmelte Kaltenbach zerknirscht. Es musste die Zeit gewesen sein, als er in Berlin gearbeitet hatte.

„Auf Druck der Medien und der Öffentlichkeit wurde am Hahn ein großes Regenauffangbecken errichtet, das verhindern sollte, dass belastetes Abwasser in den Bach gelangt, der Enkirch als Trinkwasserversorgung dient."

„Aber?"

„Nichts aber. Die Sache war offiziell damit erledigt." Sabine kehrte die Handflächen nach oben.

„Ist sie eben nicht", widersprach Kaltenbach und schüttelte den Kopf. „Du steckst in der Geschichte tiefer drin, als dir lieb ist, fürchte ich. Auch mir wurde das zweifelhafte Vergnügen einer Drohung zuteil. Irgendjemandem scheint es nicht zu passen, dass man in der alten Geschichte herumschnüffelt."

„Was meinst du?"

Bernd Kaltenbach berichtete ihr von der Verfolgungsaktion am ersten Abend und dem Drohanruf.

„Dabei fällt mir ein, dass Udo sich um die Anrufrückverfolgung kümmern wollte", murmelte Kaltenbach und zückte sein Handy. „Der Drohanruf wurde von einem dieser Prepaid-Handys abgesetzt - ich muss dir nicht erklären, dass es schier unmöglich ist, da den aktuellen Besitzer herauszufinden." Er griff zum Handy und wählte Udos Nummer.

„Was hast du jetzt schon wieder angestellt?", fragte Udo am anderen Ende der Leitung.

Kaltenbach ging nicht auf den versteckten Vorwurf des Freundes ein. „Hast du inzwischen herausgefunden, wer zuletzt im Besitz des Handys war?"

„Die Prepaid-Karte wurde vor einem knappen Jahr von einem gewissen Magnus Voss, wohnhaft in Linz, gekauft. Hast du was zu schreiben?"

Kaltenbach ließ sich von Sabine einen Stift und ein Stück Papier geben und schrieb den Namen und die Adresse mit, die Udo ihm nannte. „Wann klopfst du ihm auf den Busch?", fragte er anschließend.

„Das fragst du nicht im Ernst."

„Bist du der Bulle, oder ich?"

„Pass mal auf Bernd, du weißt, wie unser Laden funktioniert: Wenn du dich bedroht fühlst, kannst du gerne bei den Kollegen vom Streifeneinsatzdienst eine Anzeige gegen Unbekannt stellen. Dann werden wir die Ermittlungen aufnehmen, und alles nimmt seinen Lauf."

„Vergiss es. Da kann ich auch selber die Hände in den Schoß legen und nichts tun. Ich kümmer mich darum, mach dir bloß keinen Stress." Bevor Udo antworten konnte, hatte Kaltenbach den roten Knopf gedrückt. Mit säuerlicher Miene ließ er das Handy in der Tasche verschwinden.

„Und?", fragte Sabine nun. Sie lächelte. „Soll ich dir helfen?"

Kaltenbach erhob sich und schüttelte den Kopf. „Nee, lass mal. Ich habe immer noch keine Kohle für einen Privatschnüffler, und bevor es wieder zu kompliziert wird, mach ich mich lieber vom Acker."

Kaltenbach stand auf und machte Anstalten zu gehen. Im Augenwinkel sah er noch, wie Sabine mit vor Wut funkelnden Augen einen ihrer sündhaft teuren Schuhe auszog. Er beeilte sich, das Büro zu verlassen und zog eilig die Tür hinter sich zu. Gerade im rechten Moment, denn kaum dass er im Vorzimmer stand, knallte der Schuh gegen das Türblatt.

„Weiber", brummte Kaltenbach noch, dann stand er auf dem Florinsmarkt. Er musste jetzt erst einmal seine Gedanken ordnen, bevor er weitermachte.

ZWÖLF

Ein bierbäuchiger Mann im Arbeitsanzug kletterte gerade von einem Schaufellader, als der zivile Einsatzwagen auf den Hof der Baustoff-Spedition rollte und eine Staubwolke hinter sich herzog, die sich wie ein Nebel auf den silbernen Lack des Passat Variant legte.

Udo parkte den Wagen neben einem knallgelben Sattelzug, auf dem der Name des Unternehmens in übergroßen Lettern prankte. Auf der Stelle bildeten sich winzige Schweißperlen auf seiner Stirn.

Scheiß Klimawandel, dachte er, während er sich umblickte. Es gab übergroße Kies- und Sandberge auf dem Gelände, weiter hinten einen Hallentrakt, der offenbar als Trockenlager für Baustoffe und als Lkw-Werkstatt gleichermaßen genutzt wurde. Der Duft von Diesel und Hydrauliköl hing schwer in der Luft.

„Da können Se net stehen bleibe'!", wurde er von dem Baggerfahrer belehrt, nachdem er ausgestiegen war.

„Wer sagt das?", fragte Udo, und bevor der Arbeiter antworten konnte, hielt er ihm die Dienstmarke mit dem rheinland-pfälzischen Wappen unter die Nase.

„Oh", brummte er sichtlich erschrocken. „Krippo? Wollen Se zum Chef?"

„Wer ist denn der Chef, Herr …"

„Römer, Klauspeter Römer. In einem Wort, nicht mit Bindestrich."

Obwohl Udo nicht geplant hatte, Römers Vornamen jemals zu schreiben, nickte er verstehend. Das mit dem moselfränkischen Dialekt würde er wohl nie so recht verstehen. Udo hatte keine Lust gehabt, Caspari zu bitten, der Baustoff-Spedition einen Besuch abzustatten. So hatte er sich kurzerhand selbst ins Auto gesetzt und war nach Enkirch gefahren, obwohl das Moseldorf im Zuständigkeitsbereich der Kollegen in Trier lag.

„Der Herr Bärmann, Paul Bärmann. Er hat den Laden vom alten Manderscheid übernommen." Der Arbeiter legte den unrasierten Schädel schräg. „Des muss so vor zwei Jahren jewese sein."

„Schön. Und wie ist er so, als Chef?"

Römer blickte sich um. Als er sicher war, nicht beobachtet oder gar belauscht zu werden, winkte er ab. „Er ist wichtig. Hat den Laden übernommen, war vorher der Speichellecker vom Alten. Wahrscheinlich hat er in seiner Zeit als Angestellter genug Kohle zur Seite schaffen können, um das Geschäft zu übernehmen. Und jetzt macht er auf wichtig, der Baädseecher."

„Der was?"

„Bettnässer, der elende." Römer grinste schief.

„Wie muss ich mir das vorstellen?" Udos Neugier war erwacht.

„Wie wohl? Er ist einer dieser jungen Typen im Anzug und Sportwagen. Der alte Manderscheid hingegen ..." Der Arbeiter schob die wulstige Unterlippe vor, was wohl eine anerkennende Miene sein sollte. „Er hat den Betrieb gegründet. Damals, in den Sechzigerjahren. Hat mit einem Bagger und 'nem gebrauchten Kipper angefangen. Und als die Leut' im Hunsrück ihre Häuschen gebaut haben, hat er sie mit den Steinen beliefert. Der alte Manderscheid war ein Fuchs. Er war Geschäftsann und hat sein Handwerk von der Pike auf gelernt. Er war sich nicht zu schade, mal die Ärmel hochzukrempeln, wenn Not am Mann war. Und er ist bis zum Schluss selber Laster gefahren, wenn mal ein Fahrer krank wurde und es viel Arbeit gab."

„Und das macht der Bärmann nicht?"

„Können's vergessen", erwiderte der Mann und strich sich über den dicken Bauch. „Der hat noch nie auf dem Bock gesessen, geschweige denn einen Lkw-Führerschein. Das ist einer von den aalglatten Jung-Managern, die nur am Computer hocken und Aufträge rund um die Uhr mit dem Handy annehmen können. Aber Ahnung vom G'schäft hat der nicht."

„Und dann hat Manderscheid ihn so lange als seine rechte Hand beschäftigt?"

„Herr off – er hat ihm den Bürokram abgenommen, das war Manderscheid sowieso nur lästig. Die haben sich wunderbar ergänzt."

„Und seit dem Tod von Rudolf Manderscheid herrscht Bärmann alleine hier?"

„Er herrscht, das haben Sie gut ausgedrückt. Er kommandiert uns rum, ist kein Chef, sondern ein Sklaventreiber." Der Arbeiter strich sich nachdenklich über das unrasierte Kinn. „Aber sicher sind Sie nicht hier, um uns zu den Arbeitsbedingungen bei Manderscheid zu befragen. Weiß nicht, ob er Se empfangen tut, an einem Freidisch."

„Er wird mich empfangen", war Udo sicher. „Auch an einem Freitag. Da ist er bestimmt besonders gut gelaunt, weil das Wochenende vor der Tür steht." Grinsend erkundigte er sich nach dem Weg zum Büro des Geschäftsführers.

Während Römer wieder auf den Bagger kletterte und den Diesel startete, begab sich Udo zur Wellblechhütte, in der die Büros des Betriebes untergebracht waren. Hier stand die Hitze auf den Gängen. In einem der Büros wurde telefoniert – in einem derart moselfränkischen Dialekt, dass Udo nur die Hälfte des Gespräches verstand. Er ging der Stimme nach und fand sich in einem fast quadratischen Raum wieder. Hinter einem Schreibtisch saß ein Mittdreißiger zurückgelehnt und trommelte nervös auf der Tischplatte herum. Als er den Besucher erblickte, murmelte er ein kurzes, aber hochdeutsches „ich ruf dich gleich zurück" in den Hörer und legte auf.

Udo hatte keinen Zweifel, dass es sich um Paul Bärmann handelte. Sein Gegenüber trug eine dunkle Bundfaltenhose und ein blütenweißes Hemd, das aber über dem Bauch spannte. In Anbetracht der sommerlichen Temperaturen und der stickigen Luft im Büro hatte er die Ärmel hochgekrempelt. Auch der Knoten der dezent gemusterten Krawatte war gelockert. Bärmanns dunkle Haare waren frisch gegelt, und eine feine Duftwolke nach teurem Rasierwasser umgab den Geschäftsführer der Baustoff-Spedition wie eine unsichtbare Glocke.

„Was kann ich für Sie tun?" Bärmanns Lächeln wirkte gekünstelt, oberflächlich. Obwohl er die strahlend weißen und wahrscheinlich frisch gebleechten Zähne zeigte, lachten seine braunen Augen nicht.

Anstatt einer Antwort präsentierte Udo ihm die Dienstmarke. „Hauptkommissar Reuschenbach, Kripo Koblenz", sagte er freundlich, aber distanziert. „Ich habe ein paar Fragen an Sie."

„Ist für Enkirch nicht Trier zuständig?"

„Sie scheinen sich auszukennen." Udo zog sich einen Stuhl heran und setzte sich unaufgefordert. „Haben Sie öfters mit der Polizei zu tun?"

Das Lächeln in Bärmanns Gesicht war wie weggewischt. „Nein – wie kommen Sie darauf?"

„Sie kennen unsere Zuständigkeitsbereiche."

„Ein Freund von mir ist Polizist – Ralf Caspari, vielleicht kennen Sie ihn?"

Als Bärmann den Namen Caspari nannte, zuckte Udo unmerklich zusammen.

Jetzt bloß keine Schwäche zeigen, mahnte er sich. Vielleicht bildete er sich das ein, aber Udo deutete Bärmanns Grinsen als überheblich.

„Flüchtig", nickte er und schlug die Beine übereinander. „Ich ermittele in einem Tötungsdelikt, das sich gestern in Kastellaun ereignet hat. Das fällt in meinen Zuständigkeitsbereich, wie Sie dann bestimmt auch wissen." Nun versuchte Udo, überheblich zu klingen. Seine Worte hatten ihre Wirkung offenbar nicht verfehlt, denn sekundenlang zuckte es im braun gebrannten Gesicht des Jung-Managers.

„Kastellaun", sagte er gedehnt, dann zog er die gezupften Augenbrauen zu einem Strich zusammen. „Und dann führt Sie Ihr Weg zu unserem Betrieb?"

Als Udo schwieg, fuhr Bärmann fort: „An einen Zufall wage ich in diesem Zusammenhang nicht zu glauben."

„Dann wissen Sie, warum ich hier bin?"

„Sie werden es mir sicher gleich sagen." Paul Bärmann erhob sich ruckartig. „Kaffee?"

„Danke nein, nicht bei diesen Temperaturen."

Bärmann zuckte die Schultern, während er sich an einer Kaffeepad-Maschine, die auf einem Sideboard stand, zu schaffen machte. „Für ein kühles Bier ist es noch zu früh, fürchte ich."

„Aber ein Wasser nehme ich gern." Udo erwiderte das Grinsen seines Gastgebers und legte Wert darauf, arrogant zu erscheinen. Eine Eigenart, die er nicht sonderlich gut beherrschte, wie er sich eingestehen musste.

„Wie Sie mögen, Herr …"

„Reuschenbach, Kriminalhauptkommissar", half Udo ihm auf die Sprünge, obwohl er bezweifelte, dass Bärmann ein Kurzzeitgedächtnis hatte.

Er will dich provozieren, dachte er voller Groll und gab sich Mühe, freundlich zu bleiben. „Immer noch", fügte er dann hinzu.

Die nächste Minute verlief schweigend, dann kehrte Bärmann mit einer Tasse dampfendem Kaffee und einer kleinen Flasche Mineralwasser, die er aus dem Kühlschrank in der Ecke des Büros genommen hatte, zum Schreibtisch zurück. Nachdem er Udo die kleine Flasche geöffnet und mit den Worten „ein Glas habe ich leider nicht" überreichte, verschanzte er sich wieder hinter dem Schreibtisch.

An seinem Fenster rollte ein Bagger vorüber. Römer schien die Arbeit wieder aufgenommen zu haben, und prompt fiel Udo ein, dass er den Wagen entgegen Römers Anweisung nicht an einem anderen Ort auf dem Hof geparkt hatte. Er würde sich wohl melden, wenn der Dienstwagen wirklich im Weg stand.

„Also", sagte er gedehnt, nachdem er in die Tasse gepustet und einen kleinen Schluck getrunken hatte. „Was führt Sie zu mir?"

„Es hat einen Mord gegeben, und zwar in der Wohnung Ihrer ehemaligen Chefin."

Die Nachricht schien Bärmann nicht zu überraschen. Jedenfalls ließ er sich nach außen hin nichts anmerken.

„Sie war nie meine Chefin", äußerte er sich schließlich. „Rudolf Manderscheid war mein Chef, mein Arbeitgeber. Beatrice war nur die Frau des Chefs. Nicht mehr und nicht weniger." Ein hektischer Schluck, dann: „Wann findet Beatrice Manderscheids Beerdigung statt?"

„Vorläufig nicht - hoffe ich.“ Nun war es an Udo, zu grinsen. Er nahm einen Schluck von dem eiskalten Wasser und genoss Bärmanns überraschten Gesichtsausdruck. „Sie lebt“, verriet er schließlich und achtete auf jede Regung im Gesicht des Baustoff-Spediteurs.

„Aber Sie sagten, in Beatrice Manderscheids Wohnung …“

„ … hat es einen Mord gegeben, das ist richtig. Ich sagte aber nicht, dass es Frau Manderscheid erwischt hat.“ Udo stellte die kleine Wasserflasche auf Bärmanns Schreibtisch ab.

„Ich muss Sie etwas fragen: Wie war Ihr Verhältnis zu Frau Manderscheid, der Frau Ihres damaligen Chefs?“

„Ich mochte sie nicht, daraus habe ich auch niemals einen Hehl gemacht. Und ich war froh, dass sie sich nicht in die geschäftlichen Dinge ihres Mannes eingemischt hat. Sie hatte keine Ahnung von unserer Branche.“

„Aber Sie hatten Angst um Ihren Job“, unterstellte Udo ihm. „Angst, dass sie sich doch irgendwann einmal in den Betrieb einmischt und Sie damit überflüssig macht.“

„Das ist Unsinn“, wetterte Bärmann wütend. Von einer Sekunde zur anderen bröckelte die Fassade, die er eben noch aufrechterhalten hatte. Er wirkte nervös, fast panisch. Seine Hand zitterte, als er zur Tasse griff um einen Schluck des heißen Gebräus zu trinken.

„Und da haben Sie nach Rudolf Manderscheids Tod nicht gezögert, die Firma zu übernehmen?“

„Nein, diese Firma ist mir ans Herz gewachsen, ein Umstand, den Sie als Polizist wahrscheinlich nicht nachvollziehen können. Deshalb war es mir eine Ehre, den Betrieb nach dem Tod von Herrn Manderscheid zu übernehmen.“

„Darf ich fragen, woher Sie das Geld für den Kauf des Unternehmens hatten?“

„Erspartes“, sagte Paul Bärmann etwas zu schnell. „Ich habe mir gleich nach dem Studium in Betriebswirtschaft Geld an die Seite gespart. Und den Rest …“ Er grinste wieder überheblich und machte eine wegwerfende Handbewegung. „Den Rest hat meine Hausbank für mich geregelt. Der Laden läuft gut und verfügt über einen festen Kundenstamm. Eine sichere Geschichte, auch für die Bank. Man hat nicht lange gezögert, mir die Übernahme zu finanzieren.“

„Das können Sie sicherlich anhand von Papieren belegen, nehme ich an?“

„Was bilden Sie sich eigentlich ein?“ Wütend sprang Bärmann auf und wanderte durch den Raum wie ein ruheloser Tiger in seinem Gehege.

„Entschuldigen Sie, wenn ich Fragen stelle, aber das bringt mein Beruf so mit sich. Sie wissen sicherlich auch, was sich Frau Manderscheid von dem Erlös des Unternehmens gekauft hat?“

Bärmann war am Fenster angelangt und starrte hinaus in die Mittagssonne. Udo sah, dass winzige Schweißperlen auf seiner Stirn perlten.

„Ich weiß nur, dass sie sich nach dem Verkauf des gemeinsamen Hauses hier in Enkirch eine Eigentumswohnung oben in Kastellaun gekauft hat. Enkirch war ihr wohl zu dörflich, es zog sie in die Stadt.“

„Eine Metropole ist Kastellaun nun auch nicht gerade“, stellte Udo fest. „Aber es ist doch seltsam, dass sich ein Zweitschlüssel für die Immobilie hier im Betrieb befindet.“

Bärmann wandte sich vom Fenster ab und betrachtete Udo mit regungsloser Miene. „Was soll das heißen?“, fragte er leise.

„Dass, was ich sage. Im Safe der Firma ist ein Schlüssel hinterlegt. Darf ich fragen, wer zu dem Tresor Zugriff hat?"

„Nur meine Sekretärin und ich." Bärmann sank wieder auf seinen Schreibtischstuhl. „Wer ist denn die Tote?"

„Eine außenstehende Person, die sich zufällig in der Wohnung aufgehalten hat. Wo ist Ihre Sekretärin jetzt?"

„Sie hat ein paar Tage Urlaub."

„Wie schön. Sicherlich verraten Sie mir ihre Adresse?"

Udo zückte einen Stift und den Notizblock.

Nachdem Bärmann ihm die Adresse seiner Mitarbeiterin diktiert hatte, erhob sich Udo. „Ich würde den Tresor jetzt gern in Augenschein nehmen."

„Haben Sie einen Durchsuchungsbeschluss?", antwortete Bärmann mit einer Gegenfrage.

„Es kostet mich einen Anruf beim diensthabenden Richter - nichts als eine Formalie also", konterte Udo. „Natürlich kann ich Sie ohne den Beschluss nicht zwingen, mir den Tresor zu zeigen. Wenn Sie Wert darauf legen, bin ich in einer knappen Stunde mit dem Durchsuchungsbeschluss zurück. Dann komme ich aber nicht alleine, und die Kollegen, die mich dann begleiten, werden ganz bestimmt nicht nur den Safe sehen wollen. Es liegt also an Ihnen."

„Sie wollen mir drohen?" Bärmanns Gesicht war tiefrot geworden. „Ich werde mit Herrn Caspari telefonieren und ..."

„Drohen?" Udo schüttelte den Kopf. „Das liegt mir fern. Aber es dürfte doch auch in Ihrem Interesse sein, dass wir uns den Tresor mal gemeinsam anschauen, oder?"

Bärmann nickte mit verkniffener Miene. „Kommen Sie schon, Reuschenbach."

Immerhin hat er sich jetzt meinen Namen gemerkt, dachte Udo triumphierend, als sie Seite an Seite das Büro verließen, in dem früher Rudolf Manderscheid residiert hatte.

Koblenz, 13.10 Uhr

Kaltenbach hatte sich notgedrungen in den hektischen Zeitungsalltag eingebunden. Es war kurz vor Redaktionsschluss, und die Druckerei würde die neue Ausgabe des Rhein Mosel Express in den frühen Morgenstunden des Samstags ausliefern. Doch bis es so weit war, lief der Betrieb in der Redaktion noch einmal auf Hochtouren, und Kaltenbach konnte die Kollegen unmöglich hängen lassen. Knappe zwei Stunden war er damit beschäftigt, Mails zu sichten, Telefonate zu führen und kleinere Meldungen für die aktuelle Ausgabe zu schreiben. Immerhin hatte er einmal sogar Prangenberg an der Strippe, der erfreut feststellte, dass Kaltenbach tatsächlich auch Dienst in der Redaktion versah, anstatt irgendwelchen Gerüchten an der Mosel hinterherzueilen, wie er es abfällig nannte. Melanie war als angehende Mediengestalterin bereits damit beschäftigt, das Layout zu gestalten und die vorliegenden Anzeigen im Blatt zu positionieren. Dietz hackte völlig weltfremd auf einer Tastatur herum und hoffte, die Story zu schreiben, die sein journalistisches Leben verändern würde.

Woran genau er arbeitete, wusste Kaltenbach nicht, wahrscheinlich brütete er aber eine Geschichte zu einem der unzähligen Karnevals- oder Schützenvereine in der Region aus.

„Ich bin so weit durch mit den Kurzmeldungen", brummte Kaltenbach schließlich, während er seine Dokumente sicherte.

Mellie, die ihm direkt gegenübersaß und angestrengt auf einen übergroßen Monitor mit dem angebissenen Apfel auf der Rückseite starrte, blickte über den Rand des Computers zu ihm. Sie lächelte und klickte hektisch mit der Maus herum.

„Schön", sagte sie. „Bei mir dauert es noch. Ich warte noch auf einige Freigaben, dann kann ich auch weiter hier."

„Das heißt, wir sind mit dem Tagesgeschäft durch?" Kaltenbach machte sich Hoffnungen, die Redaktion rechtzeitig verlassen zu können.

Mellie nickte. Dietz blickte kurz zu ihnen herüber, seufzte und rollte mit den Augen. „Ich brauch noch ein wenig. Mellie, ruf doch mal die Druckerei an – es dauert heute eine Stunde länger als sonst, ich arbeite an der Titelgeschichte."

„Thema?", fragte Kaltenbach, während er seinen Arbeitsplatz aufräumte.

„Die Seilbahn zum Ehrenbreitstein. Ist immer noch nicht ganz raus, ob sie nach der Landesgartenschau unbefristet erhalten bleibt oder irgendwann wieder abgebaut wird."

„Tolle Geschichte", lästerte Kaltenbach. „Aber das Ding ist ein Touristenmagnet für die Stadt. Na, mir soll es egal sein."

„Was machst du jetzt?"

Dietz hatte Mühe, seine Enttäuschung über Kaltenbachs Meinung zu seinem vermeintlichen Top-Artikel zu verbergen.

„Ich schreibe dir eine Titelgeschichte."

„Du?" Dietz musterte ihn überrascht.

„Ich hab schon Leitartikel geschrieben, als du noch in die Windeln gekackt hast, also bleib mal locker." Er griff zum Telefon und wählte Prangenbergs Nummer.

Enkirch, Gewerbegebiet, 14.05 Uhr

„Der Schlüssel ist weg", staunte Paul Bärmann, nachdem er in Begleitung von Udo Reuschenbach den Tresor geöffnet hatte. Der Safe befand sich in einer Art Abstellkammer. Dabei handelte es sich um einen fensterlosen Raum; die einzige Lichtquelle waren die Neonröhren unter der Decke. Deckenhohe Eisenregale, in denen unzählige alte Akten lagerten, bestimmten das Bild. Es roch nach altem Papier und Staub in der Kammer, und Udo rümpfte die Nase, während er in den Tresor blickte. Dabei handelte es sich um einen mannshohen Panzerschrank älteren Baujahrs, der noch mit einer Zahlenkombination und einem Schloss als zusätzliche Sicherheit versehen war. In einem der Fächer gab es ein Schlüsselbrett. Hier hingen von sämtlichen Firmenfahrzeugen die Zweitschlüssel. Ein Haken war leer.

„Das ist ja interessant", entgegnete Udo. „Und Sie haben nicht zufällig eine Idee, wo der Schlüssel zur Wohnung von Beatrice Manderscheid sein könnte?"

„Tut mir leid, wirklich nicht", schüttelte ein sichtlich erschütterter Paul Bärmann den Kopf.

Obwohl Udo ihm die Überraschung abkaufte, setzte er noch einmal nach. „Wo waren Sie gestern Vormittag?"

Bärmanns Gesichtsfarbe wechselte zu einem gefährlichen Tiefrot. „Na hören Sie mal – was erlauben Sie sich? Wollen Sie mir jetzt einen Mord anhängen?"

„Ich will Ihnen gar nichts anhängen, ich arbeite an einem Tötungsdelikt, das ich gern aufklären würde. Also beantworten Sie bitte meine Frage."

Paul Bärmann runzelte die Stirn und zwang sich zur Ruhe. Er kratzte sich am Hinterkopf, und Udo fragte sich, ob das eine Verlegenheitsgeste war.

„Gestern war Donnerstag", murmelte Bärmann so, als müsse er ernsthaft nachdenken, wo er den gestrigen Tag verbracht hatte. „Ich war hier, im Betrieb. Um zwölf bin ich dann nach Zell gefahren, um dort mit einem Geschäftsfreund zu essen."

Udo hatte längst Stift und Block gezückt. „Den Namen Ihres Geschäftsfreundes hätte ich gern und die Anschrift des Restaurants."

„Ich habe mir eine Quittung vom Ober ausstellen lassen - genügt das nicht als Beweis?"

„Nicht wirklich, fürchte ich. Mir ist es lieber, mit den beteiligten Personen direkt zu sprechen."

Mit verkniffener Miene diktierte Paul Bärmann ihm die gewünschten Informationen.

„So", sagte Udo dann und deutete mit dem Kinn in den Safe.

„Und Sie sagten, dass nur Sie und Ihre Sekretärin einen Schlüssel zum Tresor haben?"

„Das stimmt. Es ist mir wirklich unerklärlich, auch Frau Drescher ist eine integre Frau, der ich nicht misstraue."

„Ich werde sie dennoch befragen", kündigte Udo an, bevor er sich die restlichen Büroräume des Betriebs zeigen ließ. Und er wurde das Gefühl nicht los, dass mit der Baustoff-Spedition irgendetwas nicht stimmte.

Das Klingeln von Bärmanns Telefon unterbrach das Gespräch. Der Inhaber der Spedition entschuldigte sich und nahm das Telefonat an.

„Natürlich brauche ich immer gute Fahrer", sagte er. „Verlässlich soll er schon sein. Und diskret, ich möchte kein Fernfahrergarn in den Raststätten und Tankstellen des Hunsrücks hören – den Grund kennst du. Kennst du nicht? Egal. Von mir aus schick mir den Mann vorbei, ich werde ihn mir ansehen." Und Bärmann drückte den roten Knopf. Er lächelte Udo an. „Gute Leute sind selten geworden", bemerkte er seufzend. „Und wenn man einen Tipp bekommt, schau ich mir den Bewerber gern mal an."

Udo nickte. Der Geschäftsmann wurde ihm immer unsympathischer. Aber noch fehlte ein Ansatzpunkt, der eine offizielle Durchsuchung rechtfertigte. Abgesehen davon, dass er dann tatsächlich mit den Kollegen in Trier kooperieren musste. So wie er Caspari kannte, würde der sehr allergisch auf Udos Alleingang reagieren.

Starkenburg, 14.30 Uhr

Als Bernd Kaltenbach eine Stunde später den Motorradhelm absetzte und tief durchatmete, kroch ihm der dörfliche Duft, den er aus Roßbach kannte, in die Nase: Eine Mischung aus Kuhmist, Traktorenöl und Rauch. Allerdings war Starkenburg ein paar Nummern kleiner als Roßbach – Kaltenbach schätzte, dass hier höchstens dreihundert Einwohner lebten. Jeder kannte jeden, und wer nicht anwesend war, hatte Pech – über den wurde gelästert. Dörfliche Strukturen, die aber auch Vorteile hatten: Jeder passte auf seinen Mitmenschen auf, und Fremde wurden sofort als solche erkannt. Starkenburg lag auf einer Anhöhe zwischen Enkirch, dem Ahringsbachtal und der Mosel. Hinter dem

Ortseingang hatte es einen Parkplatz gegeben, von dem aus man hinab ins Moseltal blicken konnte. Der Fluss schlängelte sich durch Anhöhen und die Steilhänge hindurch; ein weißer Ausflugsdampfer zog gemächlich seine Bahn in Richtung Traben-Trarbach. Auf der gegenüberliegenden Straßenseite war eine alte Frau damit beschäftigt, den Bürgersteig vor ihrem Haus zu fegen. Sie blickte ihm misstrauisch entgegen, als er sich ihr näherte und sie nach dem Weg zu Dirk Immichs Wohnung fragte.

„Was wollen Sie denn da?"

„Ich möchte mit seiner Freundin sprechen", erklärte Kaltenbach lächelnd. „Mit Anna Hagedorn."

„Sind Sie von der Polizei?"

Klar, dachte Kaltenbach. Natürlich weiß die Alte längst, dass Immich nicht mehr lebt. Schlimme Nachrichten verbreiteten sich in ländlichen Gegenden immer wie ein Lauffeuer.

„Ich bin … ich war ein Freund von Dirk", wich er aus und verzieh sich die kleine Notlüge.

„Wir wissen noch nicht, wann er beerdigt wird, der arme Kerl." Die alte Frau stützte sich auf den Besen und massierte mit der freien Hand ihren Rücken. „Das hat er net verdient, der Dirk. Ich kannt' ihn, seit er ein kleiner Bub war."

„Ja, in der Tat, schrecklich."

„Und die Anna, seine Freundin, die tut mir so leid. Heiraten wollten sie in diesem Jahr noch. Da wird nun nichts mehr draus."

„Ich würde Anna gern besuchen und ihr mein Beileid bekunden", kam Kaltenbach auf den Punkt.

Die Alte nickte nun bereitwillig und beschrieb ihm den Weg zum Haus, in dem Dirk Immich mit seiner Freundin gewohnt hatte.

Die Zweizimmerwohnung lag im Anbau eines Bauernhauses, das von den Besitzern als Frühstückspension genutzt wurde. Schon nach dem ersten Klingeln wurde Kaltenbach geöffnet. Er blickte in das verheulte Gesicht einer zierlichen Frau Mitte zwanzig. Die langen Haare hatte sie zu einem Pferdeschwanz gebunden; trotz des sommerlichen Tages hatte sie eine Strickjacke übergezogen.

„Ja bitte?"

„Frau Hagedorn?" Er setzte wieder sein freundlichstes Lächeln auf, das ihm schon bei der alten Frau geholfen hatte.

„Ja, worum geht es?"

„Ich bin wegen Dirk Immich hier. Es tut mir wirklich leid, was geschehen ist."

„Waren Sie ein Freund von Dirk?" Sie blickte ihn unverwandt an.

„Mein Name ist Bernd Kaltenbach, ich bin Reporter beim Rhein Mosel Express und arbeite gerade an einer Geschichte."

„Was habe ich damit zu tun?" Sie klang nicht feindselig, sondern geschwächt.

„Es geht um den Hahn."

„Was hat Dirk damit zu tun?"

Kaltenbach nickte. „Es ist bekannt, dass er keine gute Meinung über den Flughafen hat."

Sie lachte trocken auf. „Wer hat schon eine gute Meinung zum Hahn? Wohl nur die Menschen, die dort arbeiten."

„Es tut mir wirklich leid, Frau Hagedorn. Darf ich vielleicht einen Augenblick reinkommen?"

„Das bringt mir Dirk auch nicht zurück." Tränen traten in ihre blassblauen Augen, sie senkte den Blick und gab den Eingang frei. „Na gut, kommen Sie", sagte sie mit tränenerstickter Stimme und führte Kaltenbach in die Zweizimmerwohnung. Es gab einen fast quadratischen Flur mit einem großen Spiegel. Rechts zweigte eine Tür zum Bad ab; links gab es eine Küche mit Sitzecke. Geradeaus schien das Wohnzimmer zu sein, Bernd konnte Teile einer Schrankwand erkennen. Demnach vermutete er im angrenzenden Raum das Schlafzimmer.

Sie betraten die Küche, einen fast quadratischen Raum mit einem Fenster, das zur Straße zeigte. Das Mobiliar war zusammengewürfelt. Einbauküche – Fehlanzeige, stellte Bernd fest.

„Bitte schauen Sie sich nicht um", murmelte sie und deutete auf die Eckbank am Fenster.

„Kein Problem", erwiderte er schnell und sank auf die Bank. Kaltenbach blickte sich, entgegen der Empfehlung von Anna Hagedorn, um und stellte fest, dass es in seiner eigenen Küche wesentlich schlimmer aussah. Hier quoll kein Mülleimer über, und auch das Geschirr auf der Spüle war durchaus im vertretbaren Rahmen. Auf dem Herd stand ein Kochtopf mit ihm unbekanntem Inhalt. Kaltenbach drängte sich die Frage auf, warum sich Menschen immer wieder entschuldigten, wenn sie unerwartet Besuch erhielten. Sie entschuldigten sich, weil sie einfach in ihren eigenen vier Wänden lebten. Seltsam.

„Es tut mir wirklich leid", wiederholte Bernd, nachdem sie sich auf den Küchenstuhl gesetzt hatte. „Und das ist keine Floskel. Aber ich will offen zu Ihnen sein: Jemand scheint es auf alle abgesehen zu haben, die sich gegen den Hahn wehren."

„Besonders dann, wenn ihnen der Umweltschutz am Herzen liegt", nickte Anna Hagedorn. Sie zog ein Papiertaschentuch aus einer Packung vom Tisch, faltete es auseinander und schnäuzte hinein. „Es ist auffällig, und die Polizei schaut zu und unternimmt nichts.“ Ihre Stimme klang verbittert.

„Höchste Zeit, dass der oder die Täter gefasst werden.“

„Sie sprechen, als wären Sie von der Polizei.“ Sie blickte ihn unverwandt an.

„Mag sein“, stimmte Kaltenbach ihr zu. „Allerdings liegt es mir wirklich am Herzen, der Mordserie ein Ende zu setzen.“

„Mordserie?“ Anna Hagedorn knüllte das Taschentuch zusammen und stopfte es sich umständlich in die Tasche ihrer Jeans.

„Ich finde schon, dass da System hintersteckt. Manderscheid vor einiger Zeit, dann Gerber, jetzt Immich. Und auf Frau Manderscheid wurde auch ein Anschlag verübt.“ Dass der Mörder sich in Beatrices Fall ein falsches Opfer zur Brust genommen hatte, verschwieg Kaltenbach ihr.

„Ich bin sicher, dass da höhere Mächte am Werk sind“, murmelte Anna Hagedorn und stierte auf die Tischdecke.

„Sie glauben an Geister?“

„Nein.“ Nun musste sie lächeln, obwohl die Trauer um den Freund an ihr nagte. „Ich meine, dass einige Personen in höheren Kreisen ihre Hände im Spiel haben. Da soll eine Riesenschweinerei vertuscht werden, dafür lege ich meine Hand ins Feuer.“

„Inwiefern?“

„Ich habe das der Polizei auch alles so erzählt, aber die haben abgewinkt. Alles würde mit rechten Dingen zugehen, und es sei nur eine Frage der Zeit, bis sie Dirks Mörder …“ Tränen traten erneut in ihre Augen, und sie brach ab. Dann atmete sie tief durch und fuhr fort: „Es sei eine Frage der Zeit, bis sie Dirks Mörder haben.“ Die junge Frau schüttelte den Kopf. „Nichts geht da mit rechten Dingen zu.“

„Wie kommen Sie darauf?“

„Jeder in der Gegend weiß, dass am Hahn ständig gebaut wird. Wahrscheinlich haben sie wieder irgendetwas Illegales getan. Etwas, was auf keinen Fall an die Öffentlichkeit dringen darf. So wie damals. Und die Baulaster fahren auch ständig hin und her. Sie transportieren irgendetwas vom Flughafengelände ab.“

„Wahrscheinlich Aushub“, vermutete Kaltenbach. Er dachte sofort an den Vorfall, den er um ein Haar mit dem Leben bezahlt hatte.

„Ich weiß von nichts. Keine neue Landebahn, keine Straße, die zum Hahn führen soll, nichts Größeres, das durch die Presse geht. Da ist etwas im Busch, und keiner darf das wissen.“

„Aber Ihr Freund wusste davon?“

Anna blickte ihn traurig an und zuckte die Schultern. „Keine Ahnung. Er war dem Hahn gegenüber sehr kritisch. Und er hat das kleine Labor mit aufgebaut, um den Bürgern an der Mosel Sicherheit zu geben. Es ist so ungerecht.“

„Ja, das ist es.“ Kaltenbach räusperte sich. Er wusste nicht, was er in einer solchen Situation sagen sollte und blickte auf seine Stiefelspitzen.

„Es muss mit den seltsamen Drohanrufen zu tun gehabt haben“, war Anna Hagedorn sicher.

„Moment“, fuhr Kaltenbach auf. „Was für Drohanrufe?“

„Dirk hat seit ein paar Tagen seltsame Anrufe bekommen. Er solle sich raushalten und keine schlafenden Hunde wecken … das wäre für niemanden gut.“

„Von wem kamen die Anrufe?“

Wieder zuckte die junge Frau die Schultern. „Keine Ahnung. Der Anrufer hat seine Nummer unterdrückt – klar, hätte ich ja auch gemacht."

„Haben Sie das der Polizei erzählt?"

„Ja, aber Kommissar Caspari hat die Ohren auf Durchzug gestellt und mich in Sicherheit wiegen wollen. Es wäre sicherlich nur ein dummer Streich. Und er hat mich gefragt, ob das eventuell ein Mann sein könnte, mit dem ich früher mal zusammen war. Natürlich weiß das ganze Dorf, dass wir in Kürze geheiratet hätten." Sie blickte Kaltenbach mit regungsloser Miene an und wischte mit der rechten Hand über die Tischdecke. „Eifersucht als Tatmotiv käme durchaus für ihn in Frage, meinte Kommissar Caspari."

„Er macht es sich einfach", entgegnete Kaltenbach.

„Nein, das tut er nicht. Er nimmt mich nicht für ernst. Vielleicht darf er auch gar nicht ermitteln. Vielleicht gibt es Menschen, die ganz oben sitzen und ihn an die kurze Leine nehmen."

Obwohl Kaltenbach eigentlich kein Freund von Verschwörungstheorien war, so glaubte er inzwischen auch daran, dass hier etwas faul war. Wie es schien, wollten sich die Flughafengesellschaft und die Regierung um keinen Preis in die Suppe spucken lassen. Doch waren sie tatsächlich so mächtig, dass auch die Ermittlungen der Kriminalpolizei kontrolliert wurden?

„Ich werde mal bei der Polizei recherchieren. Ein Freund von mir ist Kriminalhauptkommissar und wird mir meine Fragen sicherlich beantworten."

„Sie sind gutgläubig", behauptete Anna Hagedorn.

„Jetzt sind Sie im Irrtum", lächelte Kaltenbach. Dann wurde er ernst. „Für wie wahrscheinlich halten Sie die Theorie der Polizei, dass es sich tatsächlich um Mord aus Eifersucht handeln könnte?", hakte Bernd schließlich nach.

„Sie ist ausgeschlossen", beeilte sich Anna Hagedorn zu sagen. „Natürlich - Thomas ist sehr eifersüchtig gewesen, aber das ist lange her."

„Wer ist er, dieser Thomas?"

„Thomas Anhausen war mein erster Freund. Und ich bin ein wenig altmodisch, habe immer schon an eine Liebe geglaubt, die ein Leben lang hält." Nun huschte der Ansatz eines zaghaften Lächelns über ihre Lippen. „Das war bei Thomas auch der Fall. Wir waren immerhin fast sechs Jahre zusammen. Aber mir blieb nicht verborgen, dass er … nun, dass er ein wenig seltsam war."

„Inwiefern?"

„Nun, er war besitzergreifend. Anfangs hielt ich sein Verhalten noch für Eifersucht. Er hasste es, wenn ich mich mit den Mädchen aus dem Dorf traf und alleine loszog, was selten genug der Fall war. Er machte mir Vorwürfe, wenn ich mich mit einem anderen Mann unterhielt. Und als er mir Prügel androhte und wir deshalb mehrfach gestritten haben, zog ich die Konsequenz und trennte mich von ihm."

„Wie ist dieser Thomas damit umgegangen?"

„Er stellte mir nach, beobachtete mich und rief regelmäßig bei mir an. Erst, als ich mir eine neue Telefonnummer zulegte, ließ das nach. Irgendwann verfolgte er mich auch nicht mehr. Ich vermute, dass er inzwischen eine andere Frau gefunden hat, die ihn über meinen Verlust hinweggetröstet hat." Anna Hagedorn blickte Kaltenbach nachdenklich an. „So ist das nun mal im Leben. Man glaubt, den Mann fürs Leben gefunden zu haben, und je länger man mit ihm zusammen ist, desto mehr erfährt man, wie wenig man diesen Menschen eigentlich kannte. Man lebt sich auseinander, man streitet sich, und im schlimmsten Fall trennt man sich wieder voneinander."

„Weiß die Polizei davon, dass Ihr Exfreund krankhaft eifersüchtig war?"

„Natürlich. Es war mir unheimlich, dass Thomas mir ständig nachstellte. Er saß auf der anderen Straßenseite im Auto, wenn ich zu Hause war. Er verfolgte mich, wenn ich irgendwo hingefahren bin. Und es wundert mich, dass ich trotzdem mit Dirk zusammengekommen bin. Einmal haben sich die Männer um ein Haar geprügelt, als Dirk ihn zur Rede stellte. Dabei war er ein friedliebender Mensch."

Ein wenig konnte Kaltenbach Casparis Ansicht verstehen. Es gab einen krankhaft eifersüchtigen Exfreund, der sich wahrscheinlich bis zum heutigen Tage nicht damit abgefunden hatte, dass seine Freundin ihn abserviert hatte. Nun stand die Hochzeit mit einem anderen Mann vor der Tür – unter Umständen hatte ihn das in den Wahnsinn getrieben und zu einem Mord befähigt.

„Würden Sie sagen, dass Thomas ein … Psychopath war?", fragte er zögernd.

Anna Hagedorn nickte. „Was unsere Beziehung angeht, ja. Aber ich traue ihm einen Mord einfach nicht zu. Vor allem nicht, wenn dieser Anschlag auch einen anderen Menschen hätte treffen können. Immerhin war Dirk nicht der Einzige, der den Schlüssel zum Labor besaß. Es hätte ebenso gut einen Kollegen treffen können, der zufällig als Erster im Labor eintrifft und das Licht einschaltet. Nein", sie schüttelte den Kopf. „Wenn Thomas Dirk auf dem Gewissen haben soll, dann wäre er anders vorgegangen. Er hätte ihn vielleicht erschossen, aber nicht in die Luft gejagt. Das passt nicht zu Thomas."

„Sie klingen ein wenig, als hätten Sie Verständnis für das Verhalten Ihres Exfreundes."

„Nein, absolut nicht. Es war nur so, dass Dirk und ich … nun, das war etwas ganz Besonderes, und ich weiß nicht, wie ich damit klargekommen wäre. Manchmal habe ich versucht, mich in die Lage von Thomas zu versetzen."

„Haben Sie seine aktuelle Adresse?"

Sie dachte einen Moment lang nach, dann nickte sie. „Er ist aus Starkenburg weggezogen. Die Leute haben sich über ihn die Mäuler zerrissen, es war unerträglich für ihn geworden. Und so hat er schließlich die Konsequenz gezogen."

„Wo lebt er heute?"

„In Unkel. Das liegt am Rhein. Kennen Sie das?"

„Natürlich." Kaltenbach nickte und zückte einen Notizblock und einen Stift. „Diese Drohanrufe", sagte er dann, „hat Ihr Freund die auf dem Handy bekommen, oder hier auf dem Festnetz?"

„Handy", antwortete Anna Hagedorn schnell. „Ausschließlich auf dem Handy."

„Haben Sie seine Nummer?"

„Natürlich." Sie diktierte ihm die Rufnummer ihres Freundes. „Werden Sie versuchen, den Anrufer zurückzuverfolgen?"

„Einen Versuch ist es wert." In Linz wohnte der ursprüngliche Besitzer des Prepaid-Handys, von dem aus man ihn bedroht hatte. Es war also durchaus denkbar, dass der Mann sein Handy verkauft hatte und es nun einen neuen Besitzer in Unkel gefunden hatte. Thomas, den Exfreund von Anna Hagedorn möglicherweise. Wenn Bernd mit seiner gewagten Theorie recht hatte, dann würde sich der Kreis langsam schließen.

„Wie stand Thomas zum Hahn?"

Anna Hagedorn zuckte unbeholfen die Schultern. „Er war ihm relativ gleichgültig. Der Hahn war halt schon immer da, und er bringt den Menschen in der Region Arbeit. Nicht mehr und nicht weniger. Ja, ich glaube, das war seine Meinung über den Flughafen."

„Könnten Sie sich vorstellen, dass er dort arbeitet?"

„Natürlich, warum nicht?"

Kaltenbach erhob sich. „Danke, dass Sie sich Zeit für mich genommen haben." Er ging zur Tür.

Anna Hagedorn folgte ihm. „Sagen Sie, was ist das eigentlich für eine Geschichte, an der Sie da arbeiten?"

„Es geht um das Verhalten der Flughafengesellschaft in puncto Umweltbewusstsein", antwortete Kaltenbach ausweichend. „Und um den Gerechtigkeitssinn der Verantwortlichen."

DREIZEHN

Als er zum Motorrad zurückging, spürte er das Vibrieren seines Handys in der Tasche. Bernd Kaltenbach zog es hervor und sah, dass Udo ihn anrief.

„Wo steckst du eigentlich?", begrüßte er den Freund.

„Ich sitze auf einer Bank am Moselufer und genieße den Ausblick auf die Weinberge." Er klang entspannt. So hatte Kaltenbach den Freund seit vielen Tagen nicht erlebt.

„Das milde Klima scheint dir wenigstens gut zu tun. Und wann hast du alle Äpfel, die Larissa dir mitgegeben hat, aufgegessen und musst wieder in dein miefiges Büro?"

„Heute wohl gar nicht mehr."

„Warum das?"

„Ich bin nicht in Koblenz, sondern in Enkirch."

„Was zum Teufel treibst du da?"

„Ich habe mich bei Manderscheid umgeschaut. Und ehrlich gesagt ist mir der Typ nicht sonderlich sympathisch."

„Das reicht aber wohl nicht für einen Durchsuchungsbeschluss."

„Du sprichst mir aus der Seele."

„Ich lad dich zum Essen ein. In Enkirch gibt es ein Restaurant, die bieten herrliche Apfelpfannkuchen an."

„Wie lange soll ich auf dich warten? Ich habe jetzt Hunger!"

„Ich kann in zehn Minuten bei dir sein", erwiderte Kaltenbach und unterbrach die Verbindung.

Enkirch/Mosel, 15.00 Uhr

Hungrig war er ungenießbar. Das wusste er selbst, und er verfluchte, dass er vor seiner Fahrt an die Mosel nicht noch irgendwo eine Kleinigkeit zum Essen eingekauft hatte. Es hätte ihm klar sein müssen, dass er hier nicht nach einer halben Stunde wieder wegkam – von der Heimfahrt nach Koblenz ganz zu schweigen. Nun saß Udo mit weit von sich gestreckten Beinen auf einer Bank am Moselufer, kaute ein wenig lustlos auf einem mehligen Boskop herum und versuchte sich am Mosel-Panorama zu erfreuen. Das nervige Gespräch mit Caspari hatte sein Übriges zu seiner schlechten Laune beigesteuert. Wind kam auf und strich von den Höhenzügen der umliegenden Weinberge hinunter ins Tal. Udo fand den Luftzug nicht erfrischend, sondern kühl. Das Wasser im Fluss kräuselte sich, und auf einem Kinderspielplatz stritten sich zwei Jungs um eine Schaukel. Manchmal war er wirklich froh, dass Larissa und er keine Kinder hatten. So konnte sie ihren Mutterinstinkt tagsüber im Kindergarten bei der Arbeit ausleben und behelligte ihn nicht mit ihrem Kinderwunsch. Anfangs hatten sie oft darüber gestritten – sie wollte ein Kind, er wollte lieber noch warten. Auch in seinem durchaus fortgeschrittenen Alter fühlte sich Udo nicht zwangsläufig in der Lage, ein guter Vater zu sein, und so genoss er das Leben zu zweit an Larissas Seite. Sie hatten einen Hund, das musste reichen.

Udo knabberte die Apfelhülle ab und wischte die Gedanken an sein Liebesleben mit Larissa fort, um sich auf den Fall zu konzentrieren. Alles könnte so schön sein. Alles, wenn nicht ausgerechnet Caspari, dieser Kotzbrocken, in den Fall involviert wäre. Immerhin hatte er nicht untätig in Trier herumgesessen. Seitdem der Mord an Gerber passiert war, hatte er mit seinem Team das gesellschaftliche Umfeld des Enkircher Ortsbürgermeisters durchleuchtet. Gerber war verheiratet gewesen, Vater eines erwachsenen Sohnes, der in Trier studierte und natürlich längst von Casparis Leuten zum Tod seines Vaters befragt worden war. Die Frau, ganz trauernde Witwe, zweifelte seit dem Mord an ihrem Gatten grundsätzlich an das Gute im Menschen und zog in Erwägung, von der Mosel wegzuziehen. Da Gerber in der Kommunalpolitik aktiv gewesen war, hatte Caspari es auch nicht versäumt, Parteikollegen und die politischen Gegner zu befragen. Im Grunde genommen vergebene Liebesmüh, wie Caspari ihm am Telefon geschildert hatte. Dennoch scheuchte er seine Leute weiterhin zu Menschen, die irgendwann in ihrem Leben einmal mit Gerber zu tun gehabt hatten. Es hatte ein, zwei vage Verdachtsmomente gegeben, doch für eine Verhaftung wegen Mordes an Gerber hatte es in keinem der Fälle gereicht. Die Beweislage war nicht eindeutig genug, um einen Richter zu überzeugen. Somit stand Caspari wieder bei null. Udo empfand eine winzige Genugtuung, besann sich aber schnell wieder darauf, dass es galt, einen freilaufenden Mörder zu fassen und seiner gerechten Strafe zuzuführen.

Seine Gedanken kreisten um Paul Bärmann. Eine Frage hatte er völlig vergessen. Er zog das Handy heraus und wählte die Nummer der Baustoff-Spedition. Es dauerte nicht lange, bis er Paul Bärmanns arrogante Stimme hörte.

„Was haben Sie denn noch vergessen?“, knurrte er, nachdem Udo sich gemeldet hatte.

„Eine ganz andere Geschichte. Wie war Ihr Verhältnis zum Enkircher Ortsbürgermeister?“

Ein amüsiertes Kichern am anderen Ende der Leitung, dann: „Ich habe ihn und seine Arbeit sehr geachtet. Er hat seine Dienste zum Wohl des Dorfes eingesetzt, wie es wohl kein anderer nach ihm tun wird. Aber ich ahne, worauf Sie hinauswollen: Sie vermuten einen Zusammenhang zwischen dem Mord an Gerber und an Immich? Glauben Sie wirklich, dass es sich dabei um den gleichen Täter handelt?"

Udo ließ ihn ausreden.

„Ich kann Ihnen sagen, dass Hauptkommissar Caspari den Gedanken anfangs auch hatte. Aber Sie sollten bedenken, dass Immich durch einen gezielten Anschlag getötet wurde, während Gerber relativ banal erschossen wurde."

„Sie scheinen sich auszukennen", bemerkte Udo gallig, bevor er auflegte. Im gleichen Moment ließ ihn das Knattern eines schweren Motorrades aufblicken. Die dunkle Honda CBX 750 kannte er nur zu gut. Bernd besaß diese Maschine bereits seit mehr als zwanzig Jahren. Damals hatte er sich das Motorrad vom hart ersparten Geld fast neu gekauft und sie in einer Bierlaune Else genannt – nach der Kuh des Bauern Rubbelrath. Der olle Rubbelrath hatte längst das Zeitliche gesegnet, und auch Elsa – also die Namensgeberin – weilte längst im Kuh-Himmel. Nur Bernds altes Motorrad machte immer noch die rheinland-pfälzischen Landstraßen unsicher.

Kaltenbach lenkte die Maschine langsam auf den befestigten Uferweg, nickte ihm zu und stemmte die Maschine auf den Ständer. Eine himmlische Ruhe kehrte ein, nachdem Udos Freund den Motor abgeschaltet hatte.

„So wie du arbeitest, möchte ich mal Urlaub machen", grinste er, während er sich zu Udo auf die Bank gesellte.

„Nein", entgegnete Udo kopfschüttelnd. „Das willst du ganz bestimmt nicht." Er holte aus und schleuderte die Reste des Apfels ins Gebüsch am Moselufer.

„Was machst du an der schönen Mosel? Schon Wochenende?"

Udo winkte ab. „Besser wär's. Ich war eben bei diesem Bärmann. Er scheint meinen persönlichen Hass-Freund Caspari recht gut zu kennen. Da werd ich bei Gelegenheit noch mal nachhaken müssen. Bärmann macht auf ziemlich wichtig und brüstet sich damit, ein guter Freund von Caspari zu sein ... so hat er es jedenfalls geschildert. Wie dem auch sei: Ich habe dort festgestellt, dass sich der Zweitschlüssel von Beatrices Wohnung nicht im Firmentresor befindet."

„Wie schön. Und wer kommt dran, an den Panzerschrank?"

„Nur der Boss und seine Sekretärin."

„Als guter Bulle hast du dir die Kontaktdaten von der Tippse geben lassen, die sicherlich heute aus irgendeinem Grund freihat, nehme ich an?"

„Hast du seherische Fähigkeiten, oder was?"

„Ich bin nicht ganz so blöd wie ich aussehe", behauptete Kaltenbach und tippte sich an die Schläfe.

„Einen Besuch bei der Dame hatte ich für den Nachmittag eingeplant."

Bevor Kaltenbach etwas erwidern konnte, klingelte sein Handy.

„Scheiß Kommunikationssucht", grollte der Reporter. „Was haben wir eigentlich früher, ohne diese Dinger, gemacht?" Dann blickte er auf das Handy und sagte erfreut: „Das ist ja lustig – ich rufe mich gerade selber an."

Er hielt Udo das Handy hin. „Zuhause", stand da lapidar.

Udo zuckte die Schultern und grinste schief. Er lehnte sich auf der Bank zurück und betrachtete verzückt das Moselpanorama.

Am anderen Ende der Leitung meldete sich Beatrice. Während Kaltenbach sich meldete, beobachtete er ein braun gebranntes Rentnerehepaar, das seinen in Ehren ergrauten Dackel an der Moselpromenade entlangführte. Als sie auf Höhe der Bank angekommen waren, hörte Kaltenbach, dass sie sich auf holländisch unterhielten. Er liebte Zeeland über alles, aber in letzter Zeit waren seine Besuche auf der Halbinsel selten geworden. Höchste Zeit, mal wieder im Strandpaviljoen De Zeeuwse Rivièra ein Heineken zu schlürfen und den Blick auf die Nordsee zu genießen, dachte er in einem Anflug von Wehmut.

„Ich habe alles bei Bärmann geklärt", eröffnete Beatrice und riss ihn jäh aus seinem Zeeland-Traum zurück. Die Mosel war ja auch ganz nett, dachte er und unterdrückte einen Seufzer, den Beatrice wahrscheinlich falsch verstanden hätte.

„Das wird Udo freuen: Dann kann er Paul Bärmann ja wegen Mordes festnehmen. Er hat sich also Zugang zu deiner Wohnung verschafft und aus Versehen die falsche Dame abgeknallt?"

„Hast du etwas getrunken?"

„Leider nein. Also gut, die Sache mit dem verschwundenen Zweitschlüssel deiner Wohnung wird uns also weiterhin beschäftigen. Was hast du bei Bärmann klargemacht?"

„Sag mal, hörst du mir nicht zu, oder bist du wirklich betrunken?" Beatrice war pikiert.

„Doch, doch, ich habe schon alles verstanden", antwortete Kaltenbach lächelnd.

„Ist er heute noch im Geschäft?“

„Freitags bis abends, auch, wenn er sich gern von seiner Sekretärin verleugnen lässt.“

„Die hat heute ihren Waschtag“, wusste Bernd zu berichten.

„Woher weißt du das alles?“

„Meinst du, ich sitze untätig herum, Bea? Ich will wissen, warum dieser Fahrer mich mit aller Macht abschütteln wollte. Und ich will wissen, wo er geblieben ist, nachdem er billigend in Kauf genommen hat, dass ich im Graben lande und mir der Hals breche.“ Erst, nachdem er Luft holte, bemerkte Kaltenbach, dass er sie Bea genannt hatte.

„Wo bist du eigentlich?“, fragte sie nun. „Bei dir ist es so windig, dass ich dich kaum verstehen kann.“

Bernd legte die freie Hand muschelförmig um das Handy. „Am Wasser“, sagte er und blickte einem kleinen Sportboot hinterher, dass gerade moselaufwärts donnerte und durch die Wellen pflügte. „Ich bin in Enkirch, um genau zu sein.“

„Pass auf dich auf, Bernd. Die spaßen nicht.“

„Da sagst du mir nichts Neues. Was macht mein Haus?“

„Ich halte es hoch.“ Nun lachte Beatrice, doch es klang gequält.

„Sag mal, musst du eigentlich nicht arbeiten gehen?“ Kaltenbach fiel auf, dass er keinen blassen Schimmer hatte, was Beatrice beruflich tat. „Ich meine … nicht, dass es mich etwas anginge, aber …“ Er konnte sich nicht vorstellen, dass sie nach dem Verkauf von Haus und Firma vom Erlös lebte und als reiche Witwe durch die Welt tingelte.

„Ich habe mir freigenommen. Halt mich auf dem Laufenden, Bernd.“

Am monotonen Tuten, das aus dem Telefon an sein Ohr drang, hörte er, dass sie aufgelegt hatte. Ein wenig übereilt, stellte Bernd enttäuscht fest. Er mochte ihre Stimme. Trotzdem wurde er das Gefühl nicht los, dass mit Beatrice Manderscheid irgendetwas nicht stimmte.

„Was ist nun mit meinem versprochenen Apfelpfannkuchen?“ Udo strich sich genießerisch über den runden Bauch.

„Ich hatte schon gehofft, dass du es vergessen hast“, grinste Kaltenbach und sprang auf. „Aber die Einladung steht. Mach hinne, wir haben noch viel vor heute.“

„So“, sagte Udo und erhob sich ein wenig schwerfälliger als sein Freund. „Haben wir das?“

Hotel Restaurant Dampfmühle, Enkirch, 15.15 Uhr

Kaltenbach hatte zugunsten eines Enkircher Rieslings auf ein kühles Bier verzichtet und drehte den langen Stiel des Glases nachdenklich in den Händen, während er seinen herzhaft kauenden Freund über den Rand betrachtete.

Für Udo war die Welt in Ordnung, so lange es etwas zu futtern gab. Und nachdem sie in die Dampfmühle eingekehrt waren, hatte es nicht lange gedauert, bis Udo anstelle des Apfelpfannkuchens eine Winzerpfanne mit Schweinegeschnetzeltem in Rahmsoße vor sich stehen hatte, über die er sich hermachte. Mit dem ersten Bissen besserte sich seine Laune schlagartig. Nach einem Blick in die Karte hatte sich Kaltenbach für ein Rumpsteak mit Zwiebeln und Bratkartoffeln entschieden. Das Fleisch war auf dem Punkt, auch die Bratkartoffeln hätte seine alte Mutter nicht besser hinbekommen.

„Was hältst du eigentlich vor der Verschwörungstheorie?", fragte Kaltenbach leise. Obwohl sich in dem urig eingerichteten Restaurant nur wenige Gäste befanden, musste niemand mitbekommen, worüber die Freunde sprachen.

Udo blickte ihn an wie einen Außerirdischen. „Verschwörungstheorie? Meinst du die Mondlandung oder Area 51?"

Kaltenbach deutete auf das Essen. „Sind dir die Pilze in der Rahmsoße nicht bekommen?"

Udo stopfte nach und sprach mit vollem Mund. „Dann red' nicht in Rätseln. Was meinst du?"

Kaltenbach kaute auf einem Stück Steak und legte das Besteck auf den Tellerrand.

„Also noch mal zum Mitschreiben: Wir haben einen nahezu bankrotten Flughafen, der zu großen Teilen der Landesregierung gehört. Es geht angeblich um den Erhalt der Arbeitsplätze in der Region. Jeder, der das Vorhaben der Regierung anzweifelt, bezahlt das mit dem Leben, man könnte auch sagen, er wird zum Schweigen gebracht. Dass es dabei die arme Frau der Telefongesellschaft in Kastellaun getroffen hat, ist ein tragischer Unglücksfall. Es gibt Gutachten, die krebserregende Stoffe im Enkircher Trinkwasser bestätigt haben. Sie wurden nach dem Mord an Manderscheid von der Polizei beschlagnahmt und sind seitdem nicht mehr auffindbar. Seltsam, oder?"

„Du meinst..." Udos Augen wurden groß. „Die Landesregierung will was vertuschen, nur um die Arbeitsplätze zu erhalten? Und du meinst, dass sie dabei auch über Leichen geht?" Der Kommissar schüttelte den runden Kopf. „Das geht zu weit - oder willst du mir jetzt auch verklickern, dass das Land ein paar Auftragskiller auf seiner Lohnliste hat? Wahrscheinlich

Killer, die alle Vorzüge des Beamtendaseins genießen?" Udo lachte, doch er klang nicht wirklich amüsiert, fand Kaltenbach.

„Ich meine nicht – ich denke darüber nach", verbesserte er Udo und genoss den fruchtigen Geschmack seines Rieslings. „Die Polizei als Landesbehörde ist doch auch in gewissen Dingen von ganz oben steuerbar, oder?"

„Du machst ein ziemliches Fass auf, Alter." Udo tunkte sein Fleisch in die Rahmsoße, schob mit dem Messer eine Handvoll Champignons hinterher und beförderte die überladene Gabel zum Mund.

„Dir isst niemand etwas weg", murmelte Kaltenbach. „Lass dir also ruhig Zeit." Er selber griff zum Besteck und widmete sich den köstlichen Bratkartoffeln.

Udo ging nicht auf die Bemerkung seines Freundes ein. „Worauf willst du hinaus?"

„Ist es schon mal vorgekommen, dass du in einem Fall ermittelt hast, und dass man dir kurz vor dem Durchbruch auf die Finger gehauen hat?"

Kauend wiegte Udo den Kopf. „Na ja", brummte er. „Es kommt ab und zu vor, dass sich das Landes- oder sogar das Bundeskriminalamt in einen Fall einmischt, wenn er von landesweiter Bedeutung ist und über unseren Zuständigkeitsbereich hinausgeht."

„Genau das meine ich", nickte Kaltenbach. „Du weißt aber nicht, warum du mit der Arbeit aufhören sollst, oder?"

„Hey, ich bin Bulle. Und da gewöhnt man sich das Fragenstellen ganz schnell ab. Und wenn eine ranghöhere Behörde den Fall übernimmt, dann ist das halt so."

„Dann ist das halt so." Kaltenbach nickte. „Und wenn die Regierung sich damals in Casparis Ermittlungen eingeschaltet hat, weil ihr nicht passte, dass er die Nase in ein Wespennest steckt?"

„Dann pfeift sie ihn unter Umständen zurück." Udo wischte sich den Mund an der weinroten Stoffserviette ab. „Unter Umständen", wiederholte er eilig. „Das muss nicht bedeuten, dass..."

„Aber es könnte bedeuten, dass Caspari auf dem Weg war, an Informationen zu kommen, die unter keinen Umständen an die Öffentlichkeit dürfen, oder?"

„Ja, es könnte." Udo nickte und trank einen Schluck Mineralwasser. Im Dienst trank er grundsätzlich keinen Alkohol, und auch diesmal hatte Kaltenbach ihn nicht zu einer kleinen Weinschorle überreden können. „Aber Bernd, bitte! Hüte dich mit solchen Äußerungen."

„Es sind Überlegungen", korrigierte Kaltenbach ihn. „Nur Überlegungen. Ich spiele das Spiel ‚Was wäre, wenn...' – kenne ich noch aus der Sesamstraße. Lass mich also mal weiterspinnen: Caspari ist damit beauftragt, den Mord an Rudolf Manderscheid aufzuklären. Manderscheid war ein Gegner des Hahn und verfügte über das nötige Kleingeld, Gutachten unabhängiger Institute in Auftrag zu geben, die nachweisen sollen, dass im Ahringsbach krebserregende Stoffe sind. Er beauftragt eine Privatdetektivin – das ist inzwischen belegt – und stirbt wenig später. Er wird erschossen im Ahringsbach aufgefunden. Die Gutachten werden in den Räumen der Detektivin von der Polizei gefunden und beschlagnahmt. Man stellt die Schnüfflerin unter Mordverdacht, der sich nicht sehr lange hält: Zum einen gibt es kein nachweisbares Motiv, zum anderen hat sie ein Alibi für die Tatzeit und bleibt auf ihrem Geld sitzen, weil ihr Auftraggeber frühzeitig ins Gras gebissen hat, was sie natürlich nicht wissen konnte. Du kennst die Privatdeketivin übrigens: Es ist Sabine Wellershoff. Sie hat eine Detektei in Koblenz, weil sie die Groß-Töpferei von ihrem Alten nicht übernehmen wollte. Aber ich schweife ab: Die Gutachten werden also beschlagnahmt und im Präsidium Trier gesichtet. Kurz darauf sind sie nicht mehr auffindbar, und die Polizei stellt die Ermittlungen in einem sehr rätselhaften Mordfall ein. Seltsam, oder?"

„Sabine? Deine Ex, die im Bett immer gejault hat wie Lassie?" Udo grinste anzüglich. „Mann – wie lang ist das denn schon her?" Für einen Moment vergaß er sogar das Essen auf seinem Teller. Dann piekste er in die kleine Salatschüssel und nahm eine Gurkenscheibe und eine Tomate auf. Als Kaltenbach nicht auf seine Bemerkung reagierte, sprach er wieder über Bernds Verdacht. „Das wär echt der Hammer, mein Lieber", sagte er.

„Aber so weit kannst du meine Überlegungen nachvollziehen, hältst mich nicht für durchgedreht und bist gedanklich bei mir?" In Kaltenbach keimte Hoffnung auf.

Udo nickte. „So betrachtet würde es mich nicht wundern, wenn man Caspari auch diesmal zurückpfeift", murmelte er leise.

„Schön", freute sich Kaltenbach. „Und wie gehen wir jetzt mit diesem Verdacht um?" Als Udo schwieg und sich dem Geschnetzelten widmete, fuhr Kaltenbach fort: „Wachsam, sehr wachsam und kritisch, würde ich vorschlagen."

„Ich bezweifle übrigens nicht mehr, dass der Mord an Manderscheid, an Gerber, an Immich und an der Angestellten der Telefongesellschaft auf das Konto der oder desselben Täters geht."

„Auch da sind wir einer Meinung."

„Und ich kann zusehen, wie ich mit Caspari kooperiere, denn eigentlich ist die Gegend hier sein Hoheitsbereich. Nur Kastellaun fällt in den Bereich der Kripo Koblenz. Schönen Dank auch, Bernd."

„Das Leben ist kein Ponyhof", grinste Kaltenbach und schob sich mit dem Messer die restlichen Bratkartoffeln auf die Gabel. „Aber ich habe das Glück, nicht an Zuständigkeitsbereiche und Dienstvorschriften gebunden zu sein. Dieses alberne Kompetenzgerangel überlasse ich euch Bullen. Da lobe ich mir den Job als Journalist."

VIERZEHN

Nach dem Essen trennten sich die Wege der Freunde. Während Udo noch den Besuch bei Bärmanns Mitarbeiterin auf der Agenda stehen hatte, zog es Kaltenbach in das kleine Gewerbegebiet am Ortsrand von Enkirch. Hier lag die Baustoff-Spedition Manderscheid. Er war gespannt auf seinen neuen Arbeitgeber und lenkte die Honda im Schritttempo auf den staubigen Firmenhof.

Ich werde Else waschen müssen, sobald das hier vorbei ist, durchzuckte es ihn, während er abstieg und den Helm im Koffer der Honda verstaute. Bei einem großen Mann mit imposantem Bauch im ölverschmierten Overall erkundigte er sich nach dem Chefbüro.

„Der Alte ist aber heut' beliebt", murmelte der Arbeiter und beschrieb Kaltenbach den Weg zu Paul Bärmanns Arbeitsplatz.

Kaltenbach schlug im Container muffige Luft entgegen. Die Sonne brannte seit Stunden auf das Wellblechdach und hatte die Luft im Innern aufgeheizt. Daran änderte auch der träge rotierende Miefquirl in der Ecke nichts.

Bärmann saß am Computer und blickte kaum auf, als Kaltenbach in seinem Büro stand.

„Was wollen Sie?"

„Mein Name ist Kaltenbach, Bernd Kaltenbach. Ich habe gehört, dass Sie Fahrer suchen und soll mich hier vorstellen."

„Ah, Sie sind der Mann, den Beatrice schickt." Nun kam das braun gebrannte Gesicht des Geschäftsmannes hinter dem Monitor zum Vorschein. „Setzen Sie sich doch."

Kaltenbach schüttelte den Kopf. „Ich stehe lieber, wenn Ihnen das nichts ausmacht."

„Kein Problem", erwiderte Bärmann und wirkte dennoch etwas irritiert. „Sie wollen also bei uns als Fahrer anfangen." Kaltenbach nickte schweigend, was Bärmann zum Anlass nahm, weiterzusprechen. „Sind Sie denn schon einmal Lkw gefahren?"

„Sicher." Kaltenbach zog den Führerschein aus der Brusttasche und warf ihn Bärmann auf die Schreibunterlage. Er nahm das Kärtchen an sich, studierte die Einträge, wendete den Führerschein und nickte. „Und Erfahrungen? Ich meine, nicht jeder, der im Besitz eines Führerscheines ist, kann auch automatisch Auto fahren."

„Zehn Jahre bei einer Spedition in Koblenz, zwei Jahre Werksverkehr in Plaidt, danach Baustellenverkehr für einen Verbrecher in Neuwied. Und jetzt bin ich hier. Reicht das als Erfahrung, die ich Ihrer Meinung nach mitbringen sollte?"

Paul Bärmann legte das Kärtchen mit Kaltenbachs Foto vor sich auf den Schreibtisch. Er war sichtlich überrascht über das Selbstbewusstsein seines vermeintlichen Bewerbers, war aber bemüht, sich das nicht nach außen hin anmerken zu lassen.

„Sie können Montag anfangen, wenn Sie wollen. Dann besprechen wir auch den Lohn und die anderen Dinge. Um sechs Uhr will ich Sie auf dem Hof sehen, Kaltenbach."

Er legt einen Ton wie Prangenberg an den Tag, dachte Kaltenbach und fragte sich unwillkürlich, ob das vielleicht an ihm lag, dass alle Chefs der Welt so mit ihm redeten.

Kaltenbach ließ sich nicht aus der Ruhe bringen. „Was fahren Sie so?“

„Tiefkühlkost, das sehen Sie doch“, giftete Bärmann voller Ironie. „Baustoffe natürlich, was sonst?“

„Davon rede ich nicht, oder halten Sie mich für einen Vollidioten? Was sind das für Touren, die da gefahren werden?“

„Ich suche Personal wegen eines Großauftrages“, lenkte Bärmann ein. „Wir stoßen an die Grenzen unserer Kapazitäten und müssen expandieren. Nichts Langfristiges, richten Sie sich also nicht darauf ein, hier bis zu Ihrer Rente auf dem Bock zu sitzen. Wenn der Hahn-Auftrag durch ist, muss ich mich wieder von Ihnen trennen, Kaltenbach.“

„Dann ist das halt so.“

Er zuckte die Schultern. „Sie fahren für den Hahn? War der alte Manderscheid nicht der absolute Gegner des Flughafens?“

Mit dieser Bemerkung gelang es Kaltenbach endgültig, Bärmann aus der Reserve zu locken. Er ging hoch wie ein HB-Männchen.

„Ich bin jetzt hier der Chef, und es schert mich einen Dreck, was Rudolf Manderscheid über den Hahn dachte. Wir verdienen unser Geld damit, Baustoffe zu transportieren. Und wenn das Geld vom Hahn kommt, werde ich den Großauftrag sicher nicht ablehnen, weil der Senior den Hahn nicht mochte.“ Bärmann erhob sich von seinem Sessel und fixierte Kaltenbach mit seinen Blicken. „Sonst noch Fragen zu meiner Arbeit, Aufträge zu akquirieren, die Arbeitsplätze in der Region sichern?“

„Sie klingen wie der Ministerpräsident“, konnte sich Kaltenbach nicht verkneifen zu sagen, dann war er an der frischen Luft.

Traben-Trarbach, 16.45 Uhr

Julia Wilms lebte in einem liebevoll restaurierten Fachwerkhaus am Rande der Altstadt von Traben-Trarbach. Während ein paar Meter weiter bunt gekleidete Touristen durch die Gassen zogen, wirkte die kleine Straße eher verschlafen. Irgendwo dudelte überlaut ein Radio; auf der Fensterbank eines Hauses stand ein Käfig mit zwei Wellensittichen, die um die Wette zeterten. Es duftete nach Mittagessen. Obwohl Udo gerade erst gut und üppig gegessen hatte, bekam er sofort wieder Appetit. Vielleicht sollte er mal wieder mehr Sport treiben, dachte er, während er den Zeigefinger auf den angelaufenen Klingelknopf mit der Aufschrift „J.Wilms" legte und mit andächtiger Miene dem Schrillen der Glocke im Innern des Hauses lauschte.

Drinnen tat sich etwas. Die Tür wurde geöffnet, und Udo blickte in das blasse Gesicht einer Frau von Ende zwanzig, Anfang dreißig. Das dunkelblonde Haar hatte sie hinter dem Kopf zu einem Knoten gebunden. Obwohl sie kein Make-up trug, war sie eine durchaus attraktive Frau. Ihre zierliche Figur wurde von einem bequemen Hausanzug in hellblauem Fleece-Stoff umhüllt.

Die Frau starrte Udo unverwandt an. „Ja bitte?"

„Frau Wilms? Julia Wilms?" Er lächelte freundlich.

„Ja. Worum geht es?" Ihre Augen glänzten feucht, die Stimme klang belegt.

Hatte sie geweint?

„Mein Name ist Udo Reuschenbach, Kripo Koblenz. Ich hätte ein paar Fragen an Sie." Udo zeigte ihr den Dienstausweis.

Sie warf einen flüchtigen Blick darauf und wurde auf der Stelle blass. „Kripo?" Die Miene der Frau verdüsterte sich schlagartig. „Hab ich etwas angestellt?"

„Nein", beeilte sich Udo zu sagen. „Es geht um Ihre Anstellung bei der Firma Manderscheid."

„Mir geht es nicht gut", sagte sie leise. Ein undefinierbarer Laut kam über Julia Wilms Lippen, dann trat sie zur Seite. „Kommen Sie rein."

Udo folgte ihr in das kleine Wohnzimmer. Fachwerkhäuser hatten größtenteils nur kleine, aber sehr gemütliche Zimmer. Julia Wilms hatte durchaus Geschmack beim Einrichtungsstil bewiesen. Das Mobiliar war im Landhausstil gehalten, wirkte aber modern und freundlich. Udo sank auf einen Sessel, der mit einem cremefarbenen Stoff bezogen war.

Julia Wilms setzte sich auf das große Sofa neben dem Fenster.

„Sie haben frei?", fragte Udo schließlich.

„Ich habe mich krank gemeldet. Es geht mir nicht gut, ich muss mir irgendwo etwas eingefangen haben." Sie unterstrich ihre Aussage mit einem theatralischen Schniefen.

„Beschreiben Sie mir Ihren Tätigkeitsbereich bei Manderscheid?"

„Ich bin dort als Sekretärin angestellt, seit mehr als zehn Jahren schon. Und ich erledige den Bürokram für Herrn Bärmann, übernehme Telefonate, schreibe Mails und solche Dinge."

„Sie sind also seine rechte Hand und genießen sein vollstes Vertrauen?"

Ein mechanisches Nicken. Sie zupfte unsichtbare Fussel von der Sofalehne. „So würde ich es nennen, ja."

„Sie sagten, dass Sie schon seit mehr als zehn Jahren bei Manderscheid angestellt sind. Dann haben Sie auch noch Rudolf Manderscheid als Chef erlebt, nehme ich an?"

„Das ist richtig." Ihre Miene wirkte verschlossen, und sie presste die Lippen zu einem schmalen Strich zusammen. Verbarg sie etwas?

„Was hat sich verändert, seitdem Bärmann das Ruder übernommen hat?"

Sie dachte einen Moment lang nach, dann fixierte sie mit ihren Blicken einen Punkt an der Wand in Udos Rücken. „So ziemlich alles. Für Manderscheid war die Firma seine Familie, und er war wie ein Vater für uns. Bärmann war seit einigen Jahren sein Prokurist, und wenn Sie mich fragen, war er schon immer scharf darauf, die Firma eines Tages zu übernehmen."

„Würden Sie ihm einen Mord zutrauen?"

„Was?" Julia Wilms reagierte geschockt auf Udos Frage.

„Ob Sie Paul Bärmann zutrauen würden, für Rudolf Manderscheids Tod verantwortlich zu sein, weil er die Firma übernehmen wollte?"

Sie dachte einen Moment lang nach, blickte ins Leere, dann schüttelte sie den Kopf. „Früher oder später wäre er sowieso die Nummer eins geworden. Das hätte einen Mord überflüssig gemacht. Was nutzt es ihm, dass er die Firma übernommen hat, wenn man ihm den Mord nachweist und er deshalb in den Knast wandert?"

Udo musste der Frau recht geben.

„Nein, so etwas würde ich ihm nicht zutrauen, auch wenn …" Sie brach ab und kaute auf ihrer Unterlippe.

„Wenn was?"

„Paul Bärmann ist aalglatt, kalt und berechnend. Die alten Werte wie Ehrlichkeit und Moral gelten bei ihm nichts. Aber einen Mord", sie schüttelte den Kopf. „Nein, über Leichen geht er nur im übertragenen Sinne, wenn Sie verstehen?"

„Ja. Sagt Ihnen der Name Thomas Anhausen etwas?“

„Nein, woher sollte ich ihn kennen?“

„Es wäre möglich gewesen.“

„Weshalb sind Sie eigentlich gekommen? Doch nicht erst jetzt, um den Mord an unserem Chef aufzuklären, oder?“ Plötzlich schwang Spott in der Stimme von Julia Wilms mit.

„Natürlich nicht. Als Bärmanns rechte Hand sind Sie im Besitz des Schlüssels zum Tresor?“

„Richtig. Ich habe einen Generalschlüssel für die Firma, und natürlich den Safeschlüssel. Moment, bedeutet das, dass es einen Einbruch in der Firma gegeben hat?“

„Das weiß ich offen gestanden nicht. Fest steht aber, dass sich in dem Tresor ein Schlüssel befunden hat, der nun auf seltsame Weise verschwunden ist, obwohl es keine Einbruchspuren gibt.“

„Und deshalb sind Sie hier? Glauben Sie, dass ich mir den Schlüssel genommen habe? Sagt Bärmann das? Dann kündige ich sofort!“ Sie zwang sich zur Ruhe, atmete tief durch. „In dem Safe sind alle Schlüssel eingelagert; die für die Lastwagen, für alle Baumaschinen und weiß der Geier wofür noch.“

„Es geht um den Zweitschlüssel von Beatrice Manderscheids Wohnung in Kastellaun.“

„Und der lag im Safe?“ Julia Wilms schüttelte den Kopf. „Kann ich mir offen gestanden nicht vorstellen. Sie und Bärmann können sich nicht sonderlich gut leiden. Und als sie die Firma an ihn verkauft hat, war es nicht mehr die Firma Manderscheid, die ich als junges Mädchen kennengelernt habe. Mein Vater war früher auch dort beschäftigt – als Fahrer.“

„Und jetzt nicht mehr?“

„Er hat Bärmann die Schlüssel auf den Tisch geworfen und gekündigt. Wie Vater sagte, wollte er mit illegalen Geschäften nichts zu tun haben. Die Männer haben sich gestritten, doch Vater ließ sich nicht umstimmen."

Bei dem Wort ‚illegal' hatte Udo aufgehorcht. „Was waren das für Geschäfte?"

„Keine Ahnung."

„Aber Sie sind seine rechte Hand und genießen sein Vertrauen, das haben Sie eben selber so gesagt. Dann müssen Sie doch wissen, worum es ging. Ihr Vater hat doch bestimmt in der Freizeit mit Ihnen darüber gesprochen, oder?"

„Hat er nicht." Julia Wilms klang trotzig. „Wir haben berufliche und private Dinge strikt getrennt. Nur einmal hat er mir nahegelegt, mir so schnell wie möglich eine andere Arbeit zu suchen. Er sagte wörtlich, ich solle mir was anderes suchen, bevor bei Manderscheid eine riesengroße Bombe platzt."

„Eine Bombe? Haben Sie sich denn nach einem anderen Arbeitsplatz umgeschaut?"

„Natürlich. Aber was soll man in dieser Region schon machen? Ich könnte in die Landwirtschaft gehen oder mich in irgendeinem Hotel an die Rezeption stellen. Aber das wollte ich nicht." Sie blickte Udo in die Augen. „Und was das für eine Bombe war, das hat er mir nicht verraten."

„Wo ist Ihr Vater jetzt?"

„Im Vorruhestand. Er ist sein Leben lang Lkw gefahren, das macht die Wirbelsäule kaputt. Früher gab es nicht diese gefederten Sitze in den Lastwagen wie heute."

„Und womit verbringt er den Vorruhestand? Wo kann ich ihn treffen?"

„Bei diesem Wetter wohl in seinem Garten. Ein paar Straßen weiter, ich sage Ihnen gleich, wie Sie hinkommen."

Udo nickte und blickte sich im Raum um. „Wohnen Sie alleine hier?"

„Ja, ich bin geschieden. Das Haus ist mir geblieben, und im letzten Jahr habe ich mir wieder ein kleines und altes Auto kaufen können." Nun erhellte ein zaghaftes Lächeln ihr Gesicht. „Wie das Leben so spielt. Mein Mann hat mich im letzten Jahr verlassen, und ich drohte daran zugrunde zu gehen. Aber ich habe es überlebt, und es war rückblickend die Chance auf einen Neuanfang in meinem Leben. Seit vier Monaten habe ich einen neuen Freund, Alex. Aber er wohnt nicht bei mir. Wir möchten beide unsere Privatsphäre haben und uns nicht auf der Pelle hängen."

„Frau Wilms", setzte Udo an. „Ich habe eine Frage: Wo waren Sie gestern um die Mittagszeit herum?"

„Hier. Ich habe im Bett gelegen, weil es mir nicht gut ging." Wieder ein theatralisches Schniefen. Sie zog ein Taschentuch hervor und schnäuzte sich die Nase. „Nein, und Zeugen gibt es dafür nicht, wenn das Ihre nächste Frage sein sollte."

Raversbeuren, 16.55 Uhr

Kaltenbach überkam ein eigenartiges Gefühl, als er die Stelle der Landesstraße 193 erreicht hatte, an der ihn der Laster beinahe in den Graben gedrängt hatte. Langsam rollte die Honda über den Asphalt, und Kaltenbach versuchte sich jedes Detail der Strecke einzuprägen. Er fuhr den Abschnitt hinter Raversbeuren zweimal ab, dann glaubte er zu wissen, wo der Kipper abgebogen war. Es gab einen kleinen Waldweg, der im Grunde genommen schon für einen Pkw zu eng war; doch mit etwas fahrerischem Geschick war es möglich, die Stelle auch mit einem Lastwagen zu befahren. Verräterische geknickte Äste und trockenes Laub an den Zweigen deuteten darauf hin, dass sich hier ein schweres Gefährt seinen Weg durch das Dickicht gebahnt hatte. War die Einfahrt selber kaum zu erkennen, bildeten die tief hängenden Äste der Bäume am Straßenrand ein natürliches Dach über dem Wirtschaftsweg, der direkt in den Wald hineinführte.

Als Kaltenbach das Motorrad am Beginn des Weges angehalten hatte, entdeckte er Reifenspuren, die der Größe nach zu urteilen von einem schweren Gerät stammen mussten. Oder von einem Lkw ...

Immerhin hat sich der Kipper neulich nicht in Luft aufgelöst, und ich leide nicht unter Halluzinationen, dachte Kaltenbach erleichtert. Er legte einen Gang ein und rangierte die Maschine auf den Wirtschaftsweg. Obwohl die Honda keine Geländemaschine war, so pflügte sie sich tapfer durch den unbefestigten Untergrund. Hinter einem natürlichen Grüngürtel verbreiterte sich der Weg. Bernd suchte sich einen geeigneten Platz, um das Motorrad abzustellen. Am Rand einer kleinen Lichtung stemmte er die Maschine auf den Ständer, nahm den Helm ab und ging neben den Reifenspuren in die Hocke. Dem Profil nach zu urteilen, handelte es sich um ein geländegängiges Fahrzeug. Ob die Spuren aber tatsächlich zu einem schweren Lastwagen gehörten, vermochte Kaltenbach nicht zu beurteilen. Er zog sein Handy aus der Tasche und aktivierte die Kamera.

„Manchmal sind die Dinger doch tatsächlich zu gebrauchen", murmelte er und fotografierte den Weg und die Reifenspuren im Morast. Als er sich erhob und zur Straße blickte, stellte er fest, dass man die Landstraße nur noch erahnen konnte. Fast schien es, als wäre das Buschwerk am Straßenrand wieder zusammengewachsen, um sein Geheimnis zu wahren. Unwillkürlich dachte er an das verwunschene Dornröschenschloss aus dem Märchen, das man ihm als Kind immer erzählt hatte.

Kein Wunder, dass er an dieser Stelle mehrfach vorbeigefahren war. Wieder drückte Kaltenbach den Auslöser, dann folgte er den Reifenspuren, die tiefer in den Wald hineinführten. Auch hier entdeckte er abgebrochene Zweige mit teils frischen Bruchstellen.

„Was treibt ein Lkw in diesem Urwald?", wunderte sich Kaltenbach und setzte seinen Weg fort. Lastwagen waren unterwegs, um irgendwo eine Ladung aufzunehmen und sie an einen anderen Ort zu transportieren. Wenn der Sattelzug den Hahn also beladen verlassen hatte, dann war er hierhergefahren, um seine Ladung loszuwerden. Doch hier im Wald gab es keine Firma und keinen Abnehmer für Bauschutt oder ähnliche Materialien.

Das ließ nur einen Schluss zu: Der Fahrer hatte seine Ladung hier entsorgt. Kaltenbach hatte gut vierhundert Meter zurückgelegt, als er eine größere Lichtung erreicht hatte.

Hier war genug Platz, um auch einen schweren Lastwagen zu wenden. Den Spuren im weichen Unterboden nach zu urteilen, war das auch geschehen. Bernd setzte seinen Weg fort und stand plötzlich an einem Abhang.

Gut zehn Meter ging es an der bewachsenen Steilkante in die Tiefe, dahinter breitete sich ein sattgrünes Tal aus. Als Kaltenbach den Blick senkte, sah er frisch aufgeschüttetes Erdreich.

„Also doch“, brummte er und suchte nach einer Möglichkeit, zu dem künstlich aufgeschütteten Hügel hinabzuklettern. Am rechten Rand der Mulde gab es einen schmalen Trampelpfad, der allerdings steil abwärts führte. Stufen oder ein Geländer suchte Kaltenbach vergeblich, und so achtete er genau darauf, wo er seine Füße hinsetzte. Zusätzlichen Halt gab das feste Buschwerk. An Ästen hangelte er sich weiter in die Tiefe.

Von irgendwoher drang das Tuckern eines Traktor-Motors an seine Ohren. In der Ferne pflügte ein Bauer sein Feld. Über Kaltenbachs Kopf zog ein imposanter Greifvogel kreischend seine Bahn.

Kaltenbach setzte seinen Weg fort. Dabei musste er höllisch aufpassen, um nicht auszurutschen. Einmal wäre er um ein Haar gestürzt, konnte sich aber im letzten Moment an einem Felsen festhalten. Dann stand er vor der Kipphalde. Er blickte nach oben und konnte sich bildhaft vorstellen, wie der Manderscheid-Lkw rückwärts an die Steilkante rangiert wurde, um seine Fracht hier abzuladen. Kaltenbach betrachtete das Erdreich nachdenklich. Es war grob und wies zahlreiche Gesteinsbrocken auf. Stand er vor dem Geheimnis, das den Hahn und die Baustoff-Spedition verband?

Er ging in die Hocke und betrachtete das Erdreich. Plötzlich kam ihm eine Idee. Er öffnete einen Reißverschluss seiner Motorradkombi und zog eine kleine Plastiktüte hervor. Nachdem er die Tüte wie einen Handschuh übergestülpt hatte, nahm er eine Handvoll Erdreich auf, kehrte die Tüte wieder um und zog sie von der Hand. Sorgsam knotete er den Beutel zu und machte sich daran, wieder den Hang hinaufzuklettern. Er atmete tief durch und hoffte inständig, dass sich seine Mühen gelohnt hatten.

Traben-Trarbach, 17.05 Uhr

Das Haus von Margarete und Jürgen Wilms lag nur wenige hundert Meter von dem ihrer Tochter entfernt. Es handelte sich nicht um ein Fachwerkhaus, sondern um eines der fast schwarzen Basalthäuser. Liebevoll selbst genähte Gardinen hinter den kleinen Fenstern vermittelten bodenständige Gemütlichkeit.

Udo trat durch das hüfthohe Tor im verblichenen Maschendrahtzaun und fand sich in einem verwilderten Garten mit schiefen Waschbetonplatten wieder. Bienen summten geschäftig zwischen den Blüten umher und sammelten Nektar. Ein Mann war damit beschäftigt, eines der Beete auf Vordermann zu bringen. Als er bemerkte, dass sich jemand zu ihm gesellte, unterbrach er die Arbeit. Sein Gesicht lag im Schatten einer breiten Hutkrempe.

„Sie müssen der Bulle sein."

„Ich sehe, Ihre Tochter hat mein Kommen angekündigt." Lächelnd trat Udo näher. In den vielen Jahren bei der Polizei hatte er es sich längst abgewöhnt, auf die Bezeichnung „Bulle" zu reagieren. Damit konnte ihn höchstens noch Larissa auf die Palme bringen. Aber nicht der gut sechzigjährige Mann, der in ausgebeulten grauen Cordhosen mit knallroten Hosenträgern, einem bunt karierten Hemd und verschlammten Gummistiefeln vor ihm stand und sich auf den Stiel seiner Harke stützte. Seine Haut war gegerbt wie altes Leder, die Bartstoppeln raschelten vernehmlich, als er sich am Kinn kratzte.

Sein Händedruck war fest – das gefiel Udo. „Eine gute Meinung scheinen Sie von meinem Beruf nicht zu haben", bemerkte er und ließ den Blick über die kuriose Mischung aus bunt blühenden Beeten und einem

Obst- und Gemüsegarten schweifen. Um das Beet mit den Astern, die in allen Farben schillerten, hätte Larissa den Mann sicherlich beneidet.

„Ach wissen Sie", sagte Jürgen Wilms versöhnlich. „Ich war lange Zeit tagein, tagaus mit dem Laster unterwegs und habe mich über die Kontrollen der Polizei geärgert. Aber man arrangiert sich ... schließlich machen wir unseren Job und sind keine Schwerverbrecher, auch wenn manch einer Ihrer Kollegen das anders sieht", erklärte der alte Mann und lehnte die Harke an einen Apfelbaum. „Schwamm drüber. Ich habe nach Möglichkeiten Lenkzeitüberschreitungen vermieden und mich an die höchstzulässige Geschwindigkeit gehalten. Aber sicher sind Sie nicht hier, um sich mit einem alten Kapitän der Landstraße über das Katz-und-Maus-Spiel zwischen Lkw-Fahrern und Polizisten zu unterhalten."

Das Summen der Bienen schien im Garten allgegenwärtig zu sein. Udo blickte sich um und sah unweit des Zaunes zwei Bienenstöcke. In der Einflugschneise schien zu Luft zu flirren, und Udo bekam unwillkürlich eine Gänsehaut. Auch wenn er auf dem Land aufgewachsen war – er hasste Bienen, Wespen und Hummeln – kurz alles, was summte und stechen konnte.

„Sie sind Imker?", fragte er.

„Seitdem ich nicht mehr arbeite." Jürgen Wilms nickte. „Der Mensch braucht doch Beschäftigung Und die finde ich hier im Garten und bei den Bienen. Mit dem Verkauf des Honigs kann man nicht reich werden. Aber ich kriege ja meine Rente. Nicht viel zwar, aber es reicht, um über die Runden zu kommen."

Seite an Seite wanderten sie durch den länglichen Garten. Am hinteren Ende befand sich ein verblichener Stoff-Pavillon; unter dem Dach standen ein Tisch und Plastikstühle. Bleigewichte in Form von Himbeeren pendelten an den Rändern. Neben dem Tisch stand eine altmodische Kühltasche.

„Ist das eine Affenhitze“, murmelte Jürgen Wilms. „Möchten Sie was trinken?“ Er wischte sich mit dem rechten Unterarm den Schweiß von der Stirn.

„Einen O-Saft vielleicht?“ Udo setzte sich zu ihm.

„Gern.“ Jürgen Wilms bückte sich und zog eine kleine Flasche Orangensaft aus der Kühlbox. Er selber griff zu einem Bier. Sie öffneten die Flaschen und tranken.

„Meine Tochter sagte mir, dass Sie sich für die Firma interessieren?“

„So ist es.“ Udo stellte die Flasche vor sich auf den Tisch und achtete darauf, dass der Schraubverschluss zugedreht war. Eine Biene in seinem Saft war so ziemlich das Letzte, was er jetzt gebrauchen konnte.

„Es ist ein Dreckstall, seitdem Bärmann den Laden an sich gerissen hat. Ich weiß nicht, wie er es gemacht hat, aber er konnte Beatrice einfach so auszahlen. Damit gehörte die Firma ihm alleine.“

„Sie hat verkauft, weil sie kein Interesse an dem Unternehmen hatte - so heißt es in meiner Version“, konterte Udo.

„Was sich damals wirklich abgespielt hat, weiß wohl keiner. Wie dem auch sei: Ich bin raus, nach fast vierzig Jahren. Und ich bin froh, dass ich mir das nicht mehr antun muss.“ Jürgen Wilms klang verbittert.

„Was müssen Sie sich nicht mehr antun?“

„Für einen korrupten Chef zu fahren. Für einen Mann, der für Geld alles tut. Und dabei immer wieder die Grenzen der Legalität überschreitet.“

„Er ist Kaufmann und hat ein berechtigtes Interesse, Geld zu verdienen, um die Firma zu erhalten", verteidigte Udo.

„Das schon", nickte Wilms und trank von seinem Wasser. Er unterdrückte ein Rülpsen, bevor er fortfuhr: „Aber er hat gegen alle Prinzipien von Manderscheid verstoßen."

„Es gibt Grundsätze?"

„Natürlich."

„Nennen Sie mir einen?"

„Rudolf Manderscheid hätte sich lieber eine Hand abgehackt, anstatt für den Hahn zu fahren. Alle, die dort in der Chefetage sitzen, sind kriminell – das sagte Rudolf immer. Und er schaffte es trotzdem, auch ohne den Hahn zu überleben. Ja, es gab schlechte Zeiten. Aber die Firma existiert auch heute noch. Und kaum, dass Bärmann am Ruder sitzt, fahren wir für den Hahn. Ein Großauftrag."

Udo fiel auf, dass Wilms immer noch „wir" sagte, wenn er von seinem ehemaligen Arbeitgeber sprach. „Die Zeiten ändern sich", fand Udo.

„Und wenn schon", fuhr Jürgen Wilms trotzig auf. „Die Verantwortlichen kümmert es einen Dreck, dass der Flughafenlärm die Anwohner krank macht. Es kümmert sie nicht, dass sie schädliche Substanzen in einen Bach ableiten, aus dem ein ganzes Dorf sein Trinkwasser bezieht. Sie sind gewissenlos. Die Öffentlichkeit versucht den Flughafen anzuprangern, doch die in den Chefetagen waschen ihre Hände in Unschuld. Wer die Wahrheit nicht vertragen kann, der sucht sich jemanden, der für ihn lügt." Seine buschigen Augenbrauen zogen sich zu einem Strich zusammen.

„Und das ist ausgerechnet Paul Bärmann?"

„Er lässt sich von den Betreibern des Hahn vor den Karren spannen. Manderscheid soll die Fehler, die in der Vergangenheit gemacht wurden, nach außen hin glatt bügeln. Deshalb hat man den Fahrern einen Maulkorb aufgesetzt. Das ändert aber nichts an der Grundsituation." Jürgen Wilms lüftete den Hut und schob ihn sich in den Nacken. „Wenn der Großauftrag abgewickelt ist, fliegt Manderscheid raus und die Fahrer sind wieder arbeitslos. Man wird Bärmann fallen lassen wie eine heiße Kartoffel - vielleicht kassiert er noch ein nettes Schweigegeld, von dem er sich ein paar Häuser kaufen kann, was weiß ich. Die Fahrer fliegen aber wieder raus, wenn sie nicht mehr gebraucht werden, jede Wette! Das verstehe ich nicht unter dem Erhalt von Arbeitsplätzen."

„Was hat Manderscheid denn für den Hahn transportiert?"

Die Firma war dabei, als das Regenbecken gebaut wurde, er war dabei, als man die Landebahn verlängert hat und er ist überhaupt immer dabei, wenn am Hahn gebaut wird."

„Und dort wird doch immer irgendetwas gebaut", murmelte Udo. „Also kann sich Bärmann doch über einen sicheren Kunden freuen."

„Über einen Kunden, der krumme Geschäfte macht", beharrte Wilms starrsinnig.

„Können Sie das präzisieren?"

„Leider nicht - ich habe ja das Handtuch geworfen. Als Bärmann anfing, irgendetwas von einem geheimnisvollen Auftrag zu faseln, über den wir auf gar keinen Fall mit jemandem reden dürfen, war für mich Schluss. Daran können sich Jüngere die Finger verbrennen, in meinem Alter braucht man so was nicht mehr. Er hat die jungen Fahrer im Betrieb mit einer satten Extra-Prämie gelockt. Viele haben ein Haus gebaut, ein Auto gekauft, eine Familie gegründet - oder alles auf einmal. Die Jungs brauchen das Geld, und sie haben nicht lange gezögert, als Bärmann sie mit der Prämie gelockt hat."

„Und Sie wissen wirklich nicht, worum es bei dem Auftrag ging?"

„Ich schwöre. Aber es waren linke Geschäfte, das hab ich im Urin. Und deshalb war für mich der Ofen aus. So etwas tut man nicht, auch nicht für viel Geld. Wer weiß, was die Jungs jetzt fahren müssen. Sie haben strikte Anweisungen für alle möglichen Situationen bekommen. Jeder weiß, wie er sich zu verhalten hat. Wer querschießt, fliegt raus. Bärmann hat gedroht, und an seinem Arbeitsplatz hängt so ziemlich jeder."

„Außer Sie."

Nun lächelte Wilms ein wenig wehmütig. „Ich bin schon alt und brauch das nicht mehr." Er stand auf. „Kommen Sie mal mit."

Udo erhob sich und folgte Jürgen Wilms ins Haus. Es war altmodisch eingerichtet und wirkte dunkler als das Häuschen der Tochter. Margarete Wilms stand in der Küche und war damit beschäftigt, einen Kuchen zu backen. Als sie die Männer bemerkte, wischte sie sich die Hände an einem karierten Küchentuch ab und reichte Udo die Hand. Sie strahlte etwas Sanftes und Gutmütiges aus, fand Udo. Ein wenig erinnerte Margarete Wilms ihn an seine eigene Mutter.

Die Männer stiegen auf den Dachboden des Hauses. Eine Trittleiter führte hinauf, und Udo staunte nicht schlecht, als er sich inmitten einer Modellbahnlandschaft wiederfand. Wilms betätigte einen Schalter, und plötzlich erwachte die Anlage zum Leben. Die kleinen Häuser waren beleuchtet, eine Eisenbahn ratterte durch ein Flusstal, das wohl der Mosel nachempfunden war. In einer Stadt erkannte Udo winzige Autos und Lastwagen, die detailgetreu nachgebildet waren. Eine Ecke das Dachbodens wurde von einer Werkbank eingenommen. Eine beleuchtete Lupe an einem kleinen Schraubstock sollte das Arbeiten erleichtern.

„Und hier verbringe ich meine Wintertage, wenn es im Garten nichts mehr zu tun gibt", erklärte Jürgen Wilms stolz. „Sehen Sie, hier ..." Er nahm einen winzigen Modell-Sattelzug von der Anlage und zeigte ihn Udo. „Der steht niemals im Stau, ärgert sich nie über die Schikane der Polizei, steht niemals nachts mit einer Reifenpanne auf dem Standstreifen und wartet stundenlang auf den Werkstattwagen. Verstehen Sie mich jetzt?"

„Ja." Udo nickte nachdenklich, während seine Augen mit dem verzückten Blick eines kleinen Jungen über die imposante Modellanlage glitten. „Ich glaube, ich weiß, was Sie meinen."

„Dann ist es gut. Ich muss mich wirklich nicht mehr von einem Chef wie Paul Bärmann es ist, herumscheuchen lassen. Da komme ich lieber mit einer mickrigen Rente aus, als mir diesen Mist anzutun. Manchmal bin ich stundenlang hier oben, und meine Frau weiß gar nicht, dass ich noch im Haus bin. Hier kann ich herrlich abschalten und entspannen. Trotzdem habe ich meine Straßen, meine Autos, all das, was mich ein Leben lang geprägt hat, um mich herum."

Udo nickte und betrachtete die Miniaturlandschaft. Sie erweckte Kindheitserinnerungen in ihm. Seine eigene Modelleisenbahn war viel kleiner gewesen. Er fragte sich, wo seine Eisenbahn geblieben war. Irgendwann war sie einfach weggewesen.

„Kann ich Sie anrufen, wenn mir noch etwas einfällt?", fragte Jürgen Wilms unvermittelt.

„Natürlich." Udo gab ihm eine seiner Visitenkarten, strich die zerknickten Kanten sorgsam glatt und tippte auf die Karte. „Da steht auch meine Handynummer drauf. So erreichen Sie mich Tag und Nacht und auch am Wochenende."

Als Udo wenig später das Haus verließ, war er sicher, bald schon etwas von Jürgen Wilms zu hören.

Zell/Mosel, 18.50 Uhr

Die sogenannte „Weinstadt der Schwarzen Katz" war ein verschlafenes Nest, fand Udo. Cafés, Eisdielen und immer wieder Weinlokale luden Touristen ein, doch es herrschte kaum Betrieb am Ufer. Immer wieder sah er bunt bemalte Schilder mit der Aufschrift „Zimmer frei" oder „Ferienwohnung zu vermieten". Der große Ansturm der Urlauber schien hier noch ausgeblieben zu sein. Nachdem er den Dienstwagen an der Moselpromenade geparkt hatte, atmete er tief durch. Am gegenüberliegenden Ufer erkannte er die Häuserzeilen von Kaimt, einem Stadtteil von Zell. Als er den Blick nach rechts richtete, erkannte er einen Campingplatz direkt am Moselufer. Aus einigen Parzellen stieg verheißungsvoller Rauch in den beinahe wolkenlosen Himmel - man grillte. Das Wochenende hatte begonnen, und während er noch auf der Suche nach einem entscheidenden Hinweis war, der ihn zum Mörder führte, lagen gegenüber die Menschen schon auf der Campingliege, ließen sich die Sonne auf den Pelz brennen und grillten bei einem kühlen Bier. Udo verdrängte den Neid und konzentrierte sich auf den Besuch bei Hans Puderbach, dem Geschäftsfreund, mit dem Bärmann sich angeblich zur Tatzeit getroffen hatte.

Hinter dem Zentrum von Zell ragte der Weinberg der Zeller Schwarzen Katz in den fast wolkenfreien Himmel. Im Ort wurde den Touristen an fast jeder Straßenecke Weinproben angeboten. Doch Udo war nicht hier, um Wein zu probieren. Er suchte einen Mörder.

Udo griff zum Handy und wählte Bärmanns Nummer. Nachdem sich der Inhaber der Spedition mürrisch gemeldet hatte, sagte Udo kurz angebunden: „Ich benötige eine vollständige Personalliste Ihrer Mitarbeiter. Mit Adressen und Telefonnummern, wenn möglich auch Handynummern. Ich lasse die Liste in den nächsten zwei Stunden in Ihrem Büro abholen. Danke."

Bevor Paul Bärmann „aber" sagen konnte, hatte Udo bereits aufgelegt. Während er das Handy zurück in die Tasche stopfte, trat er ein wenig unachtsam auf die Straße und wurde vom Blubbern eines hubraumstarken Motors aus den Gedanken gerissen. Udo hatte bereits zwei Schritte in Richtung Fahrbahnmitte gemacht. Er wandte sich erschrocken um und sah einen amerikanischen Pick-up Truck mit abgedunkelten Scheiben, der sich ihm näherte. Obwohl er sich anstrengte, konnte Udo keinen Blick in die Fahrerkabine werfen. Er trat zurück an den Bürgersteig.

Beim dumpfen Brummen des großen Achtzylinders richteten sich die Härchen auf seinen Unterarmen auf. Das war schon etwas anderes als sein altes Dieselross, das geduldig in der Scheune auf ihn wartete. Er liebte den alten Traktor und schraubte in jeder freien Minute an dem historischen Schlepper herum.

Udo stand fasziniert am Straßenrand und blickte dem schweren Gefährt entgegen. Just in dem Moment, als sich der Dodge auf seiner Höhe befand, machte der

Fahrer eine hastige Lenkbewegung und trat das Gaspedal tief durch. Der Motor heulte auf, und Udo sah die wuchtige Haube des Pick-up auf sich zu rasen. Er taumelte zurück, verlor das Gleichgewicht, ruderte wild mit den Armen und stürzte rücklings gegen eine Hauswand aus kantigem Sandstein. Ein brennender Schmerz durchzuckte seinen Oberarm, der an der Mauer entlangschrammte, Udo jaulte auf und drehte sich im Fallen. Wie eine Wand aus schwarzem Lack und Chrom ragte der Pick-up vor ihm in die Höhe. Im letzten Augenblick gelang es Udo, sich mit einer weiteren Drehung aus dem Gefahrenbereich zu bringen. Dann war der Spuk vorüber, die geheimnisvolle Gestalt hinter dem Lenkrad beschleunigte das Fahrzeug wieder und brachte den Wagen zurück auf die Straße.

Er erinnerte sich daran, dass auch Bernd von einem schwarzen Pick-up verfolgt worden war, als er am ersten Abend in Bettinas Auto auf dem Heimweg gewesen war. Der Fahrer hatte ihn in Bedrängnis gebracht; später hatte es den eigenartigen Drohanruf bei Kaltenbach gegeben. Der Typ in dem schwarzen Pick-up schien sehr besorgt zu sein, dass sie nun Licht ins Dunkel brachten und nahm billigend in Kauf, dass er ein Menschenleben auf dem Gewissen haben würde, wenn seine Manöver mal nicht so glimpflich abliefen.

Udo blickte dem Wagen hinterher und versuchte, einen Blick auf das Kennzeichen zu werfen. Doch die Ziffern waren verschmutzt, so als wäre der Wagen durch matschiges Gelände bewegt worden. Im letzten Augenblick glaubte Udo die Buchstabenkombination „WIL“ für Wittlich erkannt zu haben, dann war der Pick-up von der Bildfläche verschwunden. Mühsam rappelte er sich auf und blickte sich um. Er befand sich ganz allein auf der Uferstraße. Sekundenlang war er versucht, zum Wagen zu sprinten und die Verfolgung aufzunehmen. Doch der war sicherlich längst über alle Berge. Zeit für eine Ringfahndung, dachte er grimmig und humpelte zu seinem Dienstwagen zurück.

Er traf sie am Konrad-Adenauer-Ufer. Sabine saß an einem der Tische, die zu einer Imbissbude gehörten und blickte gedankenverloren hinaus auf den Rhein. Sie hatte ein langstieliges Glas Weißwein vor sich stehen und trank in kleinen Schlucken. Immer wieder befeuchtete sie die Lippen mit ihrer Zunge. Sie wirkte völlig entspannt und genoss die Umgebung. Kaltenbach stoppte seine Schritte im Schatten eines Ahornbaumes und beobachtete sie lächelnd. Sabine Wellershoff war eine ausnehmend hübsche Frau, daran bestand nicht der geringste Zweifel. Und er fragte sich, ob es einen Mann in ihrem Leben gab. Einen Ehering trug sie jedenfalls nicht, das war ihm schon bei ihrem ersten Treffen aufgefallen. Kaltenbach setzte seinen Weg fort und trat hinter Sabine. Er folgte ihrem Blick hinaus auf das Wasser.

Die gläsernen Kabinen der Rheinseilbahn spiegelten sich im Vater Rhein; die Festung Ehrenbreitstein schien im warmen Licht der Abendsonne zu glühen. Am Anleger der Viking River Cruises brachen sich die Wellen, die ein schwer beladenes Frachtschiff auf dem Fluss verursachte. Zwei Tische weiter saßen zwei junge Holländer, die verzückt auf die Hügel am anderen Ufer blickten und Fotos mit dem Handy machten. Der Mitarbeiter der Imbissbude räumte leere Gläser und Aschenbecher fort – der Imbiss schloss wahrscheinlich gleich. Die Holländer erhoben sich; er schulterte den Rucksack, während sie die leeren Mineralwasserflaschen zur Ausgabe zurückbrachte und sich das Pfand auszahlen ließ. Die Touristenströme, die tagsüber die Rheinanlagen zwischen dem Kurfürstlichen Schloss und dem Deutschen Eck besiedelten, waren abgereist, und am frühen Abend gehörte die Rheinpromenade wieder den Menschen, die hier lebten und nach einem langen Arbeitstag Entspannung am Wasser suchten.

„Ist hier noch frei?", fragte er grinsend.

Sabines Kopf ruckte herum, sie wirkte für einen Moment lang verwirrt, dann nickte sie. „Zu trinken gibt es aber wohl nichts mehr; sie schließen gleich."

„Kein Problem, ich muss sowieso noch fahren." Er zog sich die gegenüberliegende Bank heran und setzte sich. In ihrem Rücken lag die Pfaffendorfer Brücke. Die Autos dort oben waren klein wie Modellfahrzeuge.

„Also", sagte sie. „Was gibt es an Neuigkeiten?"

Anstatt einer Antwort griff Kaltenbach in die Tasche seiner Motorradkombi, zog das kleine Tütchen hervor und legte es mit feierlicher Miene wie eine Trophäe auf den Tisch.

„Schön", sagte Sabine mit gespielter Verzückung. „Du hast mir eine Tüte Matsch mitgebracht." Jetzt grinste sie. „Du hoffst ja wohl nicht, mich damit zum Schlamm-Catchen überreden zu können?"

Er ging nicht auf die Anmerkung ein. „Das", sagte Kaltenbach mit wichtiger Miene und tippte auf den Beutel, „das ist mit etwas Glück der Schlüssel zum Mörder."

Sabine runzelte die Stirn. „Zu Manderscheids, zu Gerbers, oder zu dem Mörder, der eigentlich Beatrice Manderscheid töten wollte?"

„Unter Umständen der Schlüssel zu allen, denn ich vermute ganz stark, dass wir es tatsächlich mit einem Zusammenhang aller Fälle zu tun haben. Und die Polizei musste, wie ich erfahren habe, die Ermittlungen einstellen, was Manderscheid betrifft."

Bernd berichtete Sabine von seinen Beobachtungen in Enkirch. „Und wenn Prangenberg recht hat und wenn das stimmt, was ich vermute, dann transportiert Manderscheid im Auftrag der Flughafenbetreiber diesen belasteten Bauschutt in den Wald. Eine Nacht- und Nebelaktion, aber es würde erklären, weshalb der Fahrer des Lasters unter keinen Umständen wollte, dass ich mich an seine Fersen hefte. Die machen krumme Geschäfte und entsorgen illegal den belasteten Boden, der vor einiger Zeit schon mal zu Problemen geführt hat."

„Wenn es belasteten Boden gibt, muss der aufwendig entsorgt werden – das geht sicher nicht in einer Nacht- und Nebelaktion", gab Sabine zu bedenken. „Außerdem", fügte sie dann hinzu, „außerdem kannst du dir doch aufgrund eines Verdachts gar nicht sicher sein, dass dieser Boden hier mit Schadstoffen belastet ist."

Kaltenbachs Grinsen wurde eine Spur breiter. „Richtig", nickte er. „Und jetzt kommst du ins Spiel. Du kennst sicher noch den Gutachter, den Manderscheid damals beauftragt hat. Ich möchte, dass du ihn kontaktierst und bittest, diese Probe zu untersuchen. Es würde mich nicht wundern, wenn der Boden die gleichen Schadstoffe aufweist, die er in seinem letzten Versuch schon einmal festgestellt hat."

„Wie stellst du dir das vor – ein solches Gutachten kostet eine Stange Geld, und außerdem ist Wochenende. Der Mann wird vor Montag garantiert nicht zu erreichen sein."

„Über die Finanzierung mach dir mal keinen Kopf", wiegelte Kaltenbach schnell ab. „Ich bin sicher, wenn es uns gelingt, einen Umweltskandal aufzudecken, ist die Zeitung gern bereit, die Kosten für den Gutachter zu übernehmen."

„Dein Wort in Gottes Ohr." Sabine war immer noch skeptisch. Dennoch griff sie zu der Bodenprobe. Sie hielt die kleine Tüte hoch und runzelte die Stirn. „Sieht ganz normal aus", murmelte sie.

„Wie sieht denn deiner Meinung nach verseuchter Boden aus?", konterte Kaltenbach und hatte sie mit dieser Antwort überzeugt. Sabine nickte, öffnete ihre Handtasche – wie immer ein größeres Modell, da sie eine Frau war, die unterwegs für alle Lebenslagen gerüstet sein musste – und ließ den kleinen Beutel in den Tiefen ihrer Tasche verschwinden. „Wie du meinst, ich werde mein Glück versuchen." Sie leerte das Weinglas und deutete auf den Mitarbeiter des Kiosks, der bereits die Nebentische abgewischt und die Bänke zusammengeschoben hatte. „Es wird ernst", bemerkte sie. „Man wird uns gleich rausschmeißen."

„Das soll er mir vormachen – wir sind an der frischen Luft."

„Dann wird er uns mitsamt der Tische und Bänke aneinander ketten", lachte Sabine. „Obwohl, so schlimm find ich die Vorstellung gar nicht." Als Kaltenbach schwieg, deutete sie hinüber zum Deutschen Eck. „Was ist denn jetzt, gehen wir noch ein Stückchen spazieren?"

„Also gut", stimmte Kaltenbach zu. Schweigend gingen sie am Ufer entlang, und er ließ es geschehen, dass sie wie selbstverständlich seine Hand ergriff. Offenbar war sie Weltmeisterin im Verdrängen – immerhin hatte er keinen Hehl daraus gemacht, dass er die letzte Nacht mit Beatrice verbracht hatte. Sie flanierten fast wie ein frisch verliebtes Pärchen daher, und die anderen Passanten ahnten nicht, dass ihre gemeinsame Zeit bereits vor zwanzig Jahren geendet hatte.

„Ich liebe die Abendsonne", sagte sie, als sie das Deutsche Eck erreicht hatten.

„Sonne ist Sonne", konterte Kaltenbach und zog die Mundwinkel hoch. Er hasste den Herbst und den Winter, denn in der kalten Jahreszeit konnte er kein Motorrad mehr fahren und die Tage waren viel zu kurz. Im letzten Winter hatte er ernsthaft über die Teilnahme an einer Lichttherapie nachgedacht, weil er depressiv geworden war. Vielleicht auch eine Folge der Einsamkeit, die ihn nach Feierabend in seinem gemütlichen Bauernhaus empfing. Niemand war da, der sich auf ihn freute, niemand, mit dem er sich über die Ereignisse des Tages austauschen konnte und niemand, mit dem er die schönsten Stunden des Tages, den Feierabend, verbringen konnte.

„Worüber denkst du nach?" Sabine war an der Spitze des Ecks stehen geblieben. In ihrem Rücken flossen Rhein und Mosel zusammen.

Eine Truppe von Japanern, die offenbar spät im Zeitplan waren, wurde von einem Fremdenführer über das Eck gescheucht. Überall klickten die Kameras. Wahrscheinlich mussten sie heute noch weiter zu Schloss Neuschwanstein. Oder sie kamen gerade erst vom Holstentor in Lübeck.

„Nichts", murmelte Kaltenbach.

„Es ist nichts."

„Lüg mich nicht an – ich kenne dich lang genug."

„Vielleicht sollte ich endlich ans Heiraten denken", teilte er ihr schließlich seine Gedanken mit. „Ich werde auch nicht jünger, und …"

„Du willst auf deine alten Tage Vater werden?"

Kaltenbach schnaubte und winkte ab. „Wer weiß, wie viele Kinder ich in meiner Sturm- und Drangzeit schon produziert habe. Nein, ich werde langsam zum einsamen Wolf, und ich bin mir nicht sicher, ob es das ist, was ich wirklich will."

„Kaltenbach mit einer liebenden Ehefrau am Herd, die ihn abends mit einem guten Essen und viel Liebe empfängt?" Sabine kicherte. „Schwer vorzustellen, wenn ich ehrlich bin." Dann wurde sie ernst. „Glaubst du ernsthaft, Beatrice ist die Richtige? Ich meine, ihr habt doch erst eine Nacht miteinander verbracht, und du kennst sie erst seit ein paar Stunden. Wir hingegen …"

„Verschon mich bitte mit einer Grundsatzdiskussion", wehrte sich Kaltenbach. Er zog seine Hand zurück. „Und, nein, Beatrice ist bestimmt nicht die Frau meines Lebens, ich kann dich beruhigen." Als er sah, dass sich Sabines Gesichtszüge entspannten, atmete Kaltenbach tief durch. „Aber was ist mit dir – gibt es einen Mann?"

„Nein." Sie schüttelte den Kopf. „Ich hatte in den letzten Jahren die eine oder andere Beziehung, die aber alle nicht sehr lange gehalten haben." Nun seufzte sie und setzte sich auf einen der Betonklötze, die man als Bänke aufgestellt hatte. „Ich weiß es nicht, aber möglicherweise habe ich auch Fehler gemacht. Vielleicht habe ich sie alle mit dir verglichen, und keiner kam auf Dauer an dich heran."

Jetzt wird es so richtig kompliziert, hämmerte es in Kaltenbachs Schädel. „Sabine – bitte", sagte er ernst. „Das ist albern. Wir hatten eine stürmische Beziehung, damals ist dein Vater ermordet worden, und es gab Stress mit ein paar durchgeknallten Satanisten. Vielleicht sind das Ereignisse, die zusammenschweißen. Aber unsere Beziehung war nicht alltagstauglich. Wir haben beide Fehler gemacht, du hattest vielleicht zu hohe Ansprüche, und ich konnte damals meinen Schwanz nicht bei mir halten und habe dich betrogen. Also – wollen wir uns die alten Geschichten gegenseitig vorwerfen?"

„Nein“, erwiderte sie leise. „Ganz bestimmt nicht. Ich dachte nur … Es kann doch kein Zufall sein, dass wir uns nach den vielen Jahren wieder treffen und prompt schon wieder in einem Mordfall zusammenhängen.“

„Natürlich ist das kein Zufall – du bist Detektivin und musst dich berufsbedingt mit Kriminellen herumschlagen. Das tut Udo auch, und wenn ich über einen Fall schreibe, den er bearbeitet, dann werten wir das auch nicht als ein Zeichen von da oben.“ Kaltenbach deutete zum Himmel. „Das bringt der Alltag so mit sich, und deshalb sollten wir unser Zusammentreffen auch nicht überbewerten – weißt du, was ich meine?“

Sabine nickte, und Kaltenbach sah, dass ihre Augen feucht schimmerten. „Lass uns einfach Freunde bleiben, okay?“

„Sicher. Und wenn uns danach ist, können wir auch eine Nacht zusammen verbringen.“ Jetzt grinste er.

„Das ist wieder mal typisch – ich versuche hier vergeblich, unser Verhältnis zueinander zu analysieren, und du denkst nur ans Vögeln.“

„Das magst du doch an mir“, entgegnete er. „Ich bin eben sehr männlich.“

„Du bist immer noch ein Neanderthaler, der dem Instinkt nachgeht, seine Gene so oft wie möglich weiterzureichen.“

Bernd grinste eine Spur breiter. „Wusstest du, dass der Neanderthaler neuerdings zum Weltkulturerbe ernannt wurde?“

Für die Bemerkung fing er sich einen Seitenhieb von Sabine ein. Kaltenbach setzte sich zu ihr auf die steinerne Bank und legte einen Arm um ihre Schulter. Ihr Haar duftete gut, und plötzlich verspürte er das Verlangen, Sabine zu küssen.

„Ja“, sagte sie so unvermittelt, dass er ein wenig erschrak. „Lass uns Freunde bleiben.“

„Gut.“ Er nickte und zog den Arm zurück, doch Sabine nahm ihn und legte ihn wieder um ihre Schulter. „Ist schon in Ordnung - es fühlt sich gut an.“ Sie lächelte zu ihm auf. „So, und wie machen wir jetzt weiter?“

„Das haben wir doch jetzt besprochen“, brummte Kaltenbach.

„Nein, ich meine mit dem Fall.“

„Udo ist am Zug. Er befragt die Tatverdächtigen und Zeugen, ich denke, dass er spätestens morgen eine Mordkommission bilden wird. Aus der Nummer sind wir erst mal raus, was mich aber nicht abhalten wird, zu recherchieren.“

„Ich habe schon recherchiert“, bemerkte Sabine.

Kaltenbach legte fragend den Kopf schräg. „Wovon sprichst du?“

„Ich habe deine Beatrice Manderscheid gegoogelt.“

„Und?“ Kaltenbach wusste nicht, ob er sich über Sabines Einsatzbereitschaft freuen sollte oder nicht. Wahrscheinlich hatte sie das getan, weil sie eifersüchtig war. Dementsprechend erwartete er gar nicht erst, dass Beatrice gut wegkommen würde.

„Sie ist das einzige Kind einer Deutschen und eines amerikanischen Soldaten, der damals an der Hahn Air Base stationiert war. Aufgewachsen ist sie in Lautzenhausen im Hunsrück, die Schule hat sie in Kastellaun besucht. Als sie achtzehn Jahre alt ist, zieht es die Eltern zurück in die Staaten. Da der Vater den Streitkräften angehört, wird er in verschiedenen Krisengebieten eingesetzt und stirbt bei einem Einsatz in Afghanistan. Die Mutter leidet an Demenz und lebt in einem Heim in Michigan. Beatrice bleibt Deutschland treu, obwohl sie in ein tiefes Loch fällt: Sie gerät an die falschen Freunde, raucht Cannabis, nimmt sogar Heroin und ist einschlägig bekannt und entsprechend vorbestraft. Nach einem Entzug ist sie angeblich clean. Sie macht eine Ausbildung zur Bürokauffrau bei einem mittelständischen Betrieb, danach verschiedene berufliche Stationen, allesamt irgendwelche Verwaltungstätigkeiten. Vor sieben Jahren lernte sie Rudolf Manderscheid kennen, einen älteren, aber gut situierten Unternehmer aus Enkirch. Sie verlieben sich, Hochzeit drei Monate später. Sie kündigt ihre Anstellung und ist fortan eine wohlhabende Unternehmergattin. Jettet viermal im Jahr nach Saint Tropez, wo die Eheleute einen Bungalow besitzen, fährt Luxusautos, gönnt sich Affären - angeblich, weil ihr Mann sich nicht liebevoll um sie kümmert. Kinder bekommt das Paar keine, böse Zungen behaupten, dass Rudolf nicht mehr zeugungsfähig ist, als sie zusammenkommen. Daran bröckelt die nach außen mustergültige Ehe der beiden - er geht mit seiner Sekretärin fremd, sie hat verschiedene Affären und wird hinter vorgehaltener Hand als nymphoman veranlagt eingestuft. Was sie derzeit beruflich treibt, ist nicht bekannt."

Sie hatten das Ehrenmal erreicht. Kaiser Wilhelm II. thronte über dem Deutschen Eck und schien der langsam untergehenden Sonne davonreiten zu wollen. Sabine setzte sich auf eine der breiten Stufen, Kaltenbach blieb stehen. Er verschränkte die Arme vor der Brust und ließ das eben Gehörte sacken.

„Lässt sie in keinem wirklich guten Licht dastehen, deine Beatrice", äußerte sich Sabine schließlich.

„Du bist eifersüchtig, deshalb hast du bewusst die dunklen Stationen ihres Lebens recherchiert", brummte Kaltenbach. Er hatte Beatrice in der Nacht als leidenschaftliche, nein, als schier unersättliche Frau kennen gelernt. Dass sie aber nymphoman veranlagt sein sollte, schockierte ihn nun doch etwas.

„Nein, das hat damit nichts zu tun. Es sind Fakten, die ich herausgefunden habe. Sachlich und emotionslos." Sabine schüttelte den Kopf und strich sich eine Haarsträhne hinter das Ohr.

„Du willst mir ernsthaft erzählen, dass das, was du mir da jetzt erzählt hast, in Google nachzulesen ist?"

Sie lächelte sanft zu ihm auf. „Nein, nicht ganz. Aber als Detektivin habe ich meine Quellen, die ich bei Bedarf anzapfen kann. Und dabei ist das, was ich eben aufgezählt habe, herausgekommen. Ob dir das nun gefällt oder nicht." Sabine kehrte die Handflächen nach oben und beteuerte so ihre Unschuld.

Es gefiel Kaltenbach wirklich nicht, was er über Beatrice Manderscheid gehört hatte. Demnach war ihre Jugend verkorkst, sie war keine Amerikanerin wie ihre Eltern, aber auch keine Deutsche. Wahrscheinlich war sie im Besitz der deutschen Staatsbürgerschaft, aber in ihrer Brust schienen zwei Herzen zu schlagen: Das einer Amerikanerin und das einer Deutschen. Bernd fragte sich, ob Udo über das gleiche Wissen verfügte wie Sabine. Und wenn ja, dann fragte er sich, warum Udo ihm davon nichts erzählt hatte.

Zell-Kaimt, 19.40 Uhr

Es war nicht leicht gewesen, bei den Kollegen vom Einsatz- und Streifendienst auf der Polizeiwache von Zell eine Ringfahndung zu erwirken, doch vor einer knappen Stunde war die Meldung rausgegangen, dass man auf der Suche nach einem schwarzen Pick-up

Truck der Marke Dodge mit Wittlicher Zulassung war. Doch der schwere Wagen schien wie vom Erdboden verschluckt zu sein, und so hatte ein Gefühl der Unzufriedenheit Udos Laune in den Keller sinken lassen.

Das Klingeln seines Telefons riss ihn aus den Gedanken. Kaltenbach ruft an, stand auf dem Display.

„Aus welcher Misere darf ich dich diesmal retten?", eröffnete er das Telefonat mit einer Frage.

„Wusstest du, dass Beatrice Manderscheid eine Drogenkarriere hinter sich hat und dass sie nymphoman veranlagt sein soll?"

Nun musste Udo grinsen. „Letzteres müsstest du besser wissen als ich. Aber nein, das war mir nicht bekannt. Sie ist in diesem Fall das potenzielle Opfer, und die werden meistens nicht von uns durchleuchtet, es sei denn, es besteht ein Verdacht, dass sie nicht ganz unschuldig war, in die Opferrolle zu geraten."

„Ihr seid der reinste Pappnasen-Verein", schimpfte Kaltenbach. „Und noch etwas: Hast du der Tippse von Bärmann einen Besuch abgestattet?"

„Ja, ich war bei Julia Wilms. Warum?"

„Wenn Paul Bärmann sie von seinem Vorgänger übernommen hat, dann ist es die Sekretärin, die das Ende der Manderscheidschen Ehe mitverschuldet hat."

Udo hatte keine Lust auf die Wortspiele seines Freundes. Der Misserfolg der Fahndung nach dem Pick-up frustrierte ihn. „Bernd, rede Klartext!"

„Wenn Julia Wilms schon länger in der Firma angestellt ist, dann hatte sie ein Verhältnis mit dem alten Manderscheid."

„Sie hat mir erzählt, dass sie schon unter Rudolf Manderscheid gearbeitet hat", stimmte Udo nachdenklich zu und wurde prompt durch das meckernde Lachen seines Freundes unterbrochen.

„Sie hat unter ihm gearbeitet – das hast du schön und passend ausgedrückt, Alter." Kaltenbach lachte wiehernd.

„Und was ändert das an unserer Ausgangssituation?", fragte Udo ungeduldig.

„Ich finde, dass sie wegen ihrer Affäre mit dem Chef in die ganzen Umstände involviert ist, also mehr als nur eine Mitarbeiterin. Vielleicht solltest du bei ihr noch mal auf den Busch klopfen, mein Lieber."

„Das lass mal meine Sorge sein." Udo grunzte in den Hörer und lief in dem Büro, das man ihm vorübergehend zur Verfügung gestellt hatte, auf und ab.

„Wenn ich dich recht verstehe, dann hat sie eine Affäre mit Rudolf Manderscheid gehabt. Er ist Beatrice fremdgegangen, die Ehe war kaputt, und es folgte die Scheidung. Wenn Beatrice einen guten Anwalt hatte, ist sie mit einer ansehnlichen Stütze aus dem Prozess gegangen. Und sie hat nach dem Tod von Manderscheid die Firma an Bärmann verkauft, dazu sein Haus."

„Na, klingelt was?"

„Ich frage mich, was sie mit dem ganzen Geld macht, wenn sie doch relativ bescheiden in einer kleinen Eigentumswohnung in Kastellaun lebt. Und ich frage mich, was sie beruflich macht."

„Ah", machte Kaltenbach und klang zufrieden. „Jetzt hast du's. Da stimmt doch was nicht. Ich komm aber gerade nicht drauf, was schiefläuft in der Kiste. Ist aber auch egal, weil du der Bulle bist und nicht ich. Wollte ich dir auf jeden Fall gesagt haben."

„Was machst du jetzt?"

„Feierabend, ich bin durch für heute. Werd jetzt nach Roßbach fahren, mich um den Abwasch kümmern, beim Bügeln ein Bier zischen und die Musik so laut aufdrehen, dass sich die Nachbarn beschweren. Und dann werd ich mich mit Beatrice vergnügen."

„Sag mal, wie schwanzgesteuert bist du eigentlich?", rief Udo. „Du solltest diese Frau sehr gut im Auge behalten, Bernd. Da ist irgendwas faul, hast du gerade selber gesagt."

„Lass mich mal machen. Wer sagt denn, dass Spaß die Arbeit ausschließt?"

Kaltenbach hatte grußlos aufgelegt. Udo stierte auf das Telefon in seiner Hand, als ein uniformierter Kollege in das karg eingerichtete Büro trat und ihm einen Schnellhefter auf den Tisch legte. „Das ist die Personalliste der Baustoff-Spedition Manderscheid, die ich gerade abgeholt habe." Der Kollege setzte sich auf einen der freien Drehstühle und verschränkte die Arme hinter dem Kopf. „Aber noch mal können wir das net machen."

„Was könnt ihr nicht noch einmal machen?" Udo musterte den Kollegen fragend und blätterte in der Liste. Sie enthielt tatsächlich alle Daten, die er verlangt hatte. Zusätzlich fand er die Bankverbindungen der Mitarbeiter - wahrscheinlich, weil Bärmann die Kontaktdaten aus dem Bankprogramm kopiert hatte, mit dem er monatlich die Löhne und Gehälter überwies.

„Wir sind der Kripo in Wittlich weisungsbefugt. Und natürlich Trier. Aber Koblenz ..." Der Streifenpolizist schüttelte den Kopf. „Eigentlich darf ich Sie hier gar nicht sitzen lassen, denn wenn der Dienststellenleiter davon Wind bekommt, reißt er mir den Kopf ab."

Udo klappte den Hefter zu und sprang auf. „Das lassen Sie mal meine Sorge sein. Und Sie kümmern sich bitte noch mal um die Fahndung." Damit war er an der frischen Luft. Von den breiten Steinstufen aus konnte er bis zum Moselufer blicken. Rechts lag die Brücke, auf dem anderen Ufer sah er die hellblaue Leuchtreklame einer Tankstelle. Dort würde er sich jetzt eine Kleinigkeit zu essen besorgen, dann ging es weiter im Text. An Feierabend war noch lange nicht zu denken.

Roßbach, 20.30 Uhr

Mit einem seltsamen Gefühl in der Magengegend erreichte er seinen Hof, pünktlich, als Sankt Michaels Kirchturmglocke zweimal ertönte. Das Gespräch mit Sabine in Koblenz war nicht so gelaufen, wie er sich das vorgestellt hatte. Bernd war nicht der Typ für komplizierte Beziehungskisten, und genau das schien sich gerade im Fall von Sabine anzubahnen. Auch wenn sie ihn „nur“ um den Erhalt der Freundschaft gebeten hatte, so war ihm nicht entgangen, dass sie sich offensichtlich Hoffnungen auf ihn machte. Ob um der alten Zeiten wegen, oder weil sie ihn nach all den Jahren immer noch liebte, konnte er nicht einschätzen. Sie war eifersüchtig auf Beatrice, gar keine Frage. Und auch wenn sie das abgestritten hatte, so lag es auf der Hand, dass sie bei ihrer Recherche absichtlich Beatrices negative Attribute in den Vordergrund gestellt hatte.

Was aber, wenn sie erfuhr, dass er Bettina, seine alte Jugendliebe aus Enkirch, wiedergetroffen hatte? Kaltenbach hatte keine Ahnung, wo das noch hinführte. Er rangierte die Honda in den Schuppen und stieg ab. Vielleicht sollte er Bettina einfach anrufen. Ihm fiel auf, dass er heute noch nichts von ihr gehört hatte.

„Ich sollte langsam mit der verdammten Vielweiberei aufhören, dafür bin ich einfach schon zu alt“, murmelte er und blickte sich sofort mit schuldbewusster Miene um. Es wäre unter Umständen fatal, wenn Beatrice ihn gehört hatte. Apropos Beatrice – er hatte noch einige Fragen an sie. Aber Kaltenbach wollte nicht mit der Tür ins Haus fallen.

Alles zu seiner Zeit, dachte er und legte sich einen Plan zurecht, wie er den Abend mit ihr gestalten würde.

Kaltenbach marschierte breitbeinig wie ein Cowboy nach stundenlangem Ritt auf die Haustür zu und stellte verwundert fest, dass sie nur angelehnt war. Ein feiner Duft nach Parfüm kroch in seine Nase.

„Beatrice?“, rief er in die Stille des Hauses. „Ich bin da!“ Kaltenbach trat in den Flur, machte sich daran, die schweren Stiefel abzustreifen und zog sich die Lederjacke aus.

Mit schräg gelegtem Kopf lauschte er. Keine Schritte, kein Knarzen von Dielen, es war mucksmäuschenstill in seinem alten Bauernhaus. So still, wie es nicht einmal nachts war, wenn er allein im Bett lag und nicht einschlafen konnte. Das alte Haus produzierte immer irgendwelche Geräusche.

„Bea – bist du zu Hause?“, fragte er und trat an den Absatz der steilen Holztreppe, die in die beiden oberen Stockwerke führte. Das Licht der untergehenden Sonne drang durch die kleinen Fenster und tauchte das Mobiliar in einen geheimnisvollen Schein.

Als Bernd ein Geräusch hinter sich vernahm, wandte er sich mit einem Lächeln, das im gleichen Moment wieder erfror, um. Er sah einen großen dunklen Schatten hinter sich auftauchen. Fast gleichzeitig spürte er den Schlag auf dem Schädel, glaubte das Knacken seiner Schädelplatte zu hören und sackte leblos zusammen. Bevor er einen letzten Gedanken fassen konnte, entschwand Kaltenbach der knallharten Realität.

Traben-Trarbach, 20.35 Uhr

„Sie ist nicht da." Wilms senior war nahezu lautlos auf der Bildfläche erschienen und hatte Udo prompt einen Riesenschrecken eingejagt. Udo hatte mehrfach den Knopf der Türglocke betätigt, das Haus schien leer zu stehen. Auch, als er die Hände schützend vor die Augen gehalten und einen Blick durch das bunte Glas der alten Haustür zu erhaschen versucht hatte, war ihm das Haus verlassen vorgekommen.

Jetzt wandte sich Udo um, strich sich mit einem verlegenen Grinsen durch das kurze Haar und trat nervös von einem Fuß auf den anderen. Jürgen Wilms lächelte, doch es war kein glückliches Lächeln, fast wirkte es, als hätte der alte Mann Schmerzen.

„Aber ich hätte Sie sowieso morgen angerufen. Es geht um meine Tochter. Können wir reden?"

Udo nickte. „Natürlich, deshalb bin ich ja hier."

„Ich gucke gerade Tagesschau, aber das hier ist wichtiger."

„Sie werden es wissen", lächelte Udo und folgte dem Vater von Julia Wilms in dessen Haus. Von Mutter Wilms war nichts zu sehen, doch irgendwo im Haus lief ein Fernseher mit großer Lautstärke. Die Tagesschau.

„Kommen Sie, wir gehen in die Küche."

„Gern." Udo war gespannt, was den alten Mann so bedrückte.

Sie setzten sich, Jürgen Wilms bot Udo etwas zu trinken an, doch er verneinte. Nach dem Gespräch wollte er Schluss machen für heute. Und er hatte keine Zeit, unterwegs plötzlich pinkeln zu müssen. Es war höchste Zeit, an den Feierabend zu denken. Die Personalliste von Bärmann würde er sich in Ruhe und bei einem Bier zu Hause anschauen.

Wilms selber holte sich eine Flasche Wein, nahm einen Korkenzieher aus einer Schublade und machte sich daran, die Flasche mit feierlicher Miene zu entkorken, was Udo an eine Zeremonie erinnerte. Wenig später gluckerte der Wein, ein Riesling, ins Glas. Die Flasche ließ Wilms auf dem Tisch stehen, wohl, um sich gleich nachschenken zu können.

„Ich habe irgendwie gewusst, dass wir noch etwas zu besprechen haben", murmelte Udo schließlich.

Der Kopf des alten Mannes ruckte hoch. Das Weinglas landete mit einem Knall auf der karierten Wachstuchtischdecke. „Wie kommen Sie auf so etwas?"

Udo ließ sich nicht aus der Ruhe bringen. „Ich bin Polizist, und da macht man in den Jahren so seine Erfahrungen mit den Menschen." Er legte die Hände flach auf den Tisch. „Und ich wusste schon vorhin, dass es noch etwas gibt, das Sie mir erzählen werden. Dass es aber so schnell geht, habe ich nicht geahnt." Ein kurzer Finger-Stakkato auf der Tischdecke, dann: „Aber es freut mich. In dieser Phase der Ermittlungen sind wir für jede Hilfe und für jeden Hinweis sehr dankbar. Also: Schießen Sie los."

Jürgen Wilms griff wieder zum Glas und trank einen Schluck Wein. „Es ist eine ganz alte Geschichte", sagte er schließlich und vermied es, Udo in die Augen zu blicken. „Eine Geschichte, auf die wir nicht stolz sind, meine Frau und ich. Aber es war Margarete, die mir dazu riet, Ihnen alles zu erzählen."

„Das freut mich."

„Ich war es, der Julia damals die Anstellung im Chefbüro besorgt hat", eröffnete Wilms ihm nach einem weiteren Schluck Wein. Seine Miene war verschlossen, die Augenbrauen waren zu einem buschigen Strich zusammengezogen. „Sie fand keine Arbeit, und Manderscheid brauchte dringend Unterstützung. Ich hab Ihnen ja vorhin schon erzählt, dass er alles im Betrieb machte, vom Telefondienst bis hin zum Ölwechsel an den Lastwagen." Nun erhellte der Ansatz eines Lächelns die Miene des alten Mannes. „Er war sich für nichts zu schade, der Rudolf Manderscheid. Für uns in der Firma war das gut, nicht aber für seine Frau. Sie kam immer zu kurz, weil sich Manderscheid für den Laden aufopferte. Ich weiß nicht, ob das eine Art Angst ums Überleben war, aber er lief wie ein Hamster im Laufrad und arbeitete Tag und Nacht. Eines Tages, ich kam gerade von der Tour rein, fragte mich Manderscheid, ob ich niemanden wüsste, der ihm das Büro machen könnte. Anrufe annehmen, Briefe schreiben und Pläne für das Personal machen. Termine mit Kunden und Lieferanten vereinbaren – die typische Arbeit einer Sekretärin also."

„Und da haben Sie ihm Ihre Tochter wärmstens empfohlen?", schlussfolgerte Udo.

Wilms nickte. Das Lächeln war aus seinem Gesicht verschwunden, er strich sich über das unrasierte Kinn. Die Bartstoppeln knisterten. „Das war der größte Fehler meines Lebens, Herr Kommissar. Julia fing in der darauffolgenden Woche an. Sie war jung und engagiert, ein Umstand, der dem Alten imponierte. Julia brachte sich in die Firma ein, handelte bald schon eigenständig und sagte niemals nein, als man sie bat, Überstunden zu machen. Oft arbeitete sie an der Seite des Chefs bis spät in die Nacht."

Udo ahnte, worauf das Gespräch hinauslief.

„Und Julia ist hübsch." Da war es wieder, das Lächeln in Wilms' Gesicht. „Ich weiß, das wird wohl jeder stolze Vater von seiner Tochter behaupten, aber in diesem Fall ... urteilen Sie selbst, Herr Kommissar." Jürgen Wilms erhob sich schwerfällig, schimpfte auf seine Bandscheiben und humpelte zur Wand. Dort hing das Bild einer bildhübschen Frau in einem luftigen Sommerkleid. Die Sonnenbrille hatte sie sich in die Haare gesteckt, das Make-up unterstrich ihre natürliche Schönheit. Sie lachte dem Fotografen entgegen. „Das ist sie, aber Sie haben Julia ja bereits kennengelernt."

„Ja", bestätigte Udo. „Ihre Tochter ist eine attraktive Frau."

„Eben." Wilms nahm das Bild von der Wand und kehrte damit zum Tisch zurück. Kurz trat ein verzücktes Lächeln auf sein faltiges Gesicht. Zärtlich strich er über das entspiegelte Glas des Rahmens. Er seufzte, schenkte sich Wein nach und trank schnell. Udo vermutete, dass er sich Mut antrank. „Und das blieb auch Manderscheid nicht verborgen. Seine engste Mitarbeiterin war eine junge, hübsche Frau. An ihrer Seite verbrachte er mehr Zeit als mit seiner eigenen Frau, mit dieser Beatrice. Damals waren die beiden frisch verheiratet. Rudolf und die ... Chefin."

Bei Wilms' Tonfall wurde Udo hellhörig. „Sie mögen sie nicht?"

„Das zu sagen steht mir nicht zu – sie war immerhin die Frau meines Arbeitgebers. Aber ich gebe zu, sie war eine komische Person. Sie ließ sich nur selten im Betrieb blicken und mischte sich auch nicht in geschäftliche Dinge ein. Das war auch gut so, glauben Sie mir. Aber ich möchte Sie nicht langweilen, Herr Kommissar: Es kam, wie es kommen musste: Rudolf Manderscheid hat meine Tochter gebumst."

Udo, ein wenig erschrocken über die direkte Ausdrucksart seines Gegenübers, schluckte, dann sagte er: „Sie waren beide erwachsen, und Ihre Tochter wusste, was sie tat, als sie sich mit ihrem Arbeitgeber einließ."

Jürgen Wilms schüttelte das ergraute Haupt. „Sie hat die Beine breit gemacht, weil sie Angst um ihren Job hatte, so einfach war das."

„Vorhin sagten Sie, Manderscheid sei ein guter Chef gewesen. Jemand, für den man gerne arbeitet und der seine Mitarbeiter als Familienmitglieder betrachtet."

„Das war auch so. Trotzdem: Ich bin an einem Dienstagabend – das weiß ich noch ganz genau – noch einmal ins Büro, weil ich etwas vergessen hatte. Und da habe ich Geräusche gehört. Natürlich bin ich auch nicht ganz dumm und ahnte, was in Manderscheids Büro vor sich ging. Aber es war mir egal, ich dachte noch ‚warum macht der Alte das denn nicht zu Hause?' und bin ins Büro geplatzt. Leider war es nicht seine Frau Beatrice, sondern meine Tochter, die rücklings auf dem Schreibtisch lag und sich von unserem Chef bumsen ließ." Wieder ein Schluck Wein, wieder war das Glas leer und wurde nachgefüllt. „Wissen Sie, was das für ein Anblick ist, wenn man seine eigene Tochter sieht, wie ... wie sie ..."

„Nein, das weiß ich nicht", gestand Udo ihm. „Aber ich glaube, dass ich es mir vorstellen kann."

„Können Sie nicht", behauptete Wilms und hatte Udo gar nicht zugehört. Die Erinnerung an das schreckliche Erlebnis schien wie ein Film vor seinem geistigen Auge abzulaufen. Immer wieder schüttelte er den Kopf, beinahe so, als könne er damit die Erinnerung abschütteln.

„Ich war wie vor den Kopf gestoßen, wusste nicht, ob sie aus eigenem Willen mitgemacht hat, oder ob er sie unter Druck setzte, um sich an ihr zu vergehen. Wie dem auch sei, ich habe fluchtartig das Büro verlassen und habe mir später schwerste Vorwürfe gemacht, weil ich nicht wusste, ob Manderscheid sie möglicherweise vergewaltigt hat."

„Und - hat er?"

„Nein. Julia hat mir immer wieder beteuert, dass sie freiwillig mit ihm geschlafen hat. Trotzdem kam es, wie es kommen musste: Sie wurde schwanger von Manderscheid. Können Sie sich das vorstellen? Meine Tochter bekommt ein Kind von diesem … von diesem Mann? Von einem Kerl, der ohne Weiteres ihr Vater hätte sein können? Einem frisch verheirateten Unternehmer, der in der Region bekannt ist wie ein bunter Hund?"

Udo nickte nachdenklich. „Wie ging es dann weiter?" Von einem Kind hatte ihm Julia Wilms nichts erzählt. Auch in ihrem Haus hatte nichts darauf hingedeutet, dass dort ein Kind lebte. Keine quietschbunten Gummistiefel im Flur, keine selbst gemalten Kritzel-Zeichnungen, an den Wänden keine Bilder kein Spielzeug-Chaos, nichts. Er ahnte, worauf das Gespräch hinauslief.

„Manderscheid hat sie zu einer Abtreibung gezwungen. Julia war neunzehn Jahre alt, also schon volljährig. Doch er hatte sie in der Hand. Bezahlte die Abtreibung in Luxemburg, hat ihr viel Geld gegeben und ihr das verdammte Haus gekauft, nur, damit sie für immer die Schnauze hält. Und Julia hat die Schnauze gehalten und genommen, was sie von ihm kriegen konnte. Damit war sie finanziell gut versorgt – aber ihre Seele war gebrochen. ‚Ich will nicht, dass du diesen Satansbraten zur Welt bringst und uns damit in Verruf bringst', so hat er ihr gedroht. ,Ein Wort zu irgendjemandem, und ich bringe dich um', hat er gesagt. Zu einer jungen Frau, die noch nicht einmal ganz erwachsen war."

Udo hatte sich einen Notizblock genommen und schrieb eilig mit. Er konnte das tragische Schicksal, das sich hier ereignet hatte, nur erahnen. „Aber mit Ihnen hat sie darüber gesprochen", stellte er dann fest und legte den Stift zur Seite.

Jürgen Wilms nickte.

„Sie hat sich uns anvertraut, ja. Julia war völlig am Ende mit den Nerven."

„Und Sie? Sicherlich hat sich das eigentlich gute Verhältnis zwischen Chef und langjährigem Mitarbeiter doch geändert, oder?"

„Ich bin ihm aus dem Weg gegangen, so gut es eben ging. Und wenn nicht, haben wir nur über Geschäftliches gesprochen. Aber ich glaube, dass er gemerkt hat, warum ich so wortkarg war. Dieser Tag hat mein Leben verändert, und jobmäßig fühlte ich mich ausgebrannt und musste mich jeden Tag zur Firma quälen, während ich früher gern arbeiten gegangen bin."

„Haben Sie nie mit ihm gesprochen – von Mann zu Mann?"

„Von einem Moment zum anderen habe ich Manderscheid gehasst. Ich habe ihm Vorwürfe gemacht, was ihm einfällt, sich an meinem Kind zu vergehen, doch er hat mir geschworen, dass sie es auch gewollt hat. Trotzdem ... für mich war Julia noch mein Kind, ich sehe heute noch das kleine Mädchen mit den lustigen Zöpfen, die meist in pink rumgerannt ist und mit Puppen gespielt hat. Und dann öffnet man eine Tür, eine verdammte Tür, und die Illusion, die Erinnerung an die Jahre ihrer ungetrübten Kindheit zerplatzt wie eine Seifenblase. Das lag mir schwer im Magen. Und ich habe begonnen zu trinken."

„In Ihrem Job nicht sehr vernünftig", merkte Udo vorsichtig an.

„Sie sind lustig. Ich habe auf die Vernunft geschissen. Für mich war es eine Vergewaltigung, vielleicht hat er ihr irgendwelche Tropfen in den Kaffee gekippt, um sie gefügig zu machen, ich weiß es nicht. Selbst wenn ich Julia zum Arzt geschleppt hätte – diese verdammten K.o.-Tropfen sind doch nach ein paar Stunden schon nicht mehr nachweisbar. Am liebsten hätte ich Manderscheid, der meiner Tochter die Unschuld genommen hat, totgeschlagen." Jürgen Wilms griff zu seinem Weinglas, schüttete den Rest in sich hinein und schenkte sofort nach.

Sekundenlang war das Ticken der Küchenuhr an der Wand das einzige Geräusch in der Küche, dann sprang der Kühlschrank an und übertönte mit seinem nervenden Brummen das Ticken der Uhr.

„Aber Sie haben ihn nicht totgeschlagen, weil er erschossen wurde", sagte Udo in die entstandene Stille hinein.

Der Blick des alten Mannes glitt durch das Küchenfenster hinaus in den Garten. Eine Katze kletterte gerade den Stamm des alten Apfelbaumes hinauf. Jonagold, vermutete Udo mit Kennerblick.

„Meine heile Welt, meine Auffassung einer heilen Welt, war für immer verloren."

Udo räusperte sich. „Herr Wilms, bei allem Verständnis: Wir haben alle Kinder, aber sie gehören uns nicht. Kinder wachsen heran, sie machen ihre Erfahrungen. Und sie sammeln, so befremdend das auch in den Ohren eines liebenden Vaters klingen mag, sexuelle Erfahrungen."

Jürgen Wilms schlug mit der Faust auf den Küchentisch. Das Weinglas vollführte einen Hüpfer, kippte aber nicht um. „Aber nicht mit einem widerlichen alten Sack. Ich hätte bestimmt keine Einwände gehabt, wenn sie sich einen Freund in ihrem Alter gesucht hätte: Händchen halten, Knutschen, Fummeln, von mir aus auch irgendwann mehr. Aber ausgerechnet Rudolf Manderscheid." Wilms schüttelte den Kopf und nahm wieder einen Schluck von seinem Riesling.

Udo betrachtete das Etikett der Flasche - der Wein stammte von einem Winzer aus der Gegend. So schnell wie Wilms trank, hätte es auch der Billigwein aus dem Supermarkt getan. Er trank nicht um zu genießen, sondern um sich zu betäuben. Dennoch schien die gewünschte Wirkung des Alkohols auszubleiben.

Wilms, der nervös am Rand der Tischdecke herumgefummelt hatte, blickte Udo mit regungsloser Miene an. „Ich habe Manderscheid von diesem Moment an gehasst, aber das sagte ich ja schon. In der Zeit nach diesem Erlebnis plagten mich Albträume, ich trank zu viel. Und in mir reifte ein Plan, wie ich den Alten umbringen konnte."

In Gedanken rief sich Udo die Eckdaten zum Mord an Manderscheid auf. Man hatte ihn erschossen mit dem Gesicht im Ahringsbach gefunden. „Herr Wilms, sind Sie im Besitz einer Schusswaffe?"

Der alte Mann zuckte zusammen. „Wie kommen Sie auf so einen Blödsinn? Wollen Sie behaupten, ich hätte Manderscheid auf dem Gewissen?"

„Bitte beantworten Sie meine Frage."

„Nein, verdammt, ich habe keine Pistole und kein Gewehr. Und nun muss ich Sie bitten zu gehen."

„Eine letzte Frage noch: Wo befindet sich Ihre Tochter jetzt?"

Wilms zuckte die Schultern. „Sie haben es doch eben gesagt: Unsere Kinder gehören uns nicht. Und Julia ist erwachsen. Sie muss mir keine Rechenschaft ablegen, wenn sie das Haus verlässt."

Udo erhob sich. „Sie sollten sich zur Verfügung halten", bemerkte er. „Es kann sein, dass Sie zum Verhör aufs Präsidium geladen werden."

„Von mir aus. Ich habe nichts zu verbergen. Aber ich finde es eine Riesensauerei, dass Sie mich jetzt zum Täter machen, nur, weil ich Ihnen die Geschichte meiner Tochter erzählt habe, damit Sie im Bilde sind."

SECHZEHN

Das Tätscheln an seiner Wange begann ihn zu nerven. Er wollte ein Auge öffnen, doch irgendwie gehorchte ihm kein einziger Muskel mehr. Kaltenbach kam sich albern vor, so hilflos quer im Flur seines Hauses zu liegen. Sein Hinterkopf pochte.

„Mensch Bernd, was machst du für einen Scheiß? Wach auf!"

Wie durch Watte drang die Stimme an seine Ohren und holte ihn in die Wirklichkeit zurück. Als er erwachte, schmerzte ihm jeder Knochen, und Kaltenbach hätte es nie für möglich gehalten, wie sehr sich rund zweihundert schmerzende Gliedmaßen anfühlen konnten. Ein gequälter Laut kam über seine Lippen, und er spürte diesen ekligen, pelzigen Geschmack im Mund.

Wo bin ich?

Wer bin ich?

Bin ich … tot?

Zäh wie Sirup flossen seine Gedanken durch das Hirn.

Als er eine schallende Ohrfeige verpasst bekam, glaubte er, dass ihm der Kopf von den Schultern gerissen wurde. Sein Gesicht schien zu explodieren. Aber er wusste, dass er noch lebte, denn Tote empfanden keinen Schmerz.

„Mann – was soll der Terror?", fragte er mit schwerer Zunge, obwohl er noch gar nichts getrunken hatte. „Ich bin tot, also hetz mich nicht!" Kaltenbach schaffte es zu blinzeln. Dabei stellte er fest, dass der Mond durch das kleine Fenster in den Flur schien. Allein vom kalten Mondlicht geblendet, zog Kaltenbach es vor, die Augen wieder zu schließen. Die Gefahr schien vorüber zu sein. Langsam kehrte die Erinnerung zurück.

Er war nach Hause gekommen und hatte sich über die offene Haustüre gewundert. Kaum, dass er einen Fuß über die Schwelle seines geliebten Bauernhauses gesetzt hatte, wurde er hinterrücks angegriffen. Jemand hatte ihm mit einem stumpfen Gegenstand dermaßen eins übergebraten, dass Kaltenbach sich auf der Stelle ins Reich der Träume verabschiedet hatte.

„Jetzt stell dich mal nicht so mädchenhaft an, mein Lieber."

Kaltenbach überlegte, woher er die Stimme kannte.

Udo, durchzuckte es ihn. Das war Udo Reuschenbach. Doch wie kam der hierher - und vor allem: Warum besuchte er ihn mitten in der Nacht?

„Ich bin nicht dein Lieber", krächzte Kaltenbach und nahm alle Kräfte zusammen. Es dauerte zwar eine kleine Ewigkeit, bis er sich aufgerappelt hatte, aber irgendwann saß er aufrecht in seinem Flur und rieb sich mit schmerzverzerrter Miene den Hinterkopf. „Mann, was war das für eine Scheiße?"

„Mich musst du nicht fragen", entgegnete Udo. „Ich bin eigentlich hergekommen, um dich auf Stand zu bringen. Es gibt Neuigkeiten."

„Quatsch keine Opern - du wolltest ein Bier schnorren." Kaltenbach grinste gequält und stand mühsam auf. Er rieb sich die mächtige Beule am Hinterkopf. „Ich werd alt", sagte er. „Kann noch nicht einmal vertragen, wenn mir irgendein Idiot von hinten eins überbrät."

„Hast du 'ne Ahnung, wer …"

„Nein, hab ich nicht. Eigentlich dachte ich, Beatrice ist im Haus. Aber die ist klein und zierlich. Sie hat bestimmt nicht so einen Bums im Arm, um mich aus den Stiefeln zu heben."

„Wenn sie es war, dann hat sie dazu deine Bratpfanne genommen." Udo deutete auf die massive Gusspfanne auf dem Fußboden.

„Sie soll damit kochen, anstatt mich mit der Hausordnung zu begrüßen", brummte Kaltenbach und schüttelte den Kopf, was er sofort bereute. Ein brennender Schmerz durchzuckte ihn. „Ist da jetzt eine Beule in der Pfanne?"

„Du musst zum Arzt", behauptete Udo. „Sicher hast du eine Gehirnerschütterung."

„Bleib mir mit dem Medizinmann weg", grollte Kaltenbach. „Es geht gleich schon wieder."

„Hast du eine Ahnung, wie lange du hier gelegen hast?" Sie gingen in die Küche.

„Ich gucke normalerweise nicht auf die Uhr, bevor mich jemand umhaut", konterte Kaltenbach und sank auf den wackligen Küchenstuhl. „Aber nach Hause gekommen bin ich so gegen halb neun."

„Dann müsstest du eigentlich ausgeschlafen sein." Jetzt grinste Udo. „Es ist gleich halb elf."

„Bier-Time", murmelte Kaltenbach, erhob sich mühsam und trat an den Kühlschrank. „Wieder nichts eingekauft. Aber Steffi lässt uns nicht im Stich." Er kehrte mit zwei kalten Flaschen zurück an den Tisch. Udo nahm den Öffner vom Wandhaken und hob die Kapseln der Flaschen an. Sie tranken schweigend.

Als Kaltenbach die Flasche auf dem Tisch abstellen wollte, fiel sein Blick auf einen Zettel in der Schale, in der sich allerhand Dinge befanden. Vom ausrangierten Schlüsselbund bis zu Gummibändern, alten Kugelschreibern und Feuerzeugen reichte der Inhalt der Schale, die Kaltenbach irgendwann von irgendjemandem zum Geburtstag bekommen hatte. Er erinnerte sich, dass das Kunstwerk aus der Glashütte in der Burg Linz stammte. Kaltenbach beugte sich vor und griff nach dem Zettel.

„Der ist von Beatrice“, sagte er, nachdem er die flüchtig hingekritzelten Zeilen überflogen hatte.

Udo beugte sich neugierig zu ihm hinüber.

„Danke für alles, ich bin bei einer Freundin untergekommen. Melde mich bald. Kuss Bea“, las er die Nachricht von Beatrice Manderscheid laut vor. „Na, da hast du aber keinen bleibenden Eindruck hinterlassen können, was.“

„Leck mich“, grollte Kaltenbach. „Telefonier du lieber mal mit deinen Kollegen von der Spurensicherung.“

„Du willst freiwillig die Polizei ins Haus lassen?“ Udo machte große Augen.

„Tu‘ ich das nicht sowieso jeden Tag?“

Udo trank einen Schluck Bier. „Jetzt mal Butter bei die Fische: Ich rekonstruier mal, was ich von dir weiß; wenn etwas nicht stimmt, bitte ich um Handzeichen. Du kommst nach Hause, die Tür steht offen, das Haus ist anscheinend verlassen. Im Flur wirst du eines Besseren belehrt und bekommst deine eigene Bratpfanne auf die Hirse. Wir finden einen Abschiedsbrief von Beatrice Manderscheid, die auf der Liste eines Killers steht, wie wir nach den Ereignissen der letzten Tage vermuten.“ Er tippte sich an die Schläfe, bevor er fortfuhr. „Sag mal, klingelt es nicht bei dir?“

„Du meinst, der Wisch hier“, Kaltenbach zeigte auf den Zettel von Beatrice, „das Ding hier ist das Papier nicht wert?“

„Eine Fälschung. Wenn du mich fragst, ist Beatrice hier im Haus etwas zugestoßen. Oder sie ist schlichtweg verschleppt worden, und der Wisch soll dich in Sicherheit wägen. Warst du schon oben und hast nachgesehen, ob sie noch da ist?"

„Danke der Nachfrage", murmelte Kaltenbach. „So weit bin ich leider nicht gekommen", bemerkte er sarkastisch und trank einen Schluck Bier.

Udo war bereits aufgestanden. „Willst du da Wurzeln schlagen, oder nach dem Rechten sehen?"

„Ein alter Mann ist kein D-Zug, vor allem nicht, wenn er schon Feindkontakt hatte", erwiderte Kaltenbach ungerührt und stemmte sich schwerfällig hoch.

„Wir quatschen hier in aller Seelenruhe, ohne zu wissen, ob sich noch jemand in deinem Haus befindet", murmelte Udo mit gesenkter Stimme. Er griff nach hinten und zog die Dienstwaffe aus dem Lederholster. Normalerweise musste er die Waffe bei Dienstschluss abgeben, aber da er einen Sicherheitsschrank zu Hause hatte, der alle Vorschriften erfüllte, kam er in den Genuss einer Sonderregelung. Udo entsicherte die Waffe und legte den Zeigefinger um den Abzug, dann gab er Bernd ein Zeichen. „Du gehst vor, ich sicher dich."

„Na, das will ich doch hoffen", grinste Kaltenbach und ging voran. Sie schalteten in jedem Raum im Erdgeschoss das Licht ein, blickten in jede Ecke und Nische, doch alles schien an seinem Platz zu sein und kein ungebetener Besucher überraschte sie.

„Und nun ab nach oben", flüsterte Udo.

„Glaubst du, wir finden eine ermordete Beatrice?", fragte Kaltenbach, der nun doch ein wenig unruhig wurde.

„Das will ich nicht hoffen, aber nach den Ereignissen der letzten Tage …" Der Kommissar sprach nicht weiter.

„Du machst mir echt Mut, Alter." Bernd Kaltenbach umklammerte das hölzerne Geländer, das nach oben führte und zog sich hoch. Da er sein Haus wie seine Westentasche kannte, wusste er genau, welche Stufen knarrten. Die übersprang er einfach und vermied auch sonstigen Lärm. Das Geländer beispielsweise knarrte, wenn man sich daran hochzog. Also vermieden es die Freunde, das Treppengeländer anzufassen. Oben angekommen, verharrten die Männer und lauschten in die Finsternis. Im ersten Stockwerk brannte kein Licht. Hier gab es das Schlafzimmer, einen ungenutzten Raum, den Kaltenbach als Rumpelkammer nutzte und ein Bad. Zuerst begaben sich die Männer ins Schlafzimmer. Kaltenbachs Hand wischte über den Lichtschalter neben der Tür. Die Lampe unter der Decke flammte auf und blendete ihn sekundenlang. Das Bett war nicht gemacht worden; Kaltenbach kam der Verdacht, dass Beatrice das Haus übereilt verlassen haben könnte. Er hatte ihre Wohnung in Kastellaun gesehen und wusste, dass Beatrice offenbar eine ordentliche Hausfrau war. Alles in ihren vier Wänden hatte sich an seinem Platz befunden, nichts hatte herumgelegen.

Im Schlafzimmer des Bauernhauses herrschte hingegen das Chaos, das er am Morgen verlassen hatte. Neben dem Bett lag noch ein benutztes Kondom.

Als Udo neben ihn trat und sich einen Überblick verschaffte, musste er leise lachen. „Alter, du häutest dich", kicherte er. „Vielleicht solltest du mal zum Arzt gehen."

„Das machen Schlangen ab und zu", konterte Kaltenbach und ging in die Hocke, um einen Blick unter das französische Bett zu werfen. Außer ein paar Staub- und Wollmäusen konnte er nichts Außergewöhnliches entdecken. „Ich muss mal wieder unter dem Bett saugen“, flüsterte er, während er sich erhob.

„Warum, gammeln da noch mehr Pariser vor sich hin?“

„Blödmann.“ Kaltenbach trat an den großen Kleiderschrank und öffnete jede Tür. Alles war an Ort und Stelle, wenn auch nicht sehr ordentlich eingeräumt. „Wie heißt das im Bullen-Jargon? Sauber.“

„Ich wage das zu bezweifeln, aber wenn das im Hinblick auf fremde Personen in deinem Schrank gemeint ist, dann freu ich mich.“ Udo ließ die Waffe sinken. „Und nu?“

„Gibt es noch mehr zu sehen. Komm schon.“ Kaltenbach ging voran und öffnete erst die Tür zum Bad. Das kleine Fenster stand auf Kipp, das Zirpen der Grillen hinter dem Haus drang an ihre Ohren. Der Bauer, dem die Wiese hinter dem Haus gehörte, hatte heute offenbar gemäht – es roch wundervoll nach frischem Heu.

Der Klodeckel stand offen – eine Angewohnheit vieler Menschen, die Kaltenbach nicht mochte. Er trat vor und klappte den Deckel herunter. „Ordnung muss sein“, kommentierte er, als er Udos verdutzten Blick sah. „Ich kann das nicht ab.“

„Schön. Wenn du sonst keine Sorgen hast.“

Kaltenbach ging wieder vor und öffnete die Tür des kleinen Zimmers, das ihm früher als Büro gedient hatte. Heute stellte er den Raum mit dem kleinen Fenster mit allem voll, was ihm im Weg herumstand. Kartons, Gerümpel und Sachen für den nächsten Sperrmüll machten ein Betreten des Zimmers fast unmöglich. Unter der Decke sorgte eine nackte Glühbirne für ein grelles Licht, das jeden Winkel ausleuchtete und kein Versteck barg. „Hier kann sich eigentlich nur eine

Maus verstecken", brummte Kaltenbach und zog die Tür wieder hinter sich zu.

„Dann weiter hoch, unters Dach", raunte Udo ihm zu. Die Treppe zum Dachstuhl war eng und steil, und während Kaltenbach voranging, hatte Udo den Hintern des Freundes auf Augenhöhe.

„Wenn du jetzt eine Frau wärst, könnte ich stundenlang hinter dir hersteigen", grinste er.

„Bin ich aber nicht - also mach dir keine falschen Hoffnungen. Deine Fantasien kannst du mit Larissa ausleben, bitte verschon mich." Unter dem ausgebauten Dachstuhl hatte sich Kaltenbach ein Büro eingerichtet. Das Balkenwerk lag frei und verlieh dem Raum einen urigen Touch. Seinen selbst gezimmerten Schreibtisch hatte er sich ans Fenster im Giebel gestellt. Von hier aus hatte er tagsüber einen wundervollen Blick auf die Ausläufer des Westerwaldes; nachts blinkten ihm die Sterne entgegen. Für Romantik war jetzt aber nicht der richtige Zeitpunkt, und so ließ Kaltenbach es sich auch hier nicht nehmen, jeden Winkel zu durchleuchten.

„Hier ist nichts", kommentierte er über die Schulter.

„Schön." Udo sicherte die Waffe und steckte sie zurück ins Holster. „Dann ab nach unten. Mensch, ich hab vielleicht einen Durst jetzt. Das Bier ist bestimmt längst warm, so eine Kacke."

Bevor Kaltenbach dem Freund beipflichten konnte, ertönte unten ein lauter Knall. Die Haustüre war zugefallen.

„Ich hab sie zugemacht, als ich vorhin gekommen bin", beteuerte Udo.

„Mann, was kotzt mich das an", grollte Kaltenbach. „Ich glaub, ich wohn im Bahnhof - hier ist ja ein ständiges Kommen und Gehen. Ich will nach Feierabend einfach mal meine Ruhe haben!"

„Mich würde vielmehr interessieren, wer da kommt oder geht“, entgegnete Udo und stürzte die Treppe herunter. Kaltenbach folgte ihm etwas langsamer, nicht, weil er Angst hatte oder unbewaffnet war, sondern weil ihm die Knochen schmerzten.

Im Flur angekommen, fanden sie die Haustüre verschlossen vor.

„Hier ist nichts“, murmelte Udo, der schon wieder die Dienstpistole im Anschlag hatte.

„Sag mal, spielt ihr hier Räuber und Gendarm?“

Es war eine Frauenstimme, die da zu ihnen gesprochen hatte. Kaltenbach wusste nicht, ob es an Udos guter Erziehung lag, dass er die Hand, mit der er die Waffe hielt, sinken ließ. Er trat neben den Freund, der im Rahmen der Küchentür lehnte.

„Mann, hast du uns einen Schrecken eingejagt!“

Kaltenbachs Gedanken rasten, und er wurde den Verdacht nicht los, dass sein Gehirn bei dem Anschlag nicht doch etwas abbekommen hatte. Womöglich hatte er Halluzinationen, aber er sah seine Exfreundin in der Küche auf der Eckbank sitzen.

„Sabine“, murmelte er überrascht. „Spinn ich? Wie kommst du denn hier rein?“

„Bernd, mein Lieber“, säuselte sie zuckersüß. „Wenn du den Zweitschlüssel zu deinem Haus schon draußen deponierst, solltest du dir spätestens alle zwanzig Jahre ein neues Versteck ausdenken.“

„Ich fass es nicht“, maulte Kaltenbach.

„Oh, Freude über meinen Besuch habe ich mir ein wenig anders vorgestellt“, erwiderte Sabine sichtlich enttäuscht. Dabei hatte sie sich extra für ihn chic gemacht: Sie trug hochhackige Sandalen zu einem leichten Sommerkleid, das eine Handbreit über dem Knie endete. Das blonde Haar trug sie endlich wieder offen, sie hatte etwas Make-up aufgelegt und duftete betörend nach einem Parfüm, dessen Marke Kaltenbach höchstens aus diversen TV-Werbespots kannte, die alljährlich zur Weihnachtszeit liefen.

„Come in and find out", bemerkte er mit einem schiefen Grinsen.

„Du weißt, was dieser Slogan bedeutet?" Sie lächelte ihn süffisant an. Als er schwieg und sich seiner Bierflasche widmete, redete Sabine weiter: „Komm rein und finde raus. Heißt das, dass ich gehen soll?"

„Nein, nein", beeilte sich Kaltenbach jetzt zu sagen. „Willst du was trinken?"

„Hast du Wein?"

„Bier."

„Geht auch." Sie nickte.

„Wie trinkst du dein Bier? Flasche oder Glas?" Kaltenbach bewegte sich zum Kühlschrank, während Udo ein wenig unschlüssig mitten in der quadratischen Küche stehen blieb und das Schachbrettmuster der Bodenfliesen bewunderte.

„Kasten", kam die Antwort von Sabine.

„Der Spruch ist von mir." Kaltenbach kehrte mit einer Flasche Steffens an den Tisch zurück, setzte den Flaschenöffner an und reichte Sabine die Flasche. Sie nahm einen tiefen Schluck, rülpste leise, und seufzte: „Mann, tut das gut, endlich mal wieder hier zu sein."

„Wie meinst du das?" Kaltenbach blickte sie entgeistert an.

„Bei euch bescheuerten Vögeln. Weißt du, wie sehr mir das gefehlt hat?"

„Nö." Kaltenbach drehte den alten Küchenstuhl um und setzte sich verkehrt herum darauf. „Aber trotzdem: Danke für die Blumen."

Sabine kicherte und prostete Udo zu, der seine Waffe zum zweiten Mal innerhalb weniger Minuten ins Holster zurücksteckte. „Hast ein paar Pfund zugelegt, seit wir uns das letzte Mal gesehen haben."

„Kannst ruhig sagen, dass ich fett geworden bin." Udo nahm auf der anderen Seite der Eckbank Platz und griff zu seinem Bier. Er strich sich bezeichnend über seinen prallen Bauch. „Aber es schmeckt doch auch immer so gut."

„So und nun zu uns, Fräulein", unterbrach Kaltenbach das Geplänkel der beiden. „Was treibt dich um diese Uhrzeit hierher? Die Eifersucht?"

„Du spinnst." Sabine trank einen Schluck Bier und tippte sich dann an die Stirn. „Beinahe hätte ich vergessen, dass du einen Vogel hast, Kaltenbach." Sie blickte sich um.

„Wo ist sie denn, deine Beatrice?"

„Abgehauen, nachdem er sich in der letzten Nacht vor ihr gehäutet hat", platzte es aus Udo heraus.

„Halt's Maul", zischte Kaltenbach wütend und funkelte den Polizisten an. Manchmal verstand er nicht, was in Udos kleinem Beamtenhirn vorging.

Udos Bauch geriet in Wallungen, so sehr kicherte er in sich hinein.

„Wir haben hier die Kacke am Dampfen", eröffnete Kaltenbach Sabine. „Und das, was nach einer gemütlichen Männerrunde aussieht, täuscht gewaltig: Beatrice ist verschwunden, und ich hatte einen bösen Kontakt mit meiner eigenen Pfanne."

„Man hat sie verschleppt?" Sabine musterte die Freunde neugierig.

„Das weiß kein Mensch", brummte Kaltenbach und deutete auf den Zettel, der auf dem Tisch lag. „Sie hat uns den Wisch geschrieben, der lag hier in der Küche.

Und als ich nach Hause kam, bekam ich erst mal eins übergebraten."

„Und deshalb die kleine Hausdurchsuchung", schloss Udo, der sich wieder ein wenig beruhigt hatte.

„Bei der ich blöde Kuh euch einen gehörigen Schrecken eingejagt habe." Sabine schaute betroffen drein. Dann wandte sie sich an Bernd. „Was ist denn nun: Ist sie verschwunden, weil sie Angst hatte, von dir in einem Spermaschwall auf die andere Straßenseite katapultiert zu werden, oder hattet ihr Streit?"

„Erstens", sagte Kaltenbach ungerührt, „erstens stammt dieser Spruch aus irgendeinem Film."

„Erwischt", nickte Sabine schuldbewusst. „In Sachen Liebe mit Meg Ryan, meiner Lieblingsschauspielerin."

„Und zweitens: Nein, wir hatten keinen Streit, weil wir uns nicht einmal mehr gesehen haben."

„Was mit diesem Zettel dokumentiert wird", stimme Sabine ihm zu.

„Was sagst du dazu?", mischte sich Udo ein, bei dem schon das erste Bier zu wirken schien. „Hat sie ihm zum Abschied noch eins übergebraten und ist dann in die Nacht verschwunden, oder was?"

„Verdient hätte er es bestimmt", behauptete Sabine im Brustton der Überzeugung. „Aber ich frage mich: Wie ist sie verschwunden? Hatte sie ein Auto mit?"

„Ich habe sie mit Else hergebracht", antwortete Kaltenbach und leerte sein Bier. Er stand auf, ging zum Kühlschrank, blickte sich dort angekommen um und fragte: „Noch jemand ohne Fahrschein?"

Udo beeilte sich und nickte dann eifrig, während Sabine den Kopf schüttelte.

„Wie soll sie dann, bitte schön, von hier weggekommen sein? Per Anhalter? Der Bus fährt doch nur zweimal am Tag durch das Dorf."

Kaltenbach kehrte mit zwei Bierflaschen zum Tisch zurück. „Dreimal, bitte schön. Aber recht hast du. Vielleicht hat sie sich auch abholen lassen."

„Oder ihr Verschwinden war wirklich nicht so freiwillig wie ich schon vermutet habe", gab Udo zu bedenken. Er nahm Bernd die geöffnete neue Flasche ab und trank. Dabei fiel sein Blick auf die Bratpfanne, die noch immer auf dem Fußboden lag.

„Was ist denn jetzt? Spurensicherung kommen lassen?"

Kaltenbach winkte ab. „Dann hab ich ja noch mehr fremde Leute im Haus. Nee, lass mal. Offen gestanden werde ich gerade ziemlich müde."

„Aber ich bin eigentlich gekommen, um dir noch etwas zu erzählen", maulte Udo.

„Ich auch", stimmte Sabine ihm eifrig zu.

„Leute, was soll ich sagen? Ihr macht mich fertig." Kaltenbach seufzte und ertränkte seinen Frust mit einem Schluck Bier. „Spuckt es aus." Dann verfinsterte sich seine Miene. „Sag mal", wandte er sich an Sabine. „Wie bist du denn hergekommen? Während wir im Haus auf Verbrechersuche unterwegs waren, haben wir uns leise verhalten. Ein Auto, das in dieser Zeit auf den Hof fährt, wäre uns garantiert nicht entgangen."

„Ich wollte dich überraschen", räumte Sabine ein wenig kleinlaut ein. „Deshalb parkt mein Auto an der Hauptstraße, und ich habe den Rest des Weges zu Fuß zurückgelegt."

„Na ja, den Grund für den Überraschungs-Besuch lasse ich jetzt mal dahingestellt", meckerte Kaltenbach. „Aber egal. Schießt los, mir fallen gleich die Augen zu."

„Du wirst alt", stellte Sabine nun fest. „Es ist Wochenende. Wir sollten unsere Wiedervereinigung feiern, findest du nicht?"

Als Kaltenbach Udo mit einem warnenden Blick bedachte, gähnte dieser ungeniert. „Ich wollte eigentlich auch längst zu Hause sein - Larissa wartet auf mich und macht sich wahrscheinlich schon Sorgen."

„Du liebst sie sehr, deine Larissa?" Sabine hatte einen verträumten Gesichtsausdruck bekommen, der Kaltenbach unheimlich war.

„Ja."

Udo nickte.

„Wir sind wie geschaffen füreinander. Sie liebt mich, ich liebe sie. Wir haben beide unsere Schwächen und Fehler, aber wir ergänzen uns wunderbar. Ich will gar keine andere Frau, niemals in meinem Leben."

„Siehst du", sagte Sabine an Kaltenbach gewandt. „Nimm dir mal ein Beispiel an deinem Freund, du Sack."

Kaltenbach kratzte sich verlegen am Hinterkopf, dann griff er zu seinem Bier und trank hastig. „Könntet ihr jetzt endlich auf den Punkt kommen, Leute?"

Udo machte den Anfang. Er berichtete ihnen, was er an der Mosel erlebt hatte, nachdem Kaltenbach den Ort des Geschehens verlassen hatte.

„Und warum fragst du Julia Wilms nicht selber? Ich meine, es ist schön, dass dir ihr alter Herr die ganze Geschichte erzählt hat, aber ich an deiner Stelle hätte sie mir gern aus erster Hand angehört."

„Das habe ich versucht - aber Julia Wilms ist verschwunden. Ihre Eltern wussten nicht, wohin."

„Die Geschichte stinkt zum Himmel", behauptete Kaltenbach. „Bin ich eigentlich der Bulle oder du? Das hätte dir gleich auffallen müssen!"

„Sie ist eine bedauernswerte junge Frau, die jahrelang zwischen den Stühlen, respektive zwischen ihrem Vater und dem Chef gestanden hat."

„Ich würde mir auf jeden Fall auch ihre Version anhören", stimmte Sabine zu.

„Das hatte ich sowieso vor, aber ich kann sie schlecht zur Fahndung ausschreiben, nur weil ich sie nicht zu Hause angetroffen habe. Womöglich ist sie nur übers Wochenende verreist, vielleicht mit ihrem neuen Freund, von dem sie mir erzählt hat. Nein, Julia Wilms ist mir keine Rechenschaft schuldig. Wenn ich sie in die Zange nehme, komme ich in Teufels Küche – das steht in keiner Dienstvorschrift."

„Scheiß Dienstvorschriften", grummelte Kaltenbach. „Ich bin froh, dass ich frei bin und mich nur an meine eigenen Regeln zu halten habe."

„Was sagt Prangenberg dazu?", konterte Udo.

„Er hält den Ball flach, wenn ich ihm zeitnah, wie er es nennt, eine heiße Story liefere. Dafür würde er trotz Igel in der Tasche sogar Geld in die Hand nehmen, da bin ich sicher."

„Deshalb bin ich hier", bemerkte Sabine nun.

„Wegen Geld?" Kaltenbach blickte sie verwundert an. „Hast du finanzielle Probleme?"

„Nein, absolut nicht." Sie lachte amüsiert und nahm einen tiefen Schluck aus der Flasche. „Ganz im Gegenteil: Ich habe heute Abend noch den Gutachter in Trier erreicht. Er hat sich bereit erklärt, die Bodenproben, die du genommen hast, bis Sonntagabend zu untersuchen."

„Bodenproben?", fragte Udo dazwischen. „Moment, ich hör immer Bodenproben. Hab ich was verpasst?"

„Ja", nickte Kaltenbach. „Hast du wohl. Ich hab ja heute auch was erlebt, von dem ich dir noch nichts erzählt habe." Mit wenigen Sätzen berichtete er dem Freund von seiner Kletteraktion im Hunsrück.

„Professor Triebel hat Wert auf eine Anzahlung gelegt", merkte Sabine nun beiläufig an.

Kaltenbach stutzte. „Und?“

„Ich habe ihm das Geld sofort überwiesen. Online, dann habe ich ihm den Bankbeleg als PDF gemailt, sonst hätte es die Sache unnötig verzögert.“

„Wie viel?“

„Fünftausend. Als Anzahlung, damit er überhaupt den Rechner in seinem Labor hochfährt.“

„Sag, dass das nicht wahr ist“, verlangte Kaltenbach.

Sabine schüttelte den Kopf, trank einen Schluck und sagte: „Dann würde ich ja lügen.“

„Aber mit deiner kleinen Privatschnüffler-Bude kämpfst du selber um Überleben.“

„Stimmt. Ich habe meine Mutter angepumpt.“ Sabine sagte das, als wäre es das Normalste der Welt.

„Wie schön. Willkommen im Club.“ Kaltenbach hob die Flasche. „Und ansonsten ist uns der Mann gewogen?“

„Er wird die Proben ... wie soll ich sagen? Er wird sie sehr wohlwollend bewerten.“

„Das nutzt uns nichts“, erwiderte Udo. „Das Gutachten muss hieb- und stichfest sein. Bernd arbeitet daran, einen Umweltskandal aufzudecken. Der Hahn gehört der Landesregierung. Wenn er die verklagen will, muss er damit rechnen, dass sie die teuersten Anwälte der Republik auffahren, um die Klage abzuschmettern.“

„Die sollen mal kommen“, sagte Sabine. „Ich bin sicher, dass, wenn der Boden tatsächlich belastet ist, eine große Bombe platzen wird.“

„Ich will jetzt nicht unverschämt sein“, sagte Kaltenbach und sah Sabine mit seinem Hundeblick an. „Aber wann bekommen wir die Ergebnisse?“

„Vielleicht sogar noch am Wochenende.“ Sie strahlte.

„Das ist mal eine Sonderschicht", lachte Udo und hieb sich auf die Schenkel, dann rieb er Daumen und Zeigefinger aneinander. „Na ja, der Gutachter lässt sich die Sonderschicht am Wochenende ja auch ordentlich vergüten."

„Allerdings." Kaltenbach nickte und blickte in die Runde. Im Grunde genommen war er froh, dass der alte Sauhaufen, der vor vielen Jahren schon einmal einen Fall gelöst hatte, wieder zusammengefunden hatte. Jeder der drei war auf seine Art und Weise speziell, aber wahrscheinlich war genau das der große Vorteil des Trios. „Und du?", sagte er dann an seinen Freund gewandt. „Was wolltest du mir so Dringendes berichten, als du mich in der misslichen Lage angetroffen hast?"

„Ich hatte etwas Stress in Zell: Ein schwarzer Pick-up wollte mich im Vorbeifahren platt machen." Udo berichtete den Freunden, was ihm an der Moselpromenade in Zell zugestoßen war.

„Ach nee?" Kaltenbach wunderte sich nicht, dass auch sein Freund ins Kreuzfeuer der Feinde geraten war.

„Und nun kannst du dir gar nicht erklären, warum?"

„Falsch. Ich kann mir immer noch nicht erklären, wer hinterm Steuer saß. Natürlich habe ich sofort eine Ringfahndung nach dem Dodge eingeleitet – bisher allerdings ohne Erfolg."

„So eine Riesenkiste ist doch auffällig, und vor allem: Sie kann sich nicht in Luft auflösen." Kaltenbach schüttelte den Kopf.

„Da kann es doch nur sein, dass jemand die Kiste nach dem Anschlag auf Udo versteckt, in einer alten Scheune oder sonst irgendwo", überlegte Sabine.

„Und Scheunen gibt es zwischen dem Hunsrück und dem Moseltal wie Sand am Meer", unkte Kaltenbach. Dann griff er in die Tasche und legte sein Handy auf den Tisch. „Aber für dich habe ich noch eine Aufgabe", sagte er an Udo gewandt.

„Schön. Ein Kriminalkommissar lässt sich von einem Lokalreporter Aufgaben geben."

„Der Lokalreporter kann dir auch eins aufs Maul hauen, wenn du den Schwanz einziehst", brummte Kaltenbach und rief die Bilder auf, die er von dem Reifenprofil auf dem Wirtschaftsweg im Hunsrück gemacht hatte.

„Hier", sagte er und zoomte in die Aufnahme hinein. „Hast du eine Ahnung, was das für ein Auto gewesen sein könnte, das sich hier durch den Modder geackert hat?"

„Ein Lastwagen, mit großer Sicherheit geländegängig", sagte Udo, nachdem er einen Blick auf das Bild im Handy-Display geworfen hatte.

„Schön", sagte Kaltenbach trocken. „Kann man das irgendwie spezifizieren? Fahrzeughersteller, Modell und so was?"

„Eher nicht." Udo schüttelte den Kopf. „Im freien Reifenhandel wird nicht nach Hersteller verkauft, sondern nach zugelassener Reifengröße."

„Aber das Profil könnte schon von einem Mercedes Actros stammen?" Bernd ließ nicht locker.

Udo nickte. „Genauso gut aber auch von einem MAN oder einem Volvo beispielsweise, die Zugmaschinen in derselben Gewichtsklasse anbieten. Das kann man so nicht einordnen, fürchte ich."

„Du hast den Verdacht, dass die Spuren von einem der Manderscheid-Lkw stammen", kombinierte Sabine.

„Exakt."

„Dann fahr hin und vergleich das mal", sagte sie an Udo gewandt. „Dazu brauchst du ja wohl keinen Durchsuchungsbeschluss, oder?"

„Nee, das darf ich ohne. Muss mich ja nicht erwischen lassen." Udo grinste wie ein kleiner Junge, der gerade einen Streich ausheckte.

„Wenn du dir in die Hose machst, übernehm' ich das für dich", bot sich Kaltenbach an. „Ich fang da am Montag an."

„Was?"

Kaltenbach sah seinem Freund an, dass er an einen Scherz glaubte.

„Ich bin der Maulwurf dort. Beatrice hat mich reingeschmuggelt, weil Paul Bärmann gerade Fahrer für einen neuen Großauftrag sucht, der allerdings ganz diskret behandelt werden soll. Und was soll ich sagen, Freunde? Ab Montag verdiene ich mein Geld als Trucker auf dem Bock."

„Und was sagt Prangenberg dazu?" Sabine war sichtlich überrascht.

„Passt ihm nicht. Er hat personellen Notstand, deshalb arbeite ich augenblicklich in der Koblenzer Redaktion, nicht in Neuwied. Aber ich habe ihm eine heiße Story in Aussicht gestellt, und …"

„Sag mal, kann es sein, dass du die Geduld deines Chefredakteurs gerade ganz schön beanspruchst?" Unterschwelliger Vorwurf lag in Sabines Stimme.

„Der Zweck heiligt das Mittel", wich Kaltenbach aus.

Sekundenlang herrschte Schweigen in Kaltenbachs Küche, dann zerriss der Radetzky-Marsch die Stille. Kaltenbach lachte auf und bedachte seinen Freund mit einer bedauernden Miene.

„Wann kommst du denn nach Hause, Schatz? Es ist schon so spät, und ich fürchte mich im Dunkeln."

„Du solltest besser die Schnauze halten", grollte Udo. „Wenn du wüsstest, welchen Stein du bei meiner Frau im Brett hättest, würdest du nicht so einen Unsinn sülzen." Er kramte das Telefon hervor und meldete sich.

„Ich komm gleich, Schatz. Ja, ich weiß, es ist verdammt spät, und morgen müssen wir verdammt früh raus. Was – morgen ist Wochenende, Larissa!" Udos Blick huschte zwischen Sabine und Kaltenbach umher. „Ich bleib liegen, mir doch scheißegal. Was?" Er lauschte in den Hörer, bevor er antwortete: „Ach so: Spielzeugtag im Kindergarten. Das ganze Zeugs sauber machen für die neuen Kinder, die nach den Ferien kommen? Was hab ich mit denen … ja, ist doch schon gut. Natürlich helfe ich dir gern. Ja, ich besorge den neuen Spielsand, kein Thema." Wieder lauschte Udo und nickte dienstbeflissen. „Natürlich, ja, ich beeil mich. Ist gut, bis gleich. Tschö." Eilig drücke er die rote Taste. „Mist, hab ich total vergessen, die Aktion morgen." Er leerte sein Bier und hieb kurz auf den Tisch. „Also", sagte er an Bernd gewandt. „Du kommst zurecht hier, oder hast du noch Angst?"

Kaltenbach tauschte einen Blick mit Sabine und winkte dann grinsend ab. „Nee, ist schon in Ordnung. Hau du mal ab, morgen wird ein harter Tag, und ich beneide dich nicht!"

Udo erhob sich ein wenig schwerfällig und grüßte fast militärisch in die Runde. „Eine angenehme Nachtruhe." An der Türe angekommen, griff er in die Tasche und zog Gummihandschuhe hervor. Udo bückte sich nach der Pfanne. „Woll'n doch mal sehen, ob die Kollegen mit den Fingerabdrücken etwas anfangen können", sagte er und nahm die massive Gusspfanne mit. Bevor er das Haus verließ, wandte er sich noch einmal um. „Und ich drück mal die Daumen, dass ihr von weiteren ungebetenen Gästen verschont bleibt."

„Ihr?", fragte Kaltenbach, doch Udo war längst zur Türe raus. Er ging ihm nach, schloss das Haus ab und schob sicherheitshalber den massiven Eisenriegel vor.

„So", sagte er, als er wieder in der Küche stand. „Und was wird jetzt mit uns beiden?"

Sabine streckte sich und gähnte. „Ich werd auch mal zusehen, dass ich nach Hause komme. Es ist schon wieder so verdammt spät geworden."

„Nein." Kaltenbach schüttelte den Kopf. „Kannst hierbleiben. Hattest du doch sowieso vor." Er grinste. „Ich weiß doch, dass du damit gerechnet hast."

„Bei dir mit irgendetwas zu rechnen, das habe ich mir schon vor vielen Jahren abgewöhnt", erwiderte sie ernst. „Gib mir einfach eine Wolldecke, dann mache ich es mir auf dem Sofa im Wohnzimmer gemütlich. Ich liebe es, beim Fernsehen einzuschlafen."

„Unsinn", erwiderte Kaltenbach. „Du schläfst im Bett, wie sich das gehört."

SIEBZEHN

Zuerst glaubte er, dass das Klingeln des Telefons Teil des Traums war, in dem er sich gerade im Zustand völliger Entspannung befand.

„Bernd", sagte dann eine weibliche Stimme gleich neben seinem rechten Ohr, „Bernd, das Telefon klingelt."

„Woher weißt du, was ich gerade träume?", beschwerte er sich schlaftrunken und blinzelte in die Morgensonne, die durch den Spalt der Jalousien ins Schlafzimmer fiel.

„Spinner." Sie buffte ihn zärtlich in die Seite. „Willst du nicht drangehen?"

Als er sich umdrehte und seine Hand, die er gerade ausstreckte, auf ihrer Brust landete, grinste er mit geschlossenen Augen. Wie schon damals, schlief Sabine immer noch am liebsten nackt. „So", sagte er. „Bin schon drangegangen."

„Jetzt hau aber ab", rief Sabine, schob seine Hand weg und drückte ihn in Richtung Bettkante. Schwerfällig und unter Protest erhob sich Bernd. „Der Anrufbeantworter wäre gleich angesprungen", maulte er und schlüpfte in die Boxershorts. Das Kondom hatte er am Vorabend mit einem Fußkick unter das Bett geschoben, bevor Sabine es entdeckt hatte.

„Es könnte wichtig sein", mahnte sie ihn.

„Du hast gewonnen, ich geh ja schon." Kaltenbach versuchte die restliche Müdigkeit abzuschütteln. Barfuß marschierte er in den kleinen Flur des ersten Stockwerkes. Hier lag das schnurlose Telefon auf der Bauernkommode, die er vor einigen Jahren in liebevoller Kleinarbeit eigenhändig restauriert hatte.

Der Vorteil moderner Telefone war, dass man noch vor dem Abheben sehen konnte, wer anrief.

„Prangenberg, schon wach?", fragte Kaltenbach ungerührt. Er ahnte, dass sein Leitartikel in der Koblenzer Zeitung am frühen Samstagmorgen für Aufregung gesorgt hatte. Und genau so war es offenbar auch.

„Du bist ein verdammter Sauhund, Kaltenbach. Mit der Geschichte hast du echt mal ins Schwarze getroffen."

„Ist schon was anderes als ein Bericht über die Jahreshauptversammlung beim Kaninchenzuchtverein, was?", gab Kaltenbach sich bescheiden. „Danke für die Blumen."

„Nichts danke", brüllte Prangenberg los. „Ich hatte heute früh um acht Uhr einen Anruf von der Rechtsabteilung des Hahn. Die machen uns Feuer unterm Hintern, Kaltenbach."

„Das können die gerne versuchen – alles, was in dem Artikel steht, ist gründlich recherchiert und kann notfalls auch vor Gericht belegt werden." Kaltenbach kehrte mit dem Telefon am Ohr zurück ins Schlafzimmer und sank auf die Bettkante. Sabine robbte sich von hinten an ihn heran und kraulte seinen Rücken.

„Wenn die uns den Presserat auf den Hals schicken, kann ich den Laden dicht machen."

„So weit wird es nicht kommen. Wie geht es denn jetzt weiter? Haben sie dir nur gedroht oder konkrete Schritte genannt?" Kaltenbach wunderte sich, dass er sich nach dem anstrengenden gestrigen Tag und der kurzen, durchliebten Nacht schon wieder so gut artikulieren konnte. Wenn es hochkam, hatte er drei Stunden geschlafen. Sabine hatte, nachdem sie ins Bett gekrochen waren, größten Wert darauf gelegt, ihre Wiedervereinigung gebührend zu feiern. Und Kaltenbach hatte sich nicht lange bitten lassen.

„Es gibt eine Pressekonferenz am Nachmittag. Da solltest du auf jeden Fall dabei sein."

„Ich werde sehen, was ich tun kann."

„Man hat mir schon am Telefon gesagt, dass sie alle Vorwürfe, in einen möglichen Umweltskandal verwickelt zu sein, zurückweisen. Aber ich war nicht ganz faul und habe mich umgehört. Die Staatsanwaltschaft Trier hast du mit deinem Artikel wohl auch wachgerüttelt. Sie haben ein Ermittlungsverfahren eingeleitet und werden dem Hahn und einigen Betrieben, die für den Flughafen arbeiten, auf den Zahn fühlen."

„Also auch Manderscheid", überlegte Kaltenbach. Mit der freien Hand strich er über Sabines Taille. Sie erschauderte unter seinen Berührungen.

Prangenberg grunzte, als könne er sehen, was sich in Kaltenbachs Schlafzimmer abspielte, während sie telefonierten.

„Ist das dieser Baustoff-Spediteur, bei dem du dich als Maulwurf einschleichen willst? Dann wird der wohl auch Schwierigkeiten bekommen."

Kaltenbach hatte Prangenberg gestern Abend noch angerufen, um den Chefredakteur des Rhein Wied Express auf Stand zu bringen.

„Bärmann kann eigentlich dicht machen, ich warte jetzt nur noch auf die Auswertung des Labors, die uns die Schadstoffbelastung der Bodenproben bestätigt."

„Und wenn du auf dem Holzweg bist, bleibe ich auf den Kosten für die Analyse sitzen", beschwerte sich Prangenberg.

Kaltenbach ging nicht auf den Vorwurf seines Chefredakteurs ein. „Dann muss ich jetzt nur noch herausfinden, ob Thomas Anhausen irgendwie in die Geschichte passt."

„Wer ist der Mann?"

„Der Exfreund von Anna Hagedorn. Sie ist - sie war - die Verlobte von Dirk Immich, der mit seinem Labor in die Luft geflogen ist."

„Und?"

„Von seiner Telefonnummer aus wurden möglicherweise die Drohanrufe abgegeben. Wenn mein Verdacht stimmt, dann hängt er in dem Fall irgendwie drin."

„Er ist wahrscheinlich nur ein Handlanger und macht die Drecksarbeit", gab Prangenberg zu bedenken.

„Das heißt nicht, dass er ungeschoren davonkommt", entgegnete Kaltenbach, während seine Hand über Sabines Brüste strich. Sie hatte sich zurückgelehnt, die Augen geschlossen und genoss seine Liebkosungen sichtlich.

„Das sollte dann aber Sache der Polizei sein", warnte Prangenberg.

„Wenn die überhaupt etwas unternimmt. Wenn die Landesregierung wirklich hinter der Sache steckt, dann wird man diesem Caspari den Fall wegnehmen - sollte das nicht schon längst passiert sein." Kaltenbach beugte sich zu Sabine herab und hauchte ihr einen Kuss auf den Bauch. Ein wohliges Stöhnen kam über ihre Lippen.

Kaltenbach fuhr erschrocken auf, zog Hand und Lippen zurück und drehte den Hörer so, dass Prangenberg nach Möglichkeit nichts mitbekam.

„Sag mal, Kaltenbach - was treibst du denn da, während du mit mir telefonierst?"

„Nichts", erwiderte er schnell. „Ich muss jetzt auch Schluss machen. Gleich werde ich diesem Anhausen mal auf den Zahn fühlen. Und ich will pünktlich auf der Pressekonferenz am Hahn erscheinen." Eilig drückte Kaltenbach den roten Knopf, warf das Telefon auf den Boden und widmete sich Sabine. Lange dauerte es nicht, bis er das Telefonat verdrängt hatte. Irgendwann waren auch seine Boxershorts kein Hindernis mehr für Sabines geschickte Hände, und der Tag begann gut für Bernd Kaltenbach...

Das Klingeln des Telefons riss sie eine halbe Stunde später in die Realität zurück. Kaltenbach blinzelte auf den Wecker, der auf dem Nachtschrank stand. Halb zehn.

„Schon wieder Prangenberg, jede Wette", murmelte er träge, während er Sabine sanft zur Seite schob. „Er hat noch was vergessen."

Sabine murmelte etwas Unverständliches und drehte sich auf die Seite, während Kaltenbach sich aus dem Bett lehnte, um nach dem Telefon zu angeln. Als er sah, dass der Anrufer seine Nummer unterdrückt hatte, beschlich Kaltenbach ein eigenartiges Gefühl.

„Hallo?", meldete er sich distanziert.

„Tut es noch weh am Hinterkopf?" Ein meckerndes Lachen folgte.

„Pass mal auf, du Flitzpiepe", brüllte Kaltenbach in den Hörer. „Wenn du der Kerl bist, der mir gestern eins übergebraten hat, dann bete, dass ich dich nicht zwischen die Finger bekomme, sonst hast du nichts mehr zu lachen."

„Wir haben deine Braut, und du solltest die Füße stillhalten, wenn du nicht willst, dass ihr etwas zustößt." Eine männliche Stimme, allerdings pfiff Wind in den Hörer des Anrufers, sodass Kaltenbach nicht sagen konnte, ob es sich um den gleichen Anrufer handelte, der ihn auch schon in der ersten Nacht gewarnt hatte.

„Meine Braut habt ihr?" Kaltenbach wandte sich grinsend zu Sabine um. „Das kann ich mir nicht vorstellen, sie liegt neben mir."

Prompt gab sie ihm einen Klaps und zeigte Kaltenbach einen Vogel.

„Du weißt genau, von wem die Rede ist. Also – halt die Fresse, keine Bullen, nichts mehr in der Zeitung, dann besteht die Möglichkeit, dass sie den Tag lebend übersteht."

„Wer bist du?", rief Kaltenbach unbeeindruckt in den Hörer. „Pass mal auf, du Vollhorst: Erst bringst du eine unschuldige Frau um, jetzt kidnappst du eine Frau – diesmal immerhin die richtige. Wenn ich dich zwischen die Finger kriege, werde ich dir erst mal so was von aufs Maul hauen!"

„Das wird dir nicht gelingen. Ich werde dafür sorgen, dass du …" Der Rest der Antwort ging im ohrenbetäubenden Lärm eines vorbeirasenden Zuges unter. Kaltenbach wandte sich um und blickte noch einmal auf die Uhr. Neun Uhr zweiunddreißig.

Es gab eine Zugstrecke in der Nähe: Sie führte am Rhein entlang und verband Köln und Koblenz miteinander. Er kannte den Fahrplan nicht auswendig, war sich aber ziemlich sicher, herauszufinden, welche Stelle der Zug um neun Uhr zweiunddreißig passierte.

Inzwischen war das Tosen des Zuges verebbt, der Anrufer sprach weiter. „Also: Halt dich am besten aus allem raus, dann passiert deiner Freundin auch nichts."

„Und wo kann ich …", setzte Kaltenbach an, doch das Tuten im Hörer verriet ihm, dass der Anrufer die Verbindung bereits unterbrochen hatte.

„Was war das denn für eine Nummer?", fragte Sabine und setzte sich im Bett hin.

„Keine Ahnung. Der Typ wollte mir erzählen, Beatrice Manderscheid entführt zu haben. Ich soll nichts unternehmen; keine Polizei, keine Presse, dann überlebt sie."

„Seltsam“, murmelte Sabine. Als sie bemerkte, dass Kaltenbach ihr auf die Brüste starrte, verschränkte sie die Arme vor der Brust. „Keine Lösegeldforderung, kein Übergabetermin - nichts?“

„Absolut nichts“, bestätigte Kaltenbach. „Und ehrlich gesagt bin ich mir ziemlich sicher, dass da irgendetwas faul ist. Mir will nur noch nicht einfallen, was.“

„Was machst du jetzt?“

„Ich werde bei Udo vorbeischauen und ihm sagen, was los war. Und er soll herausfinden, von wo der Typ angerufen hat. Weit kann es nicht sein, das sagt mir mein Gefühl. Thomas Anhausen wohnt in Unkel, und dem vorbeirauschenden Zug nach zu urteilen, hat er vom Rhein aus angerufen.“

„Sehr helle scheint er nicht zu sein.“

„Das sehe ich genauso.“ Kaltenbach stand schon zum zweiten Mal an diesem Tag auf und machte, dass er unter die Dusche kam. Es gab viel zu tun.

Larissa blickte ihn überrascht an, als Kaltenbach plötzlich in der Küche auftauchte. Sie war gerade damit beschäftigt, die Spülmaschine einzuräumen und sang zu der Musik, die aus dem Küchenradio dröhnte, laut aber falsch mit.

„Udo ist nicht da“, antwortete sie auf Kaltenbachs Frage nach dem Freund. „Er ist schon ganz früh aufgestanden und ins Präsidium gefahren.“

„Ist irgendetwas passiert?“

„Nein, aber er hat die Pfanne mitgenommen. Udo sagte, er wollte nach Fingerabdrücken suchen und sie abgleichen.“

„Na, dann ist er wenigstens mit einer sinnvollen Aufgabe beschäftigt“, lächelte Kaltenbach, der trotz der Ereignisse gut gelaunt war. Während er überlegte, ob das möglicherweise an Sabines Anwesenheit lag, fragte er:

„Kann ich ihn auf dem Handy erreichen? Ich hätte da noch eine kleine Fleißaufgabe für ihn."

„Ja, das Telefon hat er dabei."

Larissa putzte sich die Finger an der Schürze ab.

„Mensch Bernd, was machst du denn schon wieder für Sachen?"

„Ich mach gar nichts", beteuerte er mit Hundeblick. „Aber es gibt böse Menschen, und die wollen wir fangen. Kennst du doch von Udo gar nicht anders."

„Aber offiziell ermittelt Udo doch nicht, oder?"

„Keine Ahnung, wie er das mit dem Polizeiapparat regelt, Larissa. Er ist alt genug und sicherlich auch Mann genug, um sich bei seinen Vorgesetzten zu behaupten."

„Wenn sein Kollege in Trier den Fall abgenommen bekommt, seid ihr die Einzigen, die noch weitermachen."

„Ich sehe, Udo hat sich dir anvertraut", grinste Kaltenbach. „Schön." Er wandte sich zum Gehen. „Okay, wenn dein Göttergatte schon im Einsatz ist, werde ich mal auf eigene Faust losziehen. Die Arbeit ruft!"

„Pass auf dich auf", warnte Larissa ihn voller Sorge. Sie konnte es nicht vertragen, wenn in ihrer heilen Welt etwas nicht wie geplant lief. Obwohl sie sich längst mit Udos Beruf arrangiert hatte, so war es für sie immer wieder befremdend, wenn das Böse auch im verschlafenen Roßbach zuschlug. Und diesmal im wahrsten Sinne des Wortes, wie Kaltenbach sich eingestehen musste. Als er vor das Haus trat, unterstrich das Zwitschern der Vögel die Idylle, die Larissa so wichtig war.

Linz, 10.30 Uhr

Wenn es irgendwie möglich war, mied er die Linzer Altstadt an den Wochenenden, wenn die Touristen dann scharenweise an den Rhein pilgerten und der Gastronomie ansehnliche Umsätze bescherten.

Heute aber ließ es sich nicht vermeiden, dass er der „Bunten Stadt" einen Besuch abstattete.

Nachdem Kaltenbach die Honda auf dem Parkplatz hinter dem Scherer-Center abgestellt und durch die kleine Passage zum Spanischen Garten gelangte, verharrte er einen Augenblick und ließ die malerische Atmosphäre im Hinterhof des Restaurants auf sich wirken. Wie gern hätte er sich jetzt an einen Tisch in der Nähe des munter plätschernden Brunnens gesetzt und sich durch die spanische Speisekarte gefuttert. Aber erstens war es noch etwas zu früh, zweitens durfte Kaltenbach keine Zeit verlieren.

Er setzte seinen Weg zum Buttermarkt fort und gelangte rechts in die Mittelstraße. Hier herrschte reger Betrieb, und er wich den Touristen aus, so gut es ging. Dennoch konnte er es nicht immer verhindern, vor ein Kameraobjektiv zu laufen, das gerade auf die liebevoll restaurierten Fachwerkhäuser gerichtet wurde. Hinter der Hospitalstraße bog er nach links ab und fand sich in der Vogtsgasse wieder.

Der Zettel, auf dem er die Hausnummer von Magnus Voss notiert hatte, lag natürlich zu Hause. Doch so groß war die enge Gasse nicht, und nachdem Kaltenbach die Namen auf den Klingelschildern der Hauseingänge studiert hatte, fand er sich schon bald an der richtigen Adresse und legte den Zeigefinger auf den Klingelknopf. Drinnen schrillte eine Glocke los, die bei Kaltenbach Zahnschmerzen verursachte. Ein

Hund schlug an, jemand redete beruhigend auf das Tier ein. Gut so, denn Kaltenbach rieselte prompt ein Schauer über den Rücken. Große Hunde waren ihm suspekt.

Die Tür ging auf, und Kaltenbach blickte in das unrasierte Gesicht eines jungen Mannes, der an jedem Strand als Windsurfer durchgehen konnte.

„Herr Voss? Magnus Voss?"

Stahlblaue Augen, wuschelige, etwas zu lange blonde Haare, ein giftgrünes T-Shirt und Bermuda-Shorts. „Ja bitte?"

„Mein Name ist Bernd Kaltenbach, es geht um Ihr Handy."

Der junge Mann machte Anstalten, die Tür ins Schloss zu drücken. „Nein, danke, ich bin bestens versorgt." Wie auf ein stilles Kommando begann der Hund, den er hinter die Tür geschoben hatte, zu knurren.

„Oh, ich will Ihnen nichts verkaufen. Aber mir ist bekannt, dass Sie seit einem Jahr Inhaber eines Prepaid-Handys sind."

Die Miene des Beachboys verdüsterte sich. „Sind Sie ein Bulle?"

Nun musste Kaltenbach grinsen.

„Gott sei Dank nicht, nein. Aber ein Freund von mir arbeitet bei der Polizei, und von ihm habe ich erfahren, dass die Nummer, die mich in den letzten Tagen mit, sagen wir mal, unangenehmen Anrufen behelligt hat, auf Ihren Namen angemeldet ist."

„Ich war das nicht", erwiderte Voss.

„Das mag sein, ich wüsste dann aber gern, an wen Sie die Karte veräußert haben."

„Kommen Sie rein, dann müssen wir nicht zwischen Tür und Angel quatschen." Voss gab den Eingang frei, sperrte einen riesengroßen Bernhardiner in einen

Raum und führte Kaltenbach in das kleine Wohnzimmer. Wenn man aus dem Fenster blickte, konnte man im Haus auf der gegenüberliegenden Seite in die Küche blicken. Es roch nach Qualm in dem Raum, doch es war kein normaler Zigarettenrauch, der in Bernd Kaltenbachs Nase kroch.

Nichts für Leute mit Verfolgungswahn, dachte Kaltenbach und setzte sich. Unauffällig blickte er sich um. Einfache, aber moderne Möbel, die nicht so recht zum Altbau passen wollten. An der Wand ein moderner Plasma-Fernseher, der ohne Lautstärke lief. Voss zog sich einen großen, knallroten Sitzsack heran und ließ sich ächzend darauf nieder.

„Um das klarzustellen", sagte er. „Ich möchte keinen Ärger, nicht mit Ihnen, und schon gar nicht mit den Bullen."

Kaltenbach atmete tief ein und konnte den schweren süßlichen Geruch, der im Haus hing, zuordnen: Es roch nach Cannabis.

Wahrscheinlich hatte der smarte Surfer einen Joint geraucht, als Kaltenbach ihn aus den Gras-Träumen gerissen hatte. Einen Aschenbecher konnte er nicht entdecken; den hatte Magnus Voss wahrscheinlich hastig entsorgt.

„Darauf kann ich auch gut verzichten. Ich will einfach wissen, an wen Sie Ihr Handy verkauft haben, und dann werde ich dort etwas zu klären haben."

„Es könnte doch sein, dass ich das Handy an einen Freund verkauft habe. Glauben Sie wirklich, dass ich meine Freunde ans Messer liefere?"

Voss lachte auf.

„Unsinn."

„Ich habe das Ding auf dem Flohmarkt in Unkel verkauft. Am Vorteil-Center, kennen Sie bestimmt."

„Klar. Und du hast keinen blassen Schimmer, an wen, nehme ich an?" Kaltenbach war wie selbstverständlich zum „Du" übergegangen, doch Voss hatte damit offenbar keine Probleme.

Nun grinste er. „Ich bin doch nicht blöd. Man hört in letzter Zeit zu viel davon. Deshalb habe ich mir den Namen und die Adresse aufgeschrieben. Falls es mal Ärger gibt."

„So wie jetzt", nickte Kaltenbach. „Aber umgemeldet haben Sie den Anschluss noch nicht?"

„Nein, wollte ich immer machen. Hab es dann aber doch verpennt."

„Kein Problem. Wie heißt der Typ denn nun?"

Anstatt einer Antwort erhob sich Voss und machte sich an einem Schrank zu schaffen, in dem er offenbar seine Papiere aufbewahrte. „Hier", sagte er dann. „Thomas Anhausen, er wohnt in Unkel, Freiligrathstraße."

„Wie schön." Kaltenbach triumphierte. Manchmal war die Welt eben doch ein Dorf. Jetzt galt es nur noch, die richtigen Verbindungen zwischen Anna Hagedorns Exfreund, dem Mord an Dirk Immich und die seltsamen Drohanrufe zu ziehen. Aber das würde er Udo überlassen. Es reichte schon, dass er ihm zugearbeitet hatte, nur um an seine Story für die Zeitung zu kommen.

Kaltenbach hatte sich an einem der freien Tische im Markt-Café niedergelassen. Bei einem Kaffee betrachtete er das bunte Treiben zwischen Mittelstraße und dem Marktplatz. Ein paar junge Mädchen fotografierten sich gegenseitig vor dem Ratsbrunnen und quietschten vergnügt, als hätten sie eine Achterbahnfahrt im Phantasialand hinter sich. Gerade, als er Udo anrufen wollte, kam ihm der Freund zuvor.

„Ausgeschlafen?", begrüßte Kaltenbach ihn.

„Aber sicher. So, jetzt weiß ich mehr, was den Abgleich der Fingerabdrücke betrifft. Bei den Prints, die ich am Griff deiner Pfanne gefunden habe, handelt es sich eindeutig um dieselben Spuren wie in der Wohnung von Beatrice Manderscheid. Bei den Spuren im Labor von Enkirch muss ich passen, die hütet Caspari wie seinen Augapfel. Deshalb weiß ich nicht, ob unser Freund auch hinter dem Anschlag auf Dirk Immich steckt. Der Mann ist übrigens bereits erkennungsdienstlich behandelt worden – er ist in früheren Jahren schon mal auf seine damalige Freundin losgegangen und scheint ziemlich aufbrausend und gewaltbereit zu sein."

„Das habe ich selber zu spüren bekommen", bestätigte Kaltenbach und rieb sich den Hinterkopf.

„Unser Mann ist übrigens vorbestraft und dürfte jetzt ein echtes Problem bekommen."

„Das ist alles gut und schön, aber ich hätte dich gern hier bei mir, Alter."

„Wie stellst du dir das vor, Bernd? Ich bin gerade auf der Rückfahrt von Koblenz. Fliegen kann ich nicht, und … außerdem: wofür brauchst du mich?"

„Für eine Festnahme. Ich habe Magnus Voss eben einen Besuch abgestattet und weiß nun, dass er das Handy auf dem Flohmarkt in Unkel letztes Jahr an einen gewissen Thomas Anhausen verscherbelt hat."

„Wie bitte?"

„An einen Thomas Anhausen", wiederholte Kaltenbach geduldig. „Und wenn dir der Name bekannt vorkommt, dann lass dir gesagt sein, dass es sich bei ihm um den Mann handelt, der früher mit Anna Hagedorn zusammen war und über die Trennung überhaupt nicht hinwegkam. Er hat sie gestalkt und bedroht, unter anderem auch telefonisch."

„Und hier schließt sich der Kreis", murmelte Udo.

Kaltenbach verstand nicht, worauf sein Freund hinauswollte. „Wovon redest du?"

„Thomas Anhausen ist der Mann, der dir eins mit der Bratpfanne übergezogen hat. Ich habe seine Fingerabdrücke mit unserem Register verglichen und bin doch tatsächlich fündig geworden."

„Dann sorg gefälligst dafür, dass der Mann hinter Schloss und Riegel kommt!"

„Worauf du dich verlassen kannst", stimmte Udo zu.

„Und dann frag ihn, wo sich Beatrice aufhält. Angeblich hat er sie nämlich entführt."

Udo gab einen unartikulierten Laut von sich. „Und das sagst du mir erst jetzt?"

„Du hast ja nicht gefragt", entgegnete Kaltenbach und berichtete seinem Freund von dem seltsamen Anruf. „Der Typ wird bestimmt vom Hahn ferngesteuert."

„Das ist eine Einrichtung, die der Regierung zu großen Anteilen gehört", erinnerte Udo ihn. „Ich glaube immer noch nicht an diese Theorie."

„Ist mir auch egal. Du bist der Bulle, Udo. Und ich habe dir eine Menge Arbeit abgenommen, jetzt bist du am Zug. Fahr nach Unkel und schnapp dir diesen Anhausen. Steck ihn von mir aus erst mal in U-Haft – was du hast, das hast du. Danach kannst du immer noch klären, wer ihn beauftragt hat. Vielleicht singt er sogar von alleine, wenn ihr ihn in die Zange nehmt."

Am Abend versuchte sich Kaltenbach, für Sabine zu kochen. Das tat er so, wie es Männer am liebsten tun – er grillte hinter dem Haus. Der Grill dampfte, es duftete würzig, und eine Rauchwolke kräuselte sich zum Himmel hinauf.

„Grillst du, oder gibst du Rauchzeichen für Indianer ab?"

Er hatte gar nicht bemerkt, dass sie nahezu lautlos hinter ihn getreten war. Als er herumfuhr, hielt sie ihm eine eiskalte Flasche Bier hin. Kaltenbach nahm sie an, sie prosteten sich zu und tranken.

„Riecht lecker", bemerkte Sabine anerkennend und betrachtete das Grillgut auf dem Rost.

Kaltenbach sah ihr förmlich an, wie ihr das Wasser im Mund zusammenlief. „Man tut, was man kann", lachte er.

„Hast du schon etwas von Udo gehört?", fragte Sabine unvermittelt.

„Ich fürchte, dass ich ihm den freien Samstag versaut habe. Nach unserem Telefonat ist er sofort mit einer Streifenwagenbesatzung nach Unkel ausgerückt, um Thomas Anhausen festzunehmen. Den Rest des Tages hat Udo mit den Kollegen dann damit verbracht, etwas Brauchbares aus ihm herauszubekommen, aber er schweigt und pocht auf den Anwalt."

„Das ist ja wie in einem schlechten amerikanischen Film“, murmelte Sabine.

„Immerhin hat er zugegeben, mich in meinem Haus überwältigt zu haben. Und er hat gestanden, die Drohanrufe getätigt zu haben.“

„Das ist doch schon die halbe Miete. Was ist denn jetzt mit deiner Beatrice?“

Während Kaltenbach die Würstchen auf dem Rost wendete, deckte Sabine den Tisch. Es war ein lauer Abend, und sie hatten beschlossen, im Freien zu essen.

„Es ist nicht meine Beatrice“, protestierte er. „Ich habe dort angesetzt, wo die Polizei nicht in der Lage war, Personenschutz zu bieten.“

„Und dein Service war offenbar um einiges umfangreicher als bei der Polizei“, grinste Sabine.

Kaltenbach fragte sich, ob sie wirklich eifersüchtig war oder nur stichelte. Er ging nicht auf die Anmerkung seiner alten Freundin ein. „Sie ist verschwunden, und ich habe mehrfach versucht sie anzurufen.“

„Warum warst du nicht in Kastellaun, um zu sehen, ob sie nach Hause gefahren ist?“

„Das habe ich Bettina überlassen.“

„Hm.“ Obwohl Kaltenbach ihr schon erzählt hatte, dass er seine Jugendliebe in Enkirch wiedergetroffen hatte, schien Sabine damit ein Problem zu haben. „Und?“

„Sie hat sie nicht angetroffen, und die Nachbarn sagten, dass sie, seitdem die Polizei dort war, nicht mehr in Kastellaun gesehen wurde. Udo hat sie zur Fahndung ausgerufen, sie gilt jetzt offiziell als vermisst.“

Sabine nickte. „Und in den Mordfällen seid ihr auch noch nicht viel weiter?“

„Ihr ist gut. Ich bin Reporter, Udo ist der Polizist. Und er hat Kleinkrieg mit Hauptkommissar Caspari in

Trier. Jetzt streiten sie sich, wer den Fall behalten darf." Kaltenbach tippte sich bezeichnend an die Stirn. Er nahm die Würstchen vom Grill und legte sie auf ein Tablett. Dann setzte er sich zu Sabine an den Tisch. In der alten Tanne sang eine Amsel. Sie genossen die friedliche Stille des Samstagabends, und zum ersten Mal schienen die Schrecken der letzten Tage ein wenig von ihnen abzufallen.

„Was ist denn bei der Pressekonferenz am Hahn rausgekommen?", fragte Sabine, während sie ihm den selbst gemachten bunten Salat in eine Schale füllte.

„Ich hab die Mellie hingeschickt", sagte Bernd kauend.

„Wen?" Sabine runzelte die Stirn, als sie einen neuen Frauennamen aus Kaltenbachs Mund hörte.

„Die Mellie, ist eine junge Redakteurin aus der Koblenzer Redaktion. Sie hat es nicht so weit bis in den Hunsrück, und offen gestanden hatte ich heute keinen Bock auf das Gesülze der Schlipsträger. Man muss den jungen Leuten auch mal was zutrauen."

„Und? Was hat die Betreibergesellschaft gesagt, nachdem du sie mit deinem Leitartikel so unsanft geweckt hast?"

„Sie lehnen alle Versäumnisse in Sachen Umweltschutz ab, haben aber bestätigt, dass ein externer Unternehmer schadstoffbelastetes Baumaterial verwendet hat, wovon die Betreibergesellschaft angeblich nichts wusste."

„Und was hat das mit den toten Fischen im Trinkwasser zu tun?" Sabine ärgerte sich über eine Ketchup-Flasche, die unanständige Geräusche machte, anstatt Ketchup zu spenden.

„Die Umweltschützer haben denen ganz schön die Hölle heiß gemacht. Weil die Sache ja schon vor einiger Zeit in der Presse war und die Öffentlichkeit sensibilisiert war, hat sich die Betreibergesellschaft dem Druck gebeugt. Man hat das Baumaterial, das den Baustoff PAK enthält, entfernen lassen."

„Was ist PAK?"

„Das sind polyzyklische Kohlenwasserstoffe. Frag mir jetzt keine Löcher in den Bauch – mehr weiß ich über das Zeug auch nicht. Jedenfalls soll PAK für das vergiftete Trinkwasser verantwortlich sein."

„Und nun erfolgt der Rückbau in einer Nacht- und Nebelaktion durch Manderscheid?"

„Sozusagen. Das ist zumindest der Verdacht, aber ob das so stimmt, müssen Polizei und Staatsanwaltschaft jetzt belegen. Wenn ich aber mit meiner Vermutung recht behalte, dann wandert Paul Bärmann wohl in den Knast, und die Firma kann er dicht machen."

Sabine nickte verstehend. „Das heißt, dass die ordnungsgemäße Entsorgung des schadstoffbelasteten Bodens zu teuer ist?"

„So scheint es. Die Staatsanwaltschaft ist am Zug und macht Manderscheid wohl gerade die Hölle heiß."

„Fast tut Bärmann mir ein wenig leid."

„Ich will eigentlich wissen, wer für Gerbers, Immichs und wahrscheinlich auch den Mord an Rudolf Manderscheid verantwortlich ist."

„Wir werden es erfahren, ich bin sicher. Und nun lass uns essen, Bernd."

Kaltenbach hatte keine Einwände; sein Magen knurrte schon seit einer gefühlten Ewigkeit.

Udos Laune war auf dem Tiefpunkt angelangt. Und das an einem Samstagabend! Schweigend stand er an der Seite von Hauptkommissar Caspari, der seine Leute durch das Büro von Paul Bärmann scheuchte.

Bärmann selber stand wie ein kleiner Junge in einer Ecke des Raumes und schüttelte immer wieder den Kopf. Er trug Freizeitkleidung: Eine verwaschene Jeans und ein mintfarbenes Poloshirt zu bequemen Leinenschuhen. Caspari hatte ihn direkt von zu Hause aus in den Betrieb beordert, wo er Paul Bärmann triumphierend den Durchsuchungsbeschluss des Trierer Amtsrichters präsentierte.

„Darf ich fragen, wonach Ihre Leute suchen?", wagte der Geschäftsführer der Baustoff-Spedition einen Einspruch.

„Fragen dürfen Sie, eine Antwort erwarten aber nicht", knurrte Caspari kurz angebunden.

Als sich Udos Handy meldete, sah er eine Chance, Casparis Selbstbeweihräucherung zu entkommen. Er entschuldigte sich und trat an die frische Luft. Die Nummer im Display kannte er nicht.

„Hallo, spreche ich mit Kommissar Reuschenbach?" Eine Frauenstimme, kleinlaut; sie wirkte verängstigt.

„Ja, mit wem spreche ich?"

„Julia Wilms hier. Mein Vater erzählte mir, dass er mit Ihnen ein langes und intensives Gespräch geführt hat."

„Das ist richtig."

„Er hat Ihnen nicht alles erzählt."

„Mag sein. Möchten Sie mir den Rest der Geschichte erzählen?"

Am anderen Ende der Leitung ertönte ein schwerer Seufzer, dann: „Ich werde es Ihnen erzählen, weil mein Vater nicht die ganze Geschichte kennt. Wann können Sie bei mir sein?"

„In einer Viertelstunde."

„So schnell?" Sie klang erschrocken.

„Soll ich mir lieber Zeit lassen?"

„Nein, kommen Sie ruhig. Dann habe ich es hinter mir und kann die alte Geschichte endlich abschließen." Sie legte auf.

Udo stierte sekundenlang auf das Mobiltelefon in seiner Hand, schüttelte den Kopf und schob es zurück in die Hemdtasche. „Ich muss dringend weg zu einer Zeugin", sagte er an Caspari gewandt. Gerade, als dieser aufbrausen wollte, schob Udo ein knappes „es ist wichtig" hinterher und ließ den profilierungssüchtigen Kollegen stehen.

Auf dem Beifahrersitz lag noch ein Granny Smith, den er sich auf der Fahrt nach Traben-Trarbach gönnte und darüber nachdachte, was Julia Wilms ihm wohl erzählen wollte. Es schien etwas zu sein, das sie sehr mitnahm, und dennoch war es ihr ein Bedürfnis gewesen, sich ihm anzuvertrauen. Wahrscheinlich, so vermutete Udo kauend, würde er gleich ihre Version vom Verhältnis mit Rudolf Manderscheid hören. Ihm war alles recht. Sechzehn Minuten, nachdem er das Telefonat mit Julia Wilms beendet hatte, stand er vor ihrer Haustür. Gerade in dem Moment, als er klingeln wollte, wurde ihm die Tür geöffnet.

Sie war blass und schien seit ihrem letzten Treffen um Jahre gealtert zu sein. Dunkle Ringe, die auch das Make-up nicht verbergen konnten, lagen unter ihren Augen. „Kommen Sie herein."

Udo folgte der Aufforderung, und sie gingen in die Küche. „Also", sagte er mit einem sanften Lächeln. „Wie kann ich Ihnen helfen?"

„Indem Sie mich verhaften." Sie legte die Hände auf den Tisch und faltete sie wie zum stillen Gebet.

„Wie bitte?"

„Ich möchte, dass Sie mich verhaften, weil ich Rudolf Manderscheid getötet habe."

„Warum erzählen Sie mir so einen Unsinn?" Udo fühlte sich verschaukelt.

„Er war ein widerliches Schwein, hat mich bedrängt und zum Sex gezwungen."

„Aber Ihr Vater ...", wollte Udo einwerfen, doch sie winkte ab.

„Er kennt nicht die ganze Geschichte, das sagte ich bereits."

„Dann erzählen Sie mir die Geschichte."

„Manderscheid hat mich unter Druck gesetzt, er hat mich erpresst. Deshalb habe ich dem Sex zugestimmt. Ich habe es über mich ergehen lassen, jedes Mal die Sekunden und die Minuten gezählt und immer gehofft, dass er bald fertig ist."

„Also war es doch eine Vergewaltigung."

„Im Sinne des Gesetzes vielleicht schon – wenn man die äußeren Umstände, die zu der Tat geführt haben, einbezieht. Dann wurde ich schwanger, aber auch das wissen Sie bereits. Manderscheid zahlte mir eine Abfindung, kaufte mir dieses Haus hier, er zahlte die Abtreibung, zu der er mich gezwungen hat. Und er sagte immer wieder, dass er mich kalt macht, sobald ich mich irgendjemandem anvertraue."

„Aber Sie haben es Ihrem Vater erzählt."

„Natürlich. Meine Eltern kennen mich, und sie wussten, dass irgendetwas Schlimmes passiert sein musste." Nun erhellte der Ansatz eines Lächelns ihr Gesicht. „Seinen Eltern macht man doch nichts vor. Sind Sie selber Vater?"

„Nein", sagte Udo schnell, weil ihm das Thema unangenehm war. „Aber ich war selber mal Kind und weiß, wovon Sie reden."

„Gut. Also habe ich mich meinen Eltern anvertraut. Mutter hat nächtelang geweint. Sie hat einen seelischen Schaden erlitten damals, ist zu einer introvertierten Frau geworden; manche sagen, sie sei wunderlich, aber sie ist einfach nur sehr ängstlich und misstrauisch. Vater war kaum zu bändigen, er wollte Manderscheid am liebsten sofort zur Rede stellen. Und er hätte ihn am liebsten ermordet."

„Hat er ihn getötet?" Udo begann zu begreifen. Bei dem Mord an Rudolf Manderscheid handelte es sich nicht um eine Tat, die ihn zum Schweigen bringen sollte, weil er Stimmung gegen den Hahn gemacht hatte: Manderscheid war aus Rache gestorben.

„Nein", sagte Julia Wilms mit leiser und dennoch fester Stimme. „Ich war es."

„Wie bitte?"

„Ich habe Rudolf Manderscheid erschossen, weil ich nicht mehr unter dem Druck, den er mir gegenüber ausübte, leben konnte. Eines Tages lockte ich ihn unter einem Vorwand zum Rauschkümpel. Das ist eine Art Wasserfall. Der Ahringsbach fließt in kleinen Arkaden ins Tal, der Ort liegt wunderschön und mitten im Wald. Sehr einsam, und doch sehr romantisch. So gab ich vor, mich mit ihm treffen zu wollen. Habe etwas von Sehnsucht gesagt, glaube ich. Lange musste ich nicht reden, bis er sich unter einem Vorwand aus dem Haus schlich und seine frisch angetraute Ehefrau Beatrice zurückließ. Als er das Haus verließ, ahnte er nicht, dass er nicht mehr zurückkehren würde. An einem sonnigen Samstagnachmittag erwartete ich ihn also auf der Brücke des Rauschkümpels. Er kam völlig atemlos und durchgeschwitzt dort an, der alte geile Bock. Ich könnte schwören, dass er sich durch den Fußmarsch so verausgabt hat, dass er keinen mehr hochgekriegt hätte. Aus seiner Sicht war das wohl sehr ernüchternd. Ein Mann, der plötzlich feststellt, dass er es einer Frau nicht mehr besorgen kann, weil er alt wird. Weil er völlig am Ende seiner Kräfte ist, als er den Ort erreicht, an dem das Rendezvous stattfinden soll. Er war schlecht gelaunt, hat aber die Maske des ewig jungen Hüpfers aufgesetzt. Doch bevor er auf Reichweite an mich herankam, habe ich die Pistole gezogen und ihn erschossen. Nur ein einziger Schuss in die Brust. Er sackte am Ufer des Baches zusammen und fiel mit dem Gesicht ins Wasser. So wie es aussieht, ist er nicht an meinem Schuss gestorben, sondern weil er ertrunken ist. Aber wie dem auch sei – Rudolf Manderscheid war tot, und ich fühlte mich seit Jahren endlich wieder frei. Konnte durchatmen und mich meinem neuen Leben widmen. Nie wieder würde er mich bedrängen oder irgendetwas von mir verlangen. Obwohl ich gerade einen Mord begangen hatte, war ich der glücklichste Mensch auf der Erde."

Tränen waren in Julia Wilms Augen getreten, und dennoch lächelte sie Udo an, als sie sich erhob und die Handgelenke vorstreckte. „Und nun möchte ich meine gerechte Strafe erfahren. Bitte verhaften Sie mich, damit ich nicht länger mit dieser Schuld leben muss."

„Eine Strafe nimmt nicht die Schuld von Ihnen", erwiderte Udo. „Eine Frage habe ich trotzdem noch: Wo ist der Zweitschlüssel von Beatrice Manderscheids Eigentumswohnung abgeblieben?"

„Ich habe ihn nicht aus dem Safe genommen, das müssen Sie mir glauben."

Julia Wilms hatte keine Einwände, als Udo Reuschenbach zum Telefon griff und die Kollegen vom Einsatz-Streifendienst bat, Julia Wilms zum Präsidium nach Trier zu bringen. Fast tat sie ihm ein wenig leid, weil ab jetzt Hauptkommissar Caspari für sie zuständig war. Und er würde eine Mörderin, gleich aus welchem Motiv sie gehandelt hatte, nicht gut wegkommen lassen, so viel stand fest.

Roßbach, 20.10 Uhr

Sie saßen immer noch draußen und genossen den Abend. Langsam senkte sich die Sonne über die sanften Hügel des Westerwalds und tauchte die umliegenden Wiesen und Wälder in ein warmes Licht. Lange hatten sie über ihre Zukunft gesprochen, und Kaltenbach hatte keinen Hehl daraus gemacht, dass Sabines Lebensauffassung ihm zu kompliziert war, um mit ihr den Rest des Lebens zu verbringen.

„Lass es uns wenigstens versuchen", sagte sie irgendwann.

„Eine lockere Beziehung, eine Freundschaft, das könnte funktionieren", stimmte Kaltenbach zu. „Aber ich bin einfach nicht der Typ, der sich fest binden kann."

„Im Grunde deines Herzens willst du es aber."

„Ja." Er nickte und beobachtete die getigerte Katze des Nachbarn, die durch das hohe Gras streifte. „Ich weiß nur nicht, ob ich das durchhalte."

Als das Telefon klingelte, entwich Sabine ein Seufzen. „Wer ist das jetzt? Mellie? Bettina?"

Kaltenbach blickte auf das Display und grinste. „Nö, Beatrice. Na, da bin ich aber mal gespannt.“ Er meldete sich.

„Ich muss dich sehen.“

„Woher plötzlich diese Sehnsucht?“

„Bernd, bitte. Ich möchte nicht mit dir streiten. Es gibt etwas zu besprechen, und ich bin auf deine Hilfe angewiesen.“

„Ort und Uhrzeit?“

„Morgen nachmittag in Trier. Halb drei. Auf der Undine II. Und bitte komm alleine.“ Sie legte auf.

„Das war ja mal ein kurzes Telefonat“, kommentierte Sabine sarkastisch. „Sagt man uns Frauen doch immer nach, dass wir stundenlang telefonieren können.“

„Muss ja auch nicht immer sein“, brummte Kaltenbach. Er leerte sein Bier und erhob sich. „Kennst du die Undine II?“

Sabine schüttelte den Kopf. „Was soll das sein? Klingt wie ein Schiff.“

„Möglich.“ Kaltenbach stellte das Geschirr zusammen. „Ich muss arbeiten, entschuldige mich bitte.“ Er war nach dem Gespräch mit Sabine sehr nachdenklich geworden. Plötzlich war er sich nicht mehr sicher, ob es gut gewesen war, sie so vor den Kopf zu stoßen. Niemals hatte er ihr wehtun wollen. Nachdem er die Teller und das Besteck in die Spüle geräumt hatte, begab er sich in sein Arbeitszimmer. Während er recherchierte, hörte er, wie Sabine unten in der Küche herumhantierte.

Sie hatten den Tisch im Biergarten des Restaurants „Mosellicht" mit Bedacht gewählt: Von hier aus hatte er die Schiffsanlegestelle der Kolb Personenschifffahrt im Blick. Der uniformierte Angestellte im gläsernen Fahrkartenschalter neben dem Steg schien sich zu langweilen, er fummelte an seinem Handy herum. Ansonsten war es zu dieser Stunde ruhig am Ufer. Die Undine II war noch nicht zu sehen. Kaltenbach warf einen Blick auf die Armbanduhr. Sie waren früh dran, also bestand kein Anlass zur Hektik. Kaltenbach orderte bei der Bedienung ein Weizenbier; Reuschenbach entschied sich für ein Mineralwasser Medium.

„Gut, dass ich nicht mehr fahren muss", grinste Kaltenbach, nachdem man ihnen die Getränke an den Tisch gebracht hatte. Die Freunde prosteten sich zu, Udo setzte eine säuerliche Miene auf.

„Wart's ab, das nächste Mal fährst du", knurrte er und trank.

Kaltenbach ersparte sich eine Antwort und genoss sein kühles Bier. Er lehnte sich zurück und genoss den Ausblick auf die Mosel und das gegenüberliegende Ufer. Gefangen vom mediterranen Ambiente des Zurlaubener Ufers wähnten sich die Männer ein wenig wie im Urlaub, wäre da nicht das geheimnisvolle Treffen, das ihnen bevorstand. Die Fassaden der ehemaligen Fischerhäuser leuchteten im warmen Licht der Abendsonne. Kaltenbach nippte von seinem Weizenbier und blickte sich aufmerksam um. An den Nebentischen herrschte ausgelassene Stimmung – Urlauber saßen in geselliger Runde bei einem Wein zusammen oder genossen das gute Essen mit Moselblick. Ein Reisebus mit gelben Nummernschildern befuhr im Schritttempo die kleine Rampe, die direkt zum Schiffsanleger führte. Wie Kaltenbach feststellte, war der Bus leer; wahrscheinlich hatte der Fahrer den Auftrag, eine Reisegruppe, die noch mit der Undine II unterwegs war, abzuholen. Das konnte ihm sehr recht sein, denn auf eine lärmende Gruppe von holländischen Touristen hatte er wahrlich keine Lust.

Als er das sanfte Vibrieren in seiner Brusttasche spürte, stellte er das Glas ab und zog das Handy hervor. „Es geht los", murmelte er, als er das fragende Gesicht seines Freundes sah. Er drückte die grüne Taste und nahm das Gespräch an.

„Bernd - es gibt Neuigkeiten."

Er erkannte Bettinas aufgeregte Stimme. „Was ist passiert?"

„Ich habe herausgefunden, dass Gerber einen Brief an den Ministerpräsidenten geschrieben hat."

„Er war Politiker, also - was ist daran so ungewöhnlich, dass er seinem Boss schreibt, wie lieb er ihn hat?"

Bettina ging nicht auf seine Bemerkung ein. „Wer sagt, dass er das tut? Es ging in diesem Schreiben um den Hahn. Gerber hat den Ministerpräsidenten aufgefordert, im Sinne aller auf die Flughafengesellschaft einzuwirken."

Kaltenbach runzelte die Stirn. „Was soll das im Klartext heißen?"

„Bernd, verstehst du nicht? Gerber war der Hahn ein Dorn im Auge, und als der Trinkwasserskandal ans Licht kam, wollte er, dass endlich ein geeignetes Abwasser-Auffangbecken errichtet wurde."

„Das sind alte Kamellen, wissen wir doch längst. Aber deshalb wurde er nicht erschossen, nehme ich an?“ Kaltenbach konnte sich eine Brise Ironie nicht verkneifen. „Er hatte das Wohl seiner Bürger im Sinne, nicht mehr und nicht weniger, da sehe ich kein Motiv für einen Mord.“

„Das ist Spekulation und weit hergeholt, zugegeben. Was wäre denn, wenn sein Brief etwas bewirkt hätte?“

„Ich kann mir beim besten Willen nicht vorstellen, dass die Regierung die Schließung des Hahn veranlasst hätte – immerhin wären dann die 6.000 Arbeitsplätze futsch, von der zu erwartenden Gewerbesteuer mal ganz abgesehen. Also ist das wohl etwas hochgegriffen, findest du nicht?“

„Glaub, was du denkst, aber ich könnte mir vorstellen, dass jemand Angst hat. Angst um den Hahn, Angst vor der Regierung, Angst vor der Schließung.“ Bettina klang beleidigt.

„Diesen Brief hätte jeder andere auch schreiben können – wahrscheinlich ohne ermordet zu werden.“

„Hier ging es um die Region, um die Arbeitsplätze – aber auch um das Trinkwasser für Enkirch, Bernd.“

„Das können wir als Beweisstück verwenden, aber erst müssen wir seinen Mörder fassen.“

„Bist du etwa immer noch auf Verbrecherjagd?“

„Ich jage nur nach Geschichten, den Rest lasse ich von der Polizei erledigen“, grinste Kaltenbach und zwinkerte Udo zu, der nur die Hälfte des Gespräches mitbekam. „Aber ich glaube, ich kann der Polizei bald auch Gerbers Mörder liefern. So lahmarschig wie die sind, kriegen die das eh nicht ohne mich auf die Kette.“

Udo drohte ihm mit der Faust, doch Kaltenbach winkte gelangweilt ab.

„Lass uns in einer Stunde noch mal telefonieren, dann kann ich dir bestimmt mehr erzählen.“

„Wie du meinst." Sie klang ein wenig gekränkt, doch darauf konnte Kaltenbach jetzt keine Rücksicht nehmen. Vor ihm lag ein wichtiges Treffen mit Beatrice. Und er war gespannt, wie sie aus der Nummer, die er gleich mit ihr spielen würde, herauskam...

Er marschierte am Ufer auf und ab und blickte sich aufmerksam um. Zwischenzeitlich hatten sich einige Personen vor dem Anleger eingefunden, doch niemand interessierte sich für ihn. Wo also war Beatrice, mit der er hier verabredet war?

Reuschenbach hockte oben im Biergarten am Tisch und verrenkte sich dem Hals nach ihm. Als sich ihre Blicke trafen, zuckte Kaltenbach mit den Schultern.

Ein seichter Abendwind trug den Verkehrslärm von der Ascoli-Piceno-Straße zum Ufer; ein Notarztwagen bahnte sich mit Blaulicht und Martinshorn den Weg durch den Stau in Richtung Innenstadt und bog schließlich nach rechts auf die Kaiser-Wilhelm-Brücke ab.

Am Fahrkartenschalter hatte sich eine kleine Schlange gebildet, und der Mann in dem Glaskasten hatte gut zu tun. Kaltenbach fiel auf, dass irgendwelche Witzbolde eine Seitenscheibe eingeschlagen hatten. Erfolglos; offenbar handelte es sich bei der Verglasung um Sicherheitsglas. Das dumpfe Tuckern eines Schiffsdiesels riss ihn aus seinen Gedanken. Kaltenbach blickte auf, als sich die Undine II dem Anleger näherte. Auf dem Oberdeck lehnten bunt gekleidete Touristen an der Reling; einige fotografierten das Anlegemanöver des Kapitäns, der Kellner wieselte zwischen den Tischen umher und kassierte die Fahrgäste ab, bevor sie das Schiff verließen. Am Anleger herrschte reges Treiben. Der holländische Busfahrer baute sich am Ufer auf, um seine Fahrgäste in Empfang zu nehmen.

„Der Typ kann jedenfalls einparken", murmelte Kaltenbach anerkennend, während er beobachtete, wie der Mann auf der gläsernen Brücke das vierzig Meter lange Ausflugsschiff sanft an den Anleger manövrierte. Nachdem er sich ein letztes Mal zu Udo Reuschenbach umgedreht hatte, enterte Kaltenbach als einer der ersten Fahrgäste das Schiff. Am Eingang zeigte er seine Fahrkarte vor, der Bedienstete wünschte ihm „viel Spaß und einen angenehmen Aufenthalt an Bord", dann befand er sich im Unterdeck. Die Tische waren verwaist, hinter dem kleinen Tresen standen zwei junge Frauen und kümmerten sich um frisches Geschirr für die neuen Fahrgäste. Saisonkräfte, vermutlich Studentinnen, dachte Kaltenbach und enterte die grün gestrichene Treppe, die zum Oberdeck führte. Bunte Fähnchen flatterten im Wind, die Lichterkette hatte der Kapitän noch nicht eingeschaltet. Kaltenbach blickte sich um, doch auch hier schien niemand auf ihn zu warten. Er ließ sich auf einer Bank an einem der massiven Tische mit den eingelassenen Aschenbechern nieder und beobachtete die Fahrgäste, die sich nach und nach einfanden. Von hier aus hatte er den Anleger im Blick, doch es hatte sich niemand zu den wartenden Fahrgästen vom Ufer dazugesellt. Kaltenbach ließ einen Arm über die Reling baumeln, suchte den Blickkontakt zu Reuschenbach und richtete den Daumen nach unten.

Niemand da, sollte das bedeuten. Kaltenbach sah, wie sein Freund einen Geldschein aus der Tasche zog und ihn auf den Tisch legte, bevor er sich eilig erhob und in Richtung Parkplatz davonspurtete.

Es vergingen knapp zehn Minuten, dann dröhnte der 300 KW-Schiffsdiesel im Heck auf, und die Undine

II legte ab. Gemächlich setzte sich das Schiff in Bewegung. Der Kapitän begrüßte seine Fahrgäste an Bord und erläuterte ein paar aus touristischer Sicht interessante Aspekte der Moselschifffahrt – Kaltenbach stellte die Ohren auf Durchzug. Ihn interessierte viel mehr, was ihm Beatrice mitzuteilen hatte, wenn sie denn irgendwann auftauchte. Sollte sie es wagen, dann steckte sie mit dem Kopf in der Schlinge, und es würde kein Zurück geben. Gemeinsam mit Sabine war ihm in der Nacht ein Meisterwerk der Recherche gelungen, und nun lag es an ihm, sie zu einem Geständnis zu bringen. Er war sicher, dass er gute Argumente hatte. Dennoch wäre es vielleicht klüger gewesen, wenn Udo ihn begleitet hätte. Nun war er nicht an Bord des Schiffes, und das könnte unter Umständen fatale Folgen haben.

„Schön, dass du kommen konntest."

Erschrocken fuhr Kaltenbach herum. Sie stand einfach am Tisch und lächelte ihn zuckersüß an.

„Setz dich", sagte er kühl und deutete mit dem Kinn auf die gegenüberliegende Bank.

Sie folgte der Aufforderung und stützte das Kinn in die Hände. „Schön hier, nicht?"

„Bin ich hier, um mir die Schönheiten von Trier anzuschauen, oder wollen wir reden?"

„Zweiteres." Beatrice nickte.

„Wie kommst du an Bord? Ich habe mich genau umgeschaut, und du warst nicht unter den Passagieren, die an Bord gekommen sind, als das Schiff am Anleger stand."

„Es gibt einen Lagerraum hinter der Theke. Man kann nicht ganz aufrecht stehen, aber es reicht. Und niemand muss sehen, dass ich hier bin. Und es war ein willkommenes Versteck."

„Du wurdest nicht entführt", stellte Kaltenbach fest.

„Das habe ich auch nie behauptet."

„Nein, aber der Mann, der auf deiner Lohnliste steht – Thomas Anhausen. Es war leicht für dich, ihn anzuheuern. Er ist psychisch krank und müsste eigentlich in eine Anstalt. Aber du hast ihn auf deine ganz spezielle Art gefügig gemacht." Verbittert steckte Kaltenbach den Daumen seiner rechten Hand durch Zeige- und Mittelfinger. „Du hast ihn abhängig gemacht, genauso wie Paul Bärmann."

„Das ist nicht wahr."

Kaltenbach griff in die Innentasche seiner Jacke und zog ein Schwarz-Weiß-Foto heraus. Er legte es auf den Tisch und breitete es so aus, dass Beatrice es betrachten konnte. Es war das Radarfoto einer stationären Blitzanlage in der Nähe von Kastellaun. „Was siehst du hier?", fragte Kaltenbach.

„Da ist jemand zu schnell unterwegs gewesen." Sie würdigte das Bild keines Blickes.

„Du solltest genau hinsehen, Beatrice."

Sie senkte den Blick und kämpfte sichtlich mit der Fassung. „Was ist das?"

„Es ist ein Mann, der mit deinem Wagen unterwegs ist. Er fährt deinen Dodge Pick-up. Weil dein Vater Ami ist, scheinst du diese Kisten zu lieben. Egal, aber dass man damit unbescholtene Bürger bedroht und in Lebensgefahr bringt, steht auf einem anderen Blatt."

„Woher willst du wissen, dass der Kerl mit meinem Auto unterwegs ist?"

„Kennzeichen, Halteranfrage, das kostet mich nur einen Anruf bei der Zulassungsstelle in Wittlich. Dort sitzt jemand, der mir noch einen Gefallen schuldete." Kaltenbach tippte auf das Bild. „Und den Typen am Steuer erkenne ich auch wieder, auch wenn er gerade japst wie ein Fisch auf dem Land und die Augen verdreht, als wenn ihm einer abgeht. Das ist Paul Bärmann, der Nachfolger deines Mannes."

„Ich bin nicht blind."

„Nun werd mal nicht trotzig, denn du bist auch zu sehen. Guck mal, da unten." Er zeigte auf einen dunklen Punkt unterhalb Bärmanns Brust. „Das hier ist doch dein Kopf, der in seinem Schoß liegt, oder irre ich?" Ein prüfender Blick, dem sie schweigend standhielt. „Die um den ermordeten Gatten trauernde Witwe sitzt auf dem Beifahrersitz ihres Autos und bläst dem Geschäftsführer ihres toten Mannes einen. Die Radaraufnahme entstand an dem Tag, als Rudolf beigesetzt wurde. Also kann deine Trauer nicht allzu groß gewesen sein, was meinst du?"

Beatrice Manderscheid schwieg betroffen. „Woher hast du das Bild?"

„Das tut nichts zur Sache, wirklich nicht. Fakt ist, dass du ein Verhältnis mit Paul Bärmann hast oder hattest. Warum? War er jünger, attraktiver als dein Rudolf?"

„Er war ein alter Sack", flüsterte Beatrice verbittert. „Aber er war reich. Und Reichtum hat mich schon immer angemacht. Meine Eltern waren Angehörige der Streitkräfte am Hahn. Einfache Menschen, ich wuchs in der Kaserne auf."

Kaltenbach hob abwehrend die Hände. „Verschon mich mit dem Scheiß von wegen ‚schwieriger Kindheit'. Du bist nicht nur drogenabhängig und nymphoman, du bist auch geldgeil. Warum hast du die Firma verkauft? Weil du mit der Kohle ein Leben im Luxus genießen wolltest? Sehr schlau, denn mit dem Verkauf an Bärmann konntest du dein Konto füllen. Und mit dem hier", Kaltenbach zeigte auf das Radarbild, „mit dem hier hast du Bärmann für dich gewonnen. Er ist ein reicher Mann, und du warst wieder da, wo du vor Rudolfs Tod schon einmal warst: Ganz oben in der Gesellschaft. Ich will nicht wissen, mit wie vielen Kerlen du es getrieben hast, weil es dir einen noch so kleinen materiellen Vorteil verschafft hat, aber Fakt ist, dass du von einem Leben im Luxus träumst. Für diesen Traum bist du bereit, über Leichen zu gehen."

„Wovon sprichst du?", fragte Beatrice entgeistert.

„Zum Beispiel davon, dass du Bärmann den Auftrag beschafft hast, für den Hahn zu arbeiten. Dass Rudolf sich nicht im Grab umgedreht hat, wundert mich offen gestanden."

„Der Hahn ist ein wichtiger Kunde."

„Und er sichert Arbeitsplätze. Bla bla, ich kann es nicht mehr hören. Gestern wurde die Firma vom Staatsanwalt und der Kripo durchsucht. Dort gibt es eine Liste, die auch den Empfang der Patentschlüssel im Betrieb dokumentiert. Wann hat welcher Mitarbeiter welchen Schlüssel ausgehändigt bekommen, wann wieder abgegeben und warum. Die Liste ist versicherungstechnisch vorgeschrieben. Auch dein Name taucht dort auf. Du besitzt den Generalschlüssel für die Firma. Und was noch?"

Sie schwieg. Ihre Fassade war schon längst von ihr abgefallen wie eine bröckelnde Maske.

„Der Safeschlüssel. Du bist noch immer im Besitz des Haupt- und des Safeschlüssels. Die Alarmanlage ist modern: Sie speichert, wann mit welchem Schlüssel entsichert wurde. Somit können wir dir nachweisen, dass du in die Firma eingedrungen bist, die dir längst schon nicht mehr gehörte, um dir dort den Schlüssel zu deiner Wohnung zu beschaffen."

„Es war mein gutes Recht", begehrte sie auf.

„Es wäre dein gutes Recht gewesen, bei Bärmann vorstellig zu werden und ihn um die Herausgabe des Wohnungsschlüssels zu bitten, den du nach dem Verkauf der Firma im Safe vergessen hattest." Er betrachtete sie eindringlich. „Warum hast du das alles getan, Beatrice?"

„Ich ... ich habe mir davon versprochen, dass durch die Aktion Geld vom Hahn kommt. Natürlich wollten wir den Großauftrag haben. Aber dann kam mir die Idee mit der Erpressung."

Jetzt war auch Kaltenbach überrascht. „Erpressung? Wovon redest du?"

„Wir haben die Betreibergesellschaft erpresst. Haben für die toten Fische im Ahringsbach gesorgt und ein wenig Stimmung gemacht. Die haben Geld wie Heu, und ich war der Meinung, dass es rechtens ist, ein Stück vom großen Kuchen abzubekommen."

„Warum musste Gerber sterben?"

„Er war gefährlich geworden, hatte von irgendwoher Informationen, mit denen er uns ans Messer liefern konnte, deshalb mussten wir ihn aus dem Weg räumen. Und ich kannte ihn und seine Angewohnheiten. Gerber liebte es, in den Abendstunden über die Mosel zu paddeln. Da war es ein Leichtes, ihm auf dem Fluss aufzulauern. Da konnte er nicht abhauen, Thomas Anhausen ist nämlich ein sehr schlechter Schütze, hat sich mit der gewagten Aktion aber eine Extraprämie verdient. Er hat Gerber vom Ufer bei Pünderich aus erschossen, mit einer Schrotflinte, die er einem Jäger gestohlen hatte. Egal - der Zweck heiligt die Mittel."

„Beatrice, du bist nicht nur habgierig, du bist auch noch krank", stellte Kaltenbach fest. Draußen auf der Mosel ertönte der Motor eines Sportbootes. Er richtete den Blick auf den Fluss. Das Boot folgte der Undine II und hielt die gleiche Höhe. Die Menschen an den anderen Tischen waren auf das Sportboot aufmerksam geworden, einige fotografierten.

„Warum hast du mich eigentlich herbestellt?", fragte Kaltenbach nun. „Doch bestimmt nicht, um ein Geständnis abzulegen?"

„Nein, wirklich nicht. Du bist zur Gefahr geworden, das haben wir spätestens heute morgen gemerkt, als dein Artikel in der Zeitung stand. Und es wäre schrecklich, wenn du noch mehr Geschichten veröffentlichst, die uns in Schwierigkeiten bringen. Mich und Paul." Sie deutete hinaus auf den Fluss. Dort stand ein Mann am Steuer, den Kaltenbach erst jetzt als Paul Bärmann erkannte.

Beatrice hatte sich erhoben. Sie lehnte rücklings an der Reling. Einige der Touristen beobachteten sie, griffen aber nicht ein. Plötzlich hatte sie eine kleine Pistole in der Hand. Die Mündung hatte sie auf Kaltenbach gerichtet. Ein kleines Kind am Nebentisch begann zu weinen. Die Mutter redete beruhigend auf das Mädchen ein. Einige Frauen stießen spitze Schreie aus, aber niemand wagte es, einzugreifen.

„Tut mir leid, dass es mit uns nicht geklappt hat", sagte Beatrice, völlig unbeeindruckt, mit schneidender Stimme. „Aber ich muss konsequent sein."

Sie entsicherte die Waffe und zog den Abzug durch. Kaltenbach warf sich mit einem dumpfen Schrei zur Seite und entwich so der tödlichen Kugel. Er spürte noch, wie er mit dem Kopf gegen etwas Hartes schlug. Das Letzte, das Kaltenbach sah, war das Mündungsfeuer. Dann brach an Bord der Undine II das Chaos aus.

Eine Woche später

Als sie vor das Haus trat und die Freunde nebeneinander auf der Holzbank sitzen sah, musste Sabine lachen. „Ihr sitzt da wie diese Schrotthändler aus dem Westerwald."

„Lass mir die Ludolfs in Ruhe", murmelte Kaltenbach. „Von denen habe ich schon so manches Ersatzteil für meine Else bekommen. Die sind in Ordnung."

„Oh, wer sagt denn, dass ihr nicht in Ordnung seid?"

„Wohl wahr", nickte Udo, dem der Westerwälder Strünzer, ein Kräuterschnaps, bereits zugesetzt hatte. Larissa würde später Schwierigkeiten haben, ihren Mann ins Bett zu bekommen.

„Haben wir gut gemacht", freute sich Kaltenbach. „Wir haben die Flucht von Beatrice Manderscheid und Paul Bärmann auf dem Wasser vereitelt. Was hatten die denn genau vor?"

„Sie wollten sich wohl nach Luxemburg absetzen, und von da aus irgendwohin verschwinden. Haben eine Menge Schaden angerichtet und den Flughafen in Verruf gebracht. Allein die Klage der Betreibergesellschaft hätte Bärmann in den Ruin getrieben. Bärmann stand mit dem Rücken an der Wand, nachdem er den vermeintlichen Großauftrag an Land gezogen hat. Und die Analyse der Bodenprobe, die du im Hunsrück entnommen hast, war das Sahnehäubchen auf der Geschichte. Es war gut, dass die Kollegen von der Wasserschutzpolizei so schnell reagiert haben. Kaum, dass ich bemerkte, dass an Bord der Undine II etwas nicht stimmt und dass ihr von diesem Sportboot verfolgt wurdet, hab ich Alarm geschlagen. Und sie waren im richtigen Augenblick da, als Beatrice das Feuer auf dich eröffnete und sich über die Reling ins Wasser fallen ließ. Ursprünglich war wohl geplant, dass sie zu Bärmanns Sportboot schwimmt und er dann gemeinsam mit ihr verschwindet. Aber da hat die Wasserschutzpolizei ihnen einen gründlichen Strich durch die Rechnung gemacht." Udo kicherte zufrieden. „Bist echt ein guter Bulle, Kaltenbach."

„Bitte erspar mir deine Beleidigungen", maulte Bernd. „Sonst helfe ich dir nie wieder, wenn du mal mit deinem Latein am Ende bist."

Jetzt lachte Udo Reuschenbach herzlich. „Das wage ich zu bezweifeln. Sobald du eine heiße Story witterst, steckst du deine Nase sowieso wieder in Dinge, die dich nichts angehen."

Kaltenbach blickte zu Sabine auf. Vielleicht war sie doch die Frau fürs Leben. Heute sah es ganz danach aus. Als er den Kopf wandte und seinem Freund tief in die braunen Augen blickte, nickte Kaltenbach. „Ja", sagte er. „Wir sind gemeinsam unschlagbar. Vielleicht sollten wir sehen, wie wir das ausbauen können."